I Bjorn

EURON GRIFFITH
TRI DEG TRI

y Lolfa

*Hoffwn ddiolch i Meleri Wyn James am ei gwaith caled
ac i Gyngor Llyfrau Cymru am eu cefnogaeth.*

Argraffiad cyntaf: 2016

Cynllun y clawr: Sion Ilar

Rhif Llyfr Rhyngwladol: 978 1 78461 339 6

Dymuna'r cyhoeddwyr gydnabod cymorth ariannol
Cyngor Llyfrau Cymru

Cyhoeddwyd ac argraffwyd yng Nghymru
ar bapur o goedwigoedd cynaladwy gan
Y Lolfa Cyf., Talybont, Ceredigion SY24 5HE
e-bost ylolfa@ylolfa.com
gwefan www.ylolfa.com
ffôn 01970 832 304
ffacs 01970 832 782

Stay close together,
Move not a feather,
Man walks among us, be still, be still,
Man walks among us, be still.

'Man Walks Among Us', Marty Robbins

Mae'r cadno'n gwybod llawer o bethau.
Ond mae'r draenog yn gwybod un peth mawr.

Archilochus

Un prynhawn cafodd Heb Degell ei alw gan Dyn Mewn Dau Geffyl i glywed sut grëwyd y byd.

"Eistedda, fachgen," meddai Dyn Mewn Dau Geffyl, gan dynnu ar ei getyn yn fodlon. "Does dim rhaid i ti ofni."

Roedd y tu mewn i'r tipi'n dywyll ac yn drewi o fwg. Y peth cyntaf roedd Heb Degell awydd ei wneud oedd tagu a rhwbio ei lygaid, ond gwyddai mor amharchus fyddai ymddygiad o'r fath. Hen ddyn oedd Dyn Mewn Dau Geffyl – dros ei ddau gant yn ôl y si – ac roedd hen ddynion yn disgwyl parch.

Gŵr doeth oedd Dyn Mewn Dau Geffyl. Deallai fyd natur a medrai siarad â'r anifeiliaid. Wrth ei ymyl roedd yna hebog. Weithiau roedd hwnnw'n agor ei big ac yn sgrechian. A dywedai pobol fod Dyn Mewn Dau Geffyl yn ei ddeall. Neu mi arferen nhw ddweud hynny. Erbyn hyn, dim ond y ddau ohonyn nhw oedd ar ôl. Y plentyn a'r hen bennaeth. Un wedi gweld deuddeg gwanwyn. Y llall yn cofio pan oedd y byd i gyd dan ddŵr.

"Dwi'n gwybod, Namunmama," meddai Dyn Mewn Dau Geffyl wrth yr hebog, ond heb dynnu ei lygaid oddi ar Heb Degell, "mae o wedi tyfu'n ddyn bron. Ac wrth gwrs, dyna pam dwi wedi ei alw o yma i 'ngweld."

Crawciodd Namunmama eto ac fe atebodd Dyn Mewn Dau Geffyl ef.

"Rhaid derbyn y gwir, Namunmama. Rhaid plygu i'r anochel." Pwffiodd Dyn Mewn Dau Geffyl ar ei getyn eto ac edrych ar Heb Degell. "Tyrd, paid â bod yn swil. Eistedda. Mae'n hen bryd i ti gael clywed hanes dy bobol."

Er bod Namunmama yn edrych arno'n flin ac yn crawcian yn siarp, eisteddodd Heb Degell ar lawr y tipi a'i goesau wedi eu croesi.

"Da iawn," meddai Dyn Mewn Dau Geffyl.

Am ychydig eiliadau tynnodd ar ei getyn gan bwffio mwg drewllyd i fyny at y to. Flynyddoedd maith yn ôl roedd wedi lladd wyth aelod o'r cafalri, gan gynnwys yr enwog General McIntyre.

Y sôn oedd fod penglog McIntyre – y dyn oedd wedi gaddo i'r Tad Mawr yn Washington ei fod am 'lanhau' y Gorllewin – bellach dan ei wely yn llawn baco.

"Amser maith yn ôl," meddai Dyn Mewn Dau Geffyl, "roedd y byd i gyd dan lyn enfawr. Dyna lle roeddan ni'n byw bryd hynny, ymhell cyn i'r tymhorau roi trefn ar ein bywydau, ymhell cyn i ni weld yr haul a'r lleuad. Ymhell cyn i'r dyn gwyn gyrraedd. Ni oedd yr unig Bobol. Ni *oedd* y Bobol. Ac mi oedd bywyd dan y dŵr yn fywyd da. Pan oeddan ni angen bwyta fydden ni'n dal pysgodyn wrth iddo nofio heibio. Ac mi oedd yna ddigonedd o bysgod yn yr Hen Fyd. Nid fel heddiw pan mae'r llynnoedd a'r moroedd i gyd yn sych a lle dydi blas brithyll neu eog yn ddim byd ond atgof melys. Ac mi oedd bywyd yn heddychlon. Pam oedd angen ymladd? Doedd dim rheswm i ymladd. A dyna sut fuodd pethau ymhlith y Bobol am gannoedd a miloedd o flynyddoedd. Ond chafodd dyn mo'i greu i werthfawrogi heddwch, Heb Degell. Rhyfel ydi ein hanes trist."

Tynnodd yr hen ddyn ar ei getyn a chreu cwmwl arall o fwg a godai fel rhaff tuag at y twll bach crwn ar do'r tipi.

Crawciodd Namunmama.

"Mi ddo i at hynny yn y man," meddai Dyn Mewn Dau Geffyl yn flin, ac yn union fel petai'n deall beth roedd yr aderyn wedi ei ddweud, "mae'n rhaid i adar ddysgu sut i fod yn amyneddgar hefyd. Mi oeddan nhw ar un adeg. Ond, wrth gwrs, mae pob dim wedi newid."

Ar ôl seibiant strategol a ymddangosai i Heb Degell fel peth pwrpasol i danlinellu pwynt ac i godi cywilydd ar yr aderyn, ailgydiodd Dyn Mewn Dau Geffyl yn ei stori.

"Gwallt Fel Lli oedd ei enw. Fo oedd y pysgotwr gorau yn ein plith. Ai bachgen oedd o? Ynteu dyn? Ychydig o'r ddau. Ond roedd rhai'n deud ei fod o'n perthyn i'r pysgod, gan ei fod yn medru nofio'n chwim a dal pob pysgodyn yr oedd yn ei hela. Mi oedd Gwallt Fel Lli yn enwog ymhlith y Bobol ond, rywsut neu'i gilydd, doedd yr enwogrwydd yma ddim yn ddigon i lenwi calon y llanc. Doedd dal brithyll sionc ddim yn sialens bellach. Felly, un diwrnod, pan ymddangosodd y gwningen drwy do ein byd, fel carreg allan o'r nefoedd, dyma galon Gwallt Fel Lli yn curo yn ei fron. Mewn fflach roedd o wedi anwybyddu rhybuddion y Bobol ac wedi saethu'n gorfforol i fyny i'r byd newydd."

"I'r byd… *newydd*?" gofynnodd Heb Degell yn ofalus. Roedd o'n awyddus i wybod mwy ond doedd o ddim eisiau ennyn dicter yr hen ddyn.

"Wrth gwrs," meddai Dyn Mewn Dau Geffyl, gan wenu arno'n glên. "Y byd sych oedd uwch ein pennau yn yr hen ddyddiau, yn y dechreuad."

Crawciodd Namunmama eto ac, fel o'r blaen, trodd Dyn Mewn Dau Geffyl arno.

"Dwi am *ddod* at hynny!"

A'i hunanfeddiant wedi ei siglo am y tro, pwffiodd yr hen ddyn ar ei getyn, ond byrlymai'r mwg yn flin tuag at y twll yn y to. Crawciodd Namunmama gan ysgwyd ei adenydd a syllu ar Heb Degell fel petai'n credu mai fo oedd y broblem. Roedd ei big yn siarp fel cyllell.

"Lle oeddwn i?"

"Y gwningen," meddai Heb Degell.

"O ia," meddai Dyn Mewn Dau Geffyl, y wên yn dychwelyd i'w wyneb wrth iddo dynnu ar y cetyn ac ailgydio yn ei stori.

"Wel, yn amlwg mi oedd Gwallt Fel Lli yn benderfynol o'i ddal, felly dyma fo'n cicio'i sodlau ac yn nofio drwy'r dŵr fel un o fwledi'r dyn gwyn. Mi oedd o mor chwim nes iddo ddiflannu i'r byd newydd. Y byd uwchben. A sut fyd oedd hwnnw? Wel, Heb Degell, mi oedd y byd yn sych, yn ifanc a heb ei faeddu na'i lygru gan Ddyn. Mi oedd y coed yn hardd ac yn ymestyn at y duwiau. Mi oedd yr afonydd yn sgleinio fel cyfres o emau yn llithro i lawr o'r mynyddoedd. Ac, wrth gwrs, mi oedd yr anifeiliaid i gyd yn deall ei gilydd. Anhygoel meddwl am y peth, yn tydi, Heb Degell? Ond wrth i Gwallt Fel Lli redeg ar ôl y gwningen chwim mi oedd o'n siŵr fod yr anifail yn rhybuddio'r creaduriaid eraill fod yna ddiafol wedi ymddangos o'r Llyn – diafol oedd wedi ymddangos o Uffern dan ddaear."

Wrth glywed hyn crawciodd Namunmama gan geisio ymestyn ei adenydd eto. Ond tawelodd Dyn Mewn Dau Geffyl ef.

"Doedd Gwallt Fel Lli erioed wedi gweld peth mor gyflym â'r gwningen. Yn naturiol, ysai i gael ei dal ond bob tro roedd o ar fin cydio yn ei chynffon fach wen byddai'r gwningen yn darganfod rhyw fath o egni anhygoel ac yn symud yn gyflymach ac yn gyflymach nes ei bod hi bron yn symud fel y gwynt drwy'r glaswellt a'r llwyni. Gwallt Fel Lli druan, doedd o ddim wedi arfer baglu a tharo i mewn i goed! Dyna lle roedd o, gwaed ar ei dalcen a chwys llachar ar hyd ei gefn. Ac wedyn, dyma fo a'r gwningen yn gweld bod yna rywbeth oedd yn gyflymach byth. Wyt ti'n deall, Heb Degell? Dyna pryd welodd dyn y llwynog am y tro cyntaf."

Crawciodd Namunmama eto. Tu allan i'r tipi roedd y gwynt yn codi a dechreuodd y croen byffalo fflapian yn nerfus. Roedd yna storm ar y ffordd. Trawodd y taranau'r paith fel sêr meirw. Crynodd y ddaear.

"Yn yr hen ddyddiau roedd y llwynog yn medru rhedeg yn gyflymach na'r gwningen ac felly, mewn un symudiad chwim, ofnadwy, brathodd dannedd miniog y llwynog yn y gwningen a'i llyncu heb hyd yn oed stopio. Rŵan mi oedd Gwallt Fel Lli wedi gwylltio a dyma fo'n ceisio rhedeg yn gynt nag erioed, ond roedd gan y llwynog ryw bŵer anferthol yn ei goesau ac roedd o hefyd yn medru cyfathrebu â'r anifeiliaid o'i gwmpas – bron fel tasa fo wedi mabwysiadu'r ddawn ar ôl iddo lyncu'r gwningen hudol. Ond roedd gan y llwynog ddoniau eraill rŵan. Roedd o bron yn medru harneisio'r tywydd. Bob tro roedd Gwallt Fel Lli yn dal i fyny â fo mi oedd y llwynog yn gorchymyn i'r gwynt ei chwythu yn ôl. Dim ots pa mor galed roedd Gwallt Fel Lli yn gwthio yn ei erbyn, mi oedd y gwynt mor gryf â llaw anweledig rhyw gawr arallfydol! Ac wrth gwrs, mi oedd y llwynog yn meddwl bod hyn yn ddoniol dros ben. Unwaith yr oedd wedi sicrhau bod Gwallt Fel Lli yn gorfod sefyll yn llonydd oherwydd y gwynt, dyma'r llwynog yn gorchymyn i'r glaw ddisgyn. Wedyn i'r mellt daro. Ac yn olaf, y taranau."

Mi oedd y taranau *yno* hefyd. Allan ar y paith. Heb fynyddoedd na bryniau i'w hamddiffyn doedd gan Dyn Mewn Dau Geffyl a Heb Degell ddim gobaith. Roedd y storm yn benderfynol o luchio'r tipi i ganol y cymylau mawr du a dyna fyddai diwedd hanes y Bobol.

"Ddylan ni symud, Dyn Mewn Dau Geffyl."

Ond cododd yr hen ddyn ei law a chwifio protest y llanc i ffwrdd fel petai ei eiriau'n fawr mwy na phryfaid trafferthus.

"Dwi'n rhy hen i symud. Ac mae'n rhaid i mi orffen y stori. Mae storïau'n bwysig. Mi wnei di ddeall un diwrnod."

Tasgodd croen byffalo'r tipi fel chwip wrth i'r gwynt gryfhau. Crawciodd Namunmama. A thynnodd Dyn Mewn Dau Geffyl ar ei getyn.

"Ond doedd y llwynog ddim mor glyfar ag yr oedd o'n feddwl. Wyt ti'n gweld, Heb Degell, roedd o wedi meddwi ar ei bŵer newydd – y ddawn i fedru rheoli'r tywydd. Wrth ddangos ei hun, a dangos balchder, roedd wedi creu gormod o gymylau mawr du. Rŵan roedd y byd uwchben y llyn yn dywyll. Doedd yna ddim haul a dim lleuad. Roedd y llwynog yn methu gweld lle roedd o'n mynd. A dyna pryd faglodd o dros y draenog."

Fflach o fellten fel doler arian gron drwy'r twll yn nho'r tipi.

Taran yn ysgwyd y tir.

"Gwendid mawr y llwynog oedd ei dymer. Rŵan mi oedd o'n wyllt ac yn ceisio bwyta'r draenog bach ond, wrth gwrs, roedd gan y draenog ddull hynod o effeithiol o amddiffyn ei hun. Rowliodd ei hun yn belen o bicelli bach main nes nad oedd gan ddannedd y llwynog obaith o dorri trwyddynt. Yn y tywyllwch dyma'r llwynog yn gwthio'r draenog yn ofalus efo'i drwyn, gan obeithio ei daro yn erbyn carreg neu goeden ond, yn anffodus iddo fo, roedd y draenog bach yn nabod y tirwedd. Roedd y draenog yn gwybod bod yna ddibyn ychydig lathenni i ffwrdd. Felly, pwy oedd fwya cyfrwys, Heb Degell? Y llwynog ynteu'r draenog?"

Roedd y storm yn agosáu. Rŵan roedd y boncyffion tenau oedd yn dal y tipi yn ei le yn siglo ac yn tasgu. Roedd tir fflat y paith enfawr yn udo.

"Dwi ofn, Dyn Mewn Dau Geffyl."

"Yr ateb i'r cwestiwn 'pwy oedd fwya cyfrwys' ydi 'y draenog' oherwydd, yn y tywyllwch – ac oherwydd ei orffwylltra – methodd y llwynog â sylwi bod y byd ar ben a bod yna ddibyn syth, serth o'i flaen. Disgynnodd ac, wrth gwrs, doedd dawns ei goesau chwim yn dda i ddim yng ngwacter yr awyr. Am unwaith roedd meistr y goedwig a'r llwyni yn hollol ddiymadferth. Cicio a strancio wnaeth o nes i'r ddaear galed ei daro a'i ladd."

Er bod Namunmama wedi clywed y stori hon sawl tro, crawciai eto'n llawn brwdfrydedd a chyffro.

"Wel, wrth weld hyn, dringodd Gwallt Fel Lli'n i lawr y dibyn at gorff y llwynog. Efo'i gyllell, rhwygodd fol y llwynog ac estyn i mewn i'w stumog gynnes. Yno roedd gweddillion y gwningen. Roedd Gwallt Fel Lli yn unigolyn craff. Deallai fod pŵer y gwningen yn tarddu o beth bynnag oedd yn ei stumog, felly, efo'r gyllell unwaith eto, agorodd fol y gwningen wyrthiol. Tu mewn i'w stumog medrai deimlo esgyrn bychain – adar falla – oherwydd roedd cwningod yn yr oes yma'n bwyta cnawd. Dyna lle roedd y pŵer. Byddai'r gwningen yn sugno egni a grym bywyd pob anifail roedd hi'n ei fwyta. Deallodd y llwynog hyn a dyna pam roedd o eisiau bwyta'r gwningen. Rŵan dim ond dau oedd ar ôl yn fyw. Safai Gwallt fel Lli ar waelod y dibyn efo'r draenog, yn dal stumog fach y gwningen yn ei law waedlyd."

Roedd y storm fel dwrn yn erbyn drwm y paith.

"I ddechrau," meddai Dyn Mewn Dau Geffyl, "roedd am fwyta cynhwysion y stumog ei hun. Ond wedyn dyma fo'n ailfeddwl. Rhoddodd y stumog fach yn ei boced. Yr eiliad honno sylweddolodd fod yna lais bach yn siarad â fo – llais y draenog wrth ei draed. 'Da iawn ti, Gwallt Fel Lli,' meddai, gan chwerthin yn braf, 'rŵan rwyt ti wedi derbyn y Pŵer. Rŵan rwyt ti'n medru deall natur a phopeth ynddo. Ti yw Brenin y Byd!'

"Ond wedyn dyma'r draenog yn oedi a phan siaradodd o eto roedd ei lais yn drwm ac yn ddwys. 'Ond mae'n rhaid i ti fod yn ofalus. Bydd y llwynog wastad ar dy ôl. Mae o'n benderfynol o gael y Pŵer iddo'i hun. O'r diwrnod yma ymlaen mi fydd y llwynog yn dy ddilyn; fydd o byth yn bell i ffwrdd. Fydd o yno fel y diafol, yn barod i neidio arnat efo'i ddannedd brwnt, yn barod i dy frathu a dy ladd er mwyn cael y Pŵer i'w feddiant.'

"'Ond mae'r llwynog wedi marw,' meddai Gwallt Fel Lli, 'edrych, mae ei waed yn ymestyn ar hyd y ddaear.' 'Mae'n amhosib gwybod efo'r llwynog,' meddai'r draenog. 'Mae o'n gymeriad mor gyfrwys. Yn edrych fel tasai o wedi marw, ond falla mai cysgu mae o go iawn. Cysgu er bod ei waed o'i gwmpas a'i fol yn graith.'

"'Be ddylwn i wneud felly?' gofynnodd Gwallt Fel Lli, ei galon yn sboncio a'i law'n cydio'n dynnach yn ei gyllell, wrth iddo gadw un llygad gofalus ar gorff y llwynog. 'O heddiw ymlaen,' meddai'r draenog, 'ti ydi ceidwad y Pŵer. Mi fyddi di'n deall yr anifeiliaid a'r adar a holl ieithoedd y byd, ac yn medru rheoli'r tywydd, ond bydd y llwynog wastad ar dy ôl ac yn ceisio ei ddwyn yn ôl. Felly mae'n rhaid i ti gadw'r Pŵer yn ddiogel ac wedyn, un diwrnod, rhaid i ti ei basio ymlaen i'r ceidwad nesa.' 'A phwy fydd hwnnw? Sut fydda i'n ei adnabod?' 'Ryw ddydd, ymhell yn y dyfodol, falla, pan fyddi di mor hen â'r mynyddoedd, mi fyddi di'n ei adnabod fel un sy wastad yn gwneud ei orau. Person sydd am dy helpu – er bod dyn yn greadur amherffaith mewn sawl ffordd mi wnei di weld ei fod o, neu hi, yn deilwng o fod yn geidwad nesa'r Pŵer.'"

Oedodd Dyn Mewn Dau Geffyl am eiliad. Erbyn hyn, roedd y glaw'n poeri i lawr drwy'r twll yn nho'r tipi a'r tân yn chwifio'i freichiau melyn.

"Pan edrychodd Gwallt Fel Lli i lawr eto," meddai'r hen ddyn, "roedd corff y llwynog wedi diflannu ac mi oedd yna gynffon sigledig o waed yn ymestyn allan i'r tywyllwch. 'Wyt ti'n deall rŵan, Gwallt Fel Lli?' gofynnodd y draenog yn drist. 'Mae'r llwynog yn gyfrwys. Fel y diafol.' Ymhen ychydig fe glywon nhw sŵn udo. Ac mi oedd y llais hwnnw'n cryfhau fesul pob eiliad oedd yn pasio."

Estynnodd Dyn Mewn Dau Geffyl i mewn i berfeddion ei siôl a daeth ei freichiau bregus o hyd i gwdyn bach brown, cwdyn oedd bron yn hynafol o ddu.

"Tyrd yma, Heb Degell," meddai.

Nesaodd hwnnw'n ofalus.

"Estyn dy law."

Estynnodd Heb Degell ei law a rhoddodd Dyn Mewn Dau Geffyl y cwdyn bach lledr iddo.

"Ti yw'r ceidwad rŵan."

"Ond…"

"Ti yw'r unig un sy ar ôl. Mae pawb arall o'r Bobol wedi diflannu fel y niwl uwchben y llyn pan ddaw'r wawr. Does gen i ddim dewis, Heb Degell. Dwi'n hen ddyn. Dwi'n gant a hanner. Dwi'n cofio'r mynyddoedd pan oeddan nhw'n ddim byd ond bryniau. Dwi'n cofio'r cymoedd pan oeddan nhw'n wyrdd ac yn ffrwythlon. Dwi'n cofio'r byffalo'n rhuo ar hyd y paith. A dwi'n cofio mor dyner a melys oedd croen fy ngwragedd ifanc, prydferth."

Crychodd wyneb Dyn Mewn Dau Geffyl â gwên drist a

cheisiodd Heb Degell ei ddychmygu'n ŵr ifanc. Ond mi oedd y peth yn amhosib.

"Mae'r byd yna wedi mynd. Unwaith, roedd y Bobol yn barod i ymladd dros ein gwlad a'n hetifeddiaeth. Dim ots faint o ddynion gwyn oedd yn llifo dros y bryn roedd y Bobol yno i'w saethu. Ond mi oedd yna ormod ohonyn nhw. Roedd cadw ein tir yn amhosib. Y si oedd fod y Tad Mawr yn y Dwyrain yn medru gyrru miloedd ar filoedd o'r crysau glas yma i'n difa. Rŵan maen nhw wedi ennill y dydd. Ti wedi eu gweld yn eu ceir mawr a'u harchfarchnadoedd. Maen nhw wedi curo y Bobol ac yn awr maen nhw newydd ennill y rhyfel mawr yn erbyn Japan ar ochr arall y byd. Ni fydd nesa, ond fyddan nhw ddim angen bom. Cyn bo hir fydd yna ddim sôn amdanom. Fyddwn ninnau hefyd wedi diflannu fel y niwl. Dyna pam mae'n rhaid i ti dderbyn y Pŵer. Y Pŵer i ddeall ieithoedd natur a ieithoedd y byd. Y Pŵer i harneisio natur er mwyn dy warchod rhag peryglon bywyd. Gofala amdano, Heb Degell. Mae'n rhaid i ti fynd, i grwydro'r byd, i osgoi'r llwynog ac i wneud yn siŵr dy fod yn pasio'r Pŵer ymlaen ryw ddiwrnod. Rŵan dos. Cyn i'r storm gynyddu."

"Ond —"

"Mae'n hen bryd i mi farw. Mae fy nghroen yn cau amdana i fel cell. Dwi wedi dy warchod ers dy fod yn fachgen bach, Heb Degell. Ers i dy deulu farw. Dwi'n gwybod dy fod yn fachgen da. Ac un dydd mi fyddi di'n ddyn da hefyd."

Edrychodd Heb Degell ar y cwdyn du yn ei law. Medrai ei fysedd deimlo'r esgyrn tu mewn. Ai dyma stumog y gwningen fach wyrthiol yna oedd yn bod ar ddechrau'r byd? Ai dyma'r Pŵer?

I ateb ei gwestiwn dyma Namunmama'n crawcian eto ond, y tro hwn, roedd Heb Degell yn ei ddeall.

"Mae'n bryd i ti fynd, Heb Degell… bryd i ti adael!"

Rhedodd y gŵr ifanc allan o'r tipi i ganol y paith ac i ganol y storm.

Roedd y gwynt fel wal a'r glaw'n rhwygo'i gorff fel piwma. Yn ei glustiau doedd dim byd ond sgrechian annioddefol y gwynt a ffrwydradau dirgrynol y taranau.

Disgynnodd ar ei liniau, ei ben rhwng ei goesau. Sgrechiodd.

"Stopiwch! Stopiwch!"

Ac, yn araf, enciliodd y piwma tra bo'r wal yn chwalu.

Toddodd y mellt i mewn i'r cymylau a throdd y taranau'n sibrydion.

Wrth iddo godi gwelodd Heb Degell y golau'n dychwelyd i'r byd a'r paith yn ymestyn fel carped tuag at y ddinas fawr tu ôl i'r mynyddoedd. Roedd awyrennau yno. Llongau. Y byd mawr.

Ac roedd y Pŵer yn ei boced.

Trodd Heb Degell am y tro olaf i ffarwelio â'r hen ddyn ond roedd ei dipi wedi diflannu.

Ni welai hoel y polion ar y tir hyd yn oed.

TRI DEG UN

"A," meddai Dr Sakamoto, gan godi o'r bwrdd brecwast ar y balconi, "bore da, Mr Wallace. Gobeithio wnaethoch chi gysgu'n iawn?"

Mae'n codi o'i sêt, ymgrymu ac wedyn – fel wnaeth o ddysgu yn Harvard flynyddoedd yn ôl – mae o'n ysgwyd fy llaw yn gadarn. Mae'r gwynt yn byrlymu trwy ei gimono.

"Cyfforddus iawn, Dr Sakamoto," meddaf, gan fowio yn ôl braidd yn lletchwith. "Fel arfer."

"Twt lol," meddai Dr Sakamoto, "sawl gwaith mae'n rhaid i ddyn ddeud? *Seicho.* Nid Dr Sakamoto. 'Dach chi yma ers mis rŵan. Mae'n rhaid i ni roi'r gorau i'r ffurfioldeb gwirion yma."

"Tair wythnos," meddaf.

Mae'r wên yn diflannu o wyneb Dr Sakamoto am ychydig eiliadau.

"Mae'n ddrwg gen i?"

"Dwi yma ers tair wythnos a chwe diwrnod."

Mae Dr Sakamoto'n syllu arna i. Wedyn mae'r wên gyfarwydd yn goleuo ei wyneb unwaith eto. Mae'r croen o gwmpas ei lygaid yn crychu a'r wên yn troi'n chwerthiniad. Mae o'n ysgwyd ei ben a 'nhywys i fy sêt ar y balconi lle mae golygfa ysblennydd o arfordir Japan ar y gorwel tua chwe milltir i ffwrdd. Y mynyddoedd fel cewri ac iddynt goronau gwyn.

"Manylion," meddai Dr Sakamoto, "dwi'n cymeradwyo'r ffaith eich bod chi'n talu cymaint o sylw iddyn nhw. Ond dyna fo. Be arall fyddai rhywun yn ei ddisgwyl gan newyddiadurwr busnes o'ch safon chi, Mr Wallace?"

"Dan."

"Wrth gwrs. Mae'n rhaid i minnau ddilyn y rheolau hefyd. *Dan.* Maddeuwch i mi."

Mae Dr Sakamoto'n gwthio'r bocs bento bambŵ tuag ata i. "Bwytwch. Plis."

Gan troedfedd oddi tanom mae byddin ddewr ond aneffeithiol o donnau yn aberthu eu hunain yn erbyn y creigiau. Uwchben, yn saff rhag eu ffyrnigrwydd, mae'r gwylanod a'r mulfrain yn chwerthin ar y fath dwpdra.

"Cadwch draw… codwch yn uwch! Yn uwch! Yn uwch!"

"Mae wedi bod yn braf eich cael chi yma, Mr Walla— *Dan*, mae'n ddrwg gen i. Ac mae Keiko wedi mwynhau eich cwmni chi hefyd. Dim yn aml 'dan ni'n cael cwmni gorllewinwyr ar yr ynys. Yn enwedig gorllewinwyr mor ddeallus. A gorllewinwyr sydd wedi llwyddo i feistroli ein hiaith. Wyddoch chi be maen nhw'n galw'r iaith Japanaeg yn y gorllewin, Dan? Iaith y diafol." Mae'n rhoi darn bach o sashimi yn ei geg. "Wir i chi."

Helpaf fy hun i ddarn o maki.

"Wel, doedd hi ddim yn hawdd. Ac mae gen i lawer iawn ar ôl i'w ddysgu."

"Dim o gwbl, Dan. Mae'ch Japanaeg chi'n wych."

Gwenaf.

"Ond mae hynny'n profi fy mhwynt, Seicho."

"Dwi ddim yn deall."

Rhoddaf y maki i lawr yn ofalus ar ochr fy mhlât.

"O'n i'n hapus iawn y tro cynta i berson o Japan fy llongyfarch am siarad ei iaith cystal. Ond mi gymerodd hi sbel i mi sylweddoli bod Japaneaid yn rhoi'r gorau i longyfarch pan fo Japanaeg estronwr fel fi yn wirioneddol dda a'u bod nhw'n dechrau ein *cywiro*." Codaf ddarn o maki. "Yn anffodus does 'na neb wedi fy nghywiro i eto."

"Da iawn," meddai Dr Sakamoto, gan ddechrau giglan fel merch ysgol a chlapio ei ddwylo. "Ond y gwir amdani ydi bod eich gafael ar yr iaith yn berffaith. Does dim angen cywiro. Biti na fedrwn i ddeud yr un peth am fy Saesneg."

"'Dach chi mor gwrtais, Seicho."

"Dim o gwbl, Dan."

Ond mae o. Erbyn hyn, ar ôl tair wythnos a chwe diwrnod yn ei gwmni yn ei gartref hyfryd ar ynys fach Shima, dwi wedi penderfynu mai Dr Seicho Sakamoto ydi un o'r dynion mwyaf cwrtais a welodd y wlad hon erioed – sy'n dweud lot, wrth gwrs. Wedi'r cyfan, rydan ni *yn* sôn am Japan!

Wrth i mi gyrraedd mi decstiodd y Doctor i ddweud y byddai'n anfon car i fy nghyfarfod ym maes awyr Narita yn Tokyo, ond er fy mod yn gwybod ei fod yn un o ddynion cyfoethoca'r byd, wnes i erioed ddychmygu mai Rolls-Royce Silver Ghost fyddai'r car hwnnw. A doeddwn i ddim yn disgwyl y byddai yna fwyd yn y car ar gyfer y siwrne, a hwnnw wedi ei baratoi yn arbennig gan *chef* o Westy'r Tokyo Imperial. Wrth gwrs, mi oeddwn i wedi deall bod y Doctor yn byw ar ynys breifat, mewn cartref ysblennydd yn seiliedig ar hen gastell yn dyddio'n ôl i ddyddiau'r samwrai, ond doeddwn i ddim yn disgwyl cael fy nhrin fel hen samwrai fy hun. Bob bore mi oedd yna frecwast prydferth, anhygoel yn fy nisgwyl ym mhen pella'r stafell. Brecwast mor bert doeddwn i ddim yn siŵr beth i'w wneud ag o – ei fwyta ynteu ei fframio.

Pwy oedd gweision y Doctor? Doedd gen i ddim syniad. Weithiau mi fyddwn i'n clywed traed ysgafn yn pitran-patran ar hyd y lloriau, neu'r coridorau, fel anifeiliaid nerfus mewn coedwig – ac weithiau fydden i bron yn siŵr i mi glywed lleisiau merched yn sibrwd – ond doedd neb i'w weld. Neb heblaw Dr Sakamoto a'i wraig Keiko. A doedd Keiko byth yn dweud dim. Y cwbl roedd hi'n ei wneud oedd gwenu ac ymgrymu a chwerthin yn berffaith pan fyddai ei gŵr yn chwerthin. Chwerthin yn berffaith am bethau doedd hi ddim yn eu deall. Wedyn, pan oedd y Doctor yn edrych arni mewn ffordd arbennig, ffordd gyfrinachol, mi fyddai'n codi'n ufudd ac yn ymgrymu yr holl ffordd allan o'r stafell, ar ei gliniau. Ddwedodd y Doctor wrtha i un noson ei bod hi wedi cael ei hyfforddi mewn hen dŷ geisha yn Kyoto – un o'r ychydig dai geisha oedd ar ôl yn y Japan fodern erbyn hyn. Pwy oedd yn dod â'r brecwast bob bore felly? A phwy oedd yn paratoi fy ngwely bob nos? Pwy oedd yn gwneud yn siŵr fod y sushi a'r sashimi a'r teriyaki yno bob gyda'r nos ar y bwrdd bwyd anghyfforddus o isel yn yr hen gastell? Roedd yna

rywbeth reit rhyfedd am y peth. Petawn i'r math o berson oedd
yn credu mewn ysbrydion, mae'n debyg y baswn i wedi neidio
i mewn i'r cwch rhwyfo cyntaf a'i heglu hi yn ôl am yr arfordir.
Ond doedd 'na ddim ysbrydion. Ro'n i'n gwybod hynny. Beth
oedd yna mewn gwirionedd oedd byddin fach dawel o ferched
mewn cimonos, yn symud fel cysgodion drwy siambrau hynafol
y castell heb golli briwsionyn o reis na diferyn bach o sake.

Mi oeddwn i'n gwybod yn iawn pam roeddwn i wedi derbyn y
ffasiwn groeso. Doedd Dr Seicho Sakamoto ddim wedi cyrraedd
y brig heb ddeall busnes. Tra oedd ei gyfoedion yn Harvard
yn yfed cwrw ac yn hel merched, bu Seicho bach yn dyfeisio
systemau cyfrifiadurol. Yn ôl un o'r nifer o fywgraffiadau oedd
wedi eu cyhoeddi amdano yn Japan ar hyd y blynyddoedd, mi
oedd ei stafell yn y coleg yn llawn o siartiau, weiars a darnau
bach o blastig. Fo oedd jôc fawr Harvard. Roedd yr Americanwyr
cyfoethog yn licio tynnu coes. Chwerthin am ei ben. Trefnu i
butain o'r dref ymweld ag o tra oedd ei rieni yno. Rhoi glud
yn ei drôns. Rhyddhau llygod mawr yn ei stafell yng nghanol
nos. Ond pwy oedd yn chwerthin erbyn hyn? Yn ei swyddfa yn
yr hen dŵr roeddwn i wedi gweld y lluniau ohono gyda Bill
Clinton, Bill Gates, Margaret Thatcher a Gorbachev. Roedd
Sakamoto Enterprises yn rhan bwysig o economi sawl gwlad.
Roedd Sakamoto Enterprises yn fusnes mawr. Rhy fawr efallai.
Dyna pam roeddwn i yno, reit siŵr. Dyna pam y gyrrodd Nelson
yr amlen gyda'i lun a'i fanylion tua mis yn ôl. Roedd Dr Seicho
Sakamoto'n meddwl 'mod i yno i'w gyfweld. Ond nid dyna pam
roeddwn i yno o gwbl. Na. Ro'n i yno i'w ladd.

"Gofalus! Gofalwch! Cadwch yn glir rhag perygl! Cadwch yn
glir rhag y tonnau! Cadwch yn glir rhag y creigiau!"

"Anodd credu, yn tydi, Dan, ein bod ni mor agos i ddynoliaeth
yma ar yr ynys – chwe milltir i ffwrdd o arfordir prif ynys Japan
– ond eto mor bell?"

Edrychaf y tu hwnt i blât glas y môr tuag at arfordir llwyd

Japan. Mae'r mynyddoedd bellach yn codi fel dreigiau yn y pellter.

"Anodd iawn," meddaf innau.

"Ond, wrth gwrs, dyna un rheswm pam 'nes i ddewis dod yma. Hen ynys oedd yn bell i ffwrdd o'r ffôn a'r we. Hen ynys lle doedd 'na'm ceir pan 'nes i gyrraedd gynta – a hyd yn oed heddiw does 'na mond un neu ddau hen Datsun o gwmpas y lle yn y porthladd. Pwy fedrai wrthod y fath hafan, Dan? Yn sicr nid gŵr busnes syml fel fi oedd yn awyddus i gael hyd i le tawel, llawn heddwch, i ffwrdd oddi wrth y Nikkei a'r Dow Jones. Gŵr busnes oedd wedi gwneud ei ffortiwn ac oedd, rhyw ddydd – ond nid eto wrth gwrs – yn barod i setlo i lawr i wrando ar y tonnau yn y bore ac ar ei wraig yn chwarae'r ffliwt gyda'r nos. Be fedrai fod yn fwy delfrydol?"

"'Dach chi'n ddyn lwcus, Dr Sakamoto."

"Falla, Dan. Falla."

Gwn oedd yr opsiwn cyntaf. Rhywbeth bach ond hynod effeithiol fel Glock G26 neu G27. Gyda holl dwrw'r môr a'r creigiau yma ar ynys Shima, fyddai neb yn clywed y sŵn – heblaw am y gwylanod a'r mulfrain, wrth gwrs, adar fyddai'n codi mewn un sgrech, fel cwmwl du o banig. Ond doedd yna'm ffasiwn beth â Glock ar fy mherson. Roedd ffeindio Glock yn Japan mor anodd â ffeindio puteindy yng Nghapel Curig. Roedd y Yakuza'n rheoli bob dim. A'r peth diwethaf ddylen i ei wneud oedd tynnu'r Yakuza am fy mhen. Roedd Nelson yn glir iawn am hynny. Mor glir â'r ffaith bod gen i fis i gyflawni'r job cyn i Sakamoto adael ei ynys a hedfan i'w bencadlys yn Los Angeles. Rŵan dim ond un noson oedd ar ôl. Byddai'r cwch yn galw ar yr ynys yn y bore i dywys Dr Sakamoto i'r tir mawr, ac wedyn byddai'n teithio i'w faes awyr preifat wrth ymyl Kyoto mewn Cadillac neu Rolls-Royce.

"Ond wrth gwrs, Dan, mae yna reswm arall pam fod yr ynys fach yma mor arbennig. Mae hi'n perthyn i'r teulu, 'dach chi'n gweld. Dyma lle wnaeth fy rhieni gyfarfod. Ydw i wedi dweud y stori wrthach chi, Dan?"

Siglaf fy mhen. Mae Dr Sakamoto'n estyn ychydig o'r edame a'i wlychu â thamaid o saws.

"Ar ôl y rhyfel," meddai, "mi gyrhaeddodd yr Americanwyr, wrth gwrs, ac roeddan nhw'n awyddus iawn i Japan adael y gorffennol a dygymod â'r ugeinfed ganrif. Ar draws y wlad i gyd agorodd yr Americanwyr y drysau i ddynion busnes o Los Angeles, Efrog Newydd, Detroit a phob man. Y bwriad oedd perswadio pobol Japan i droi eu cefnau ar eu bywydau canoloesol a choffleidio ffordd newydd, dechnolegol hwylus o fyw. Peiriannau golchi, er enghraifft. Am flynyddoedd – canrifoedd – mi fyddai merched Japan yn golchi eu dillad, a dillad eu gwŷr a'u plant yn yr afon. Cofiaf weld fy mam, a mamau pawb arall, yn cario basgedi o ddillad budron i lawr i'r dŵr bob bore Mawrth, a dyna lle fydden nhw am oriau, yn rhwbio'r defnyddiau efo sebon ac wedyn yn eu taro â darnau o bren a'u hongian ar y coed i'w sychu. Yn naturiol, roedd hwn yn achlysur cymdeithasol hefyd – cyfle i ferched y pentre sgwrsio ac ymlacio yng nghwmni ei gilydd. Ond mi oedd y seremoni'n cymeryd oriau a dyna pam fod yr Americanwyr yn meddwl eu bod yn gwneud cymwynas fawr â'r wlad roedden nhw newydd ei choncro drwy gyflwyno'r peiriant golchi trydan. Dim ond gwasgu botwm ac mi fyddai'r ddefod ar ben mewn llai nag awr. Mi aeth y gwerthwyr barus ar hyd Japan fel llwynogod cyfrwys ac, o fewn blwyddyn neu ddwy, roedd afonydd bach y wlad yn dawel ar ddydd Mawrth. Doedd yna ddim sŵn chwerthin. Dim sŵn cerrig a phren yn taro yn erbyn defnydd. Dim ond sŵn yr adar yn trydar a'r gwynt fel ysbryd unig drwy'r canghennau. Doedd dim angen yr afon bellach. Rŵan roedd merched Japan ar eu pen eu hunain, yn eu tai, efo'u peiriannau. Os oes yna ffordd sydyn o wneud rhywbeth mae'r Americanwyr yn cael hyd iddi ac yn dyfeisio peiriant i droi'r freuddwyd yn realiti."

Mae Dr Sakamoto'n edrych arna i ac yn gwenu'n wan.

"Dyna sut wnaeth yr Unol Daleithiau ennill y rhyfel, Dan. Nid efo'r bom atomig. Ond efo'r Kenmore Wringer a'r Bendix. Mwy o de?"

"Gofal! Peidiwch â mynd yn rhy agos! Rhaid parchu'r môr! Rhaid parchu'r creigiau!"

Wrth i mi dynhau'r napcyn rhwng fy nwy law dan y bwrdd, dwi'n ei ddychmygu o gwmpas gwddw Dr Sakamoto... ei wyneb yn troi'n biws... ei dafod fel clwt... ei lygaid fel marblis... ei ddwylo'n fflapian fel dau aderyn sydd wedi anghofio sut i hedfan.

"Diolch," meddaf wrth i Dr Sakamoto arllwys y te i fy nghwpan o'r tebot bambŵ. Cwpan sydd fawr mwy na gwniadur. Mae fy nwylo'n llacio o gwmpas y napcyn ac mae hwnnw'n syrthio i'r llawr mor dawel â chysgod.

"Ond y gwely ddaeth â fy mam a fy nhad at ei gilydd, Dan. Gadewch i mi egluro. Hyd yn oed yn y pedwardegau mi oedd llawer iawn o bobol Japan yn cysgu ar yr hen wlâu pren caled oedd yn dyddio'n ôl i oes y Tokugawa bedwar can mlynedd yn ôl. Rhain oedd hen wlâu y samwrai, wrth gwrs. Gwlâu traddodiadol, anrhydeddus. Ond doedd fawr o foethusrwydd yn perthyn iddyn nhw. Pren caled oddi tanoch, ac yn lle clustog moethus o blu dan eich pen, bloc arall o bren sgwâr, didrugaredd."

Mae Dr Sakamoto'n gwenu iddo'i hun ac yn ysgwyd ei ben wrth gofio.

"Roedd ein teidiau a'n neiniau wedi hen arfer ac, yn enwedig yn y wlad tu allan i'r dinasoedd mawr, dyna sut roedd pobol yn cysgu, noson ar ôl noson. Wel, wrth gwrs, yn sgil y moderneiddio a ddigwyddodd ar ôl i'r Americanwyr gyrraedd, cafodd cynllun arall ei weithredu yn gyfochrog â'r ymgyrch i droi merched Japan yn gaeth i'r peiriant golchi: cynllun i newid y ffordd roedd pawb yn cysgu. Y neges oedd fod rhaid i bobol Japan anghofio'r hen wlâu pren a symud ymlaen i'r ugeinfed ganrif."

Mae Dr Sakamoto'n sipian ei de ac yn rhoi'r gwpan fach i lawr yn barchus.

"Dros y wlad i gyd, Dan, o ynys Okinawa yn y de i Hokkaido yn y gogledd, mi oedd y gwerthwyr gwlâu newydd yma'n teithio ar hyd ffyrdd canoloesol, cyntefig Japan yn eu faniau a'u Chevrolets, gan ymweld â phob pentre er mwyn perswadio'r ffermwyr a'r pysgotwyr mai'r ffordd Americanaidd o gysgu oedd y ffordd orau. Japaneaid oedden nhw, ond roedden nhw wedi prynu'r gwlâu yn rhad gan yr Americanwyr a rŵan eu gwaith oedd newid y wlad a'i diwylliant. Ar y cychwyn, fel y medrwch chi ddychmygu, reit siŵr, roedd ystyfnigrwydd enwog ein pobol fel talcen hen gastell yn gwrthsefyll yr ymosodiad hwn ond, yn araf bach, mi gafodd y gwlâu pren anghyfforddus eu dymchwel a'u llosgi. Ynys fach Shima oedd un o'r llefydd olaf i dderbyn yr efengylwyr capitalistaidd hyn. Ar y pryd roedd fy mam yn byw yma, merch hynaf un o brif bysgotwyr yr unig bentre ar yr ynys. Merch brydferth iawn oedd fy mam, Dan. Roedd wedi torri calon pob un o'r llanciau ar yr ynys. Ond roedd ei chalon mor saff â diemwnt yng nghoffr ei bron. Nes iddo fo gyrraedd, wrth gwrs."

Mae Dr Sakamoto'n sipian ei de eto a dwi'n gwenu'n boléit wrth ddychmygu carreg yn malu ei benglog fel petai mor feddal â chacen.

"Mi oedd hi'n dipyn o waith cael y gwlâu drosodd i'r ynys. Rhaid oedd clymu'r cyfan i gwch a gweddïo na fyddai'r tonnau blin yn byrlymu dros yr ochr a suddo pob dim. Tair gwaith gafodd y cwch bach ei hel yn ôl ond wedyn, un bore heulog, tawel, mi lwyddodd y gwerthwr gwlâu i gyrraedd ynys Shima ac, yn naturiol, y peth cynta wnaeth o oedd syrthio… Syrthio mewn cariad â fy mam. Mwy o de, Dan?"

"Na, dim diolch."

Mae o'n edrych arna i'n graff wrth iddo dollti mwy o de gwyrdd i'w gwpan.

"Pryd mae'ch awyren i Efrog Newydd gyda llaw?"

"Nos fory. Am saith."

Mae Dr Sakamoto'n nodio ac yn codi ei gwpan i'w wefusau gyda'i ddwy law. Mae o'n sipian y te, cau ei lygaid i werthfawrogi'r blas am ychydig eiliadau a rhoi'r gwpan yn ôl ar y bwrdd.

"Ac ydach chi'n meddwl y bydd eich golygydd yn hapus efo'r erthygl?"

"Gobeithio," atebaf yn nerfus. "Mae'n anodd deud weithiau."

Mae Dr Sakamoto'n gwenu. Ond mae hi'n wên oeraidd.

"Wel, os ydi o'n eich cadw chi yn y tywyllwch fel'na, Dan, mae'n amlwg ei fod o'n gwneud ei waith yn iawn. Feder bòs ddim fforddio bod yn *rhy* agored."

"Na. Falla ddim."

Mae yna gyfnod byr o dawelwch lletchwith yn pasio fel cysgod oer aderyn anferth.

"Ond... be ddigwyddodd?"

"Sori?"

"Efo'r gwely," meddaf.

"O ia," ateba Dr Sakamoto, wrth i gysgod yr aderyn anferth godi ac wrth i'r lletchwithdod basio. "Wrth gwrs. Y gwely." Mae o'n pwyso yn ôl yn ei gadair. "Wel, ar ei drydedd noson ar yr ynys, ar ôl iddo berswadio fy nhaid i brynu un o'r gwlâu moethus hyn, aeth y gwerthwr gwlâu i gysgu'n hapus, a jyst cyn y wawr, mi gafodd ymwelydd."

"Eich... *mam*?"

Mae Dr Sakamoto'n chwerthin ac yn slapio ei bengliniau fel petai hyn yn un o'r pethau mwyaf doniol iddo'i glywed erioed. Fel hyn roedd y Japaneaid yn celu eu chwithdod. Ro'n i'n deall hynny erbyn hyn.

"'Dach chi un cam o 'mlaen i, Dan, fel arfer. Fel y medrwch chi ddychmygu, doedd y gwerthwr gwlâu, gŵr cyffredin o Shibuya o'r enw Tomito, ddim yn awyddus i adael yr ynys ar ôl cyfarfod â chariad mawr ei fywyd, felly rhoddodd y gorau i'w waith, talu am y gwely, priodi fy mam ac ymuno â chriw fy nhaid er mwyn dysgu sut i bysgota. Flwyddyn yn ddiweddarach mi gyrhaeddais i. Wedyn, ar ôl i flwyddyn arall fynd heibio, suddodd cwch pysgota fy nhaid mewn storm, gan foddi pawb. Fel'na mae'r tywydd yma, Dan, un funud mae'r môr yn dyner fel morwyn a'r nesa mor ffiaidd â haid o wrachod. Torrwyd calon fy mam druan, ac felly, un bore, mi daflodd ei hun o ben clogwyni'r Sagata – man uchaf yr ynys – ac i mewn i'r môr. Chafodd neb hyd i'w chorff."

Mae Dr Sakamoto'n tsiecio'i Rolex a dwi'n ymwybodol nad oes lot o amser ar ôl. Mae pethau'n dynn. Uwch ein pennau mae'r gwylanod yn sgrechian ac yn deifio fel kamikazes.

"Gwyliwch y tonnau! Gwyliwch y môr! Gwyliwch y tonnau! Y cerrig a'r môr!"

"Ydi'r gwely yma o hyd, Dr Sakamoto?"

"Mi gafodd ei falu'n ddarnau a'i losgi flynyddoedd maith yn ôl. Rhai gwael ydan ni yma yn Japan am edrych ar ôl ein hetifeddiaeth, mae arna i ofn. Nid fel chi ym Mhrydain efo'ch eglwysi a'ch cestyll. Y *newydd* sy'n rheoli bob dim erbyn hyn yn Japan, Dan. Anghofiwch yr hen a'r hanesyddol. Mae hyd yn oed Kyoto wedi troi'n hunllef goncrit o ganolfannau siopa, gwestai a *malls*. Ond mae un neu ddau ohonon ni'n ceisio adfer y gorffennol, neu ran ohono o leia." Edrycha Dr Sakamoto ar ei Rolex eto. "Dewch efo fi, dwi'n awyddus i ddangos rhywbeth i chi."

Mae'n codi o'r bwrdd a dilynaf ef i mewn i'r tŷ, ond yn lle fy nhywys i'r lolfa swmpus, neu i'r coridor sy'n arwain at fy stafell wely, mae o'n cydio mewn goriad mawr, hen ffasiwn oddi ar y wal – y math o oriad fyddai rhywun yn disgwyl ei weld mewn castell – ac yn troi i'r chwith.

"Ffordd hyn, Dan."

Yn araf bach mae sŵn y môr yn tawelu, bron fel petai

consuriwr wedi taflu lliain bwrdd dros y tonnau. Yr unig sŵn ar ôl ychydig ydi clip-clapio parchus slipars Dr Sakamoto wrth iddo droedio dros y cerrig.

"Wrth gwrs, mae'n amhosib i ni gael gwared ar bob *dim* o'r gorffennol," meddai dros ei ysgwydd. "Pan benderfynais i brynu'r tŷ yma wnes i ddarganfod bod y lle'n perthyn i deulu oedd yn ddigon adnabyddus, ac anrhydeddus, yn yr ail ganrif ar bymtheg. Yn naturiol roedd y castell gwreiddiol wedi ei hen ddinistrio ond, wedi tyllu i mewn i'r garreg, ffeindiais i ddwnsiwn enfawr. Dydi hi ddim yn rhy oer i chi, Dan?"

Mae'r tymheredd wedi gostwng fel petai ysbrydion yn anadlu arna i o bob cyfeiriad. Ond mae 'na reolau wrth ddelio â phobol Japan, ac un o'r rheolau cyntaf ddysgais i oedd nad yw hi byth yn dderbyniol cyfaddef unrhyw anniddigrwydd.

"Dim o gwbl, Dr Sakamoto."

Ac, wrth gwrs, mi oeddwn i wedi bod yn oerach. Lot oerach. Yn yr Antarctig gyda Dr Lars Askeland, er enghraifft.

Erbyn hyn mae'r hen goridor yn dywyll hefyd, ond mae gan Dr Sakamoto fflachlamp yn ei boced ac mae'r golau bach crwn yn taro yn erbyn y waliau cerrig fel pêl fud. Ymhen ychydig lathenni mae'n stopio o flaen drws mawr pren, estyn y goriad a'i droi yn y clo. Mae'r drws yn protestio fel hen gawr diog ond wedyn mae'n gwichian ar agor ac rydyn ni'n camu i mewn.

"Be 'dach chi'n feddwl?" gofynna Dr Sakamoto, gan ddiffodd y fflachlamp, ei rhoi yn ôl yn ei boced efo'r goriad, a tharo'r golau ymlaen. "Dwi wedi bod wrthi'n casglu ers sbel fawr. Mae'n bwysig i ddyn gael diddordebau mewn bywyd – diddordebau tu hwnt i fusnes ac arian – neu beth ydi'r pwynt, yndê Dan?"

Cymeraf gam ymlaen ac edrych rownd yr hen ddwnsiwn fel plentyn mewn siop deganau. O fy mlaen – ac y tu ôl i mi – mae yna resi o filwyr samwrai yn sefyll fel robotiaid, neu fel bwystfilod o *Star Wars* neu *Doctor Who*. Maen nhw'n edrych i lawr arna i'n ymosodol a dwi'n siŵr eu bod nhw'n gwybod yn iawn pam ddes i i'r ynys. Mae'r gwarchodwyr llonydd yma'n gwybod yn iawn nad oes yna'r un erthygl, na golygydd blin yn Efrog Newydd. Maen nhw'n gwybod nad oes gen i damaid o ddiddordeb ym musnes Dr Sakamoto ac mai celwydd noeth ydi'r stori am y cylchgrawn newydd sbon, *Business Monthly*. Na, wrth iddyn nhw edrych arna i'n ddigyffro mae fel petai'r cregyn dur hyn i gyd yn gwybod 'mod i, fel nhwythau, yn cerdded y ddaear am un reswm ac am un rheswm yn unig – i ladd. I ladd eto. Dr Sakamoto. Rhif tri deg un.

"Dydi casglu arteffactau o ddyddiau pell y Tokugawa ddim mor hawdd bellach, Dan. Mae beth sydd ar ôl wedi hen bydru neu wedi ei ddifetha gan halen y môr. Ond mae ambell beth yn weddill. Y siwtiau samwrai hyn o'ch blaen, er enghraifft. Roedd rhai ohonyn nhw mewn ogof anghysbell yng ngogledd Hokkaido ac oherwydd yr amgylchiadau arbennig yno – dan y ddaear ac yn saff rhag canser y môr – roedd pob un bron yn berffaith. Fasach chi'n taeru bod 'na samwrai go iawn yn sefyll tu mewn iddyn nhw, yn bysach? Samwrai go iawn yn ysu am frwydr!"

"Bysach wir," meddaf innau, braidd yn ansicr.

"Yn naturiol mae yna gasglwyr brwd eraill o gwmpas – o America fel arfer – a dros y blynyddoedd, maen nhw wedi dod i Japan i hel y stwff hyn o ddyddiau'r Tokugawa, a dyna pam dwi'n meddwl ei bod hi'n bwysig i mi eu cadw nhw yma. Er mwyn i'n plant allu dysgu ein hanes. Fel na all yr awdurdodau a'r athrawon eu perswadio nad ydi hanes ein gwlad yn bwysig ac mai concrit a dur ydi seiliau ein hil."

Dyma'r tro cyntaf i mi weld Dr Sakamoto'n dangos ei ochr emosiynol ac mae'n amlwg yn swp o embaras.

"Maddeuwch i mi, Dan," meddai, gan droi ei ben fel plentyn drwg.

"Dim o gwbl."

Mae Dr Sakamoto'n estyn cleddyf katana o'i wain gyda hisiad

metelaidd. Mae'n ei godi nes i'r llafn daro'r golau. Mae'n fflachio fel mellten.

"'Dach chi 'di gweld y ffilm *Seven Samurai*?"

"Sawl tro."

"Finnau hefyd. Mae hi'n un o fy ffefrynnau. Un o glasuron y sinema."

Mae Dr Sakamoto'n chwifio'r katana o'i flaen yn barchus o ofalus. Wedyn mae'n stopio ac yn edrych arna i. Mae ei wên wedi diflannu.

"Dwi'n gwybod y gwir reswm pam 'dach chi yma, Dan."

Mae golwg finiog ar lafn y katana. Llyncaf boer.

"O?"

"Dydi gŵr fel fi – sydd wedi codi o gefndir cyffredin, ar ynys anghysbell oddi ar arfordir Japan, i fod yn un o ddynion mwya cyfoethog y byd – ddim y math o berson sy'n coelio storis dwl am gylchgrawn busnes yn Efrog Newydd. Does 'na ddim cylchgrawn, yn nag oes, Dan? Dim mewn gwirionedd…"

Erbyn hyn mae Dr Sakamoto wedi camu'n agosach. Mae'n dal i gydio yn y katana ac mae o'n medru gweld y chwys yn dechrau ffurfio ar fy nhalcen.

"Nag oes," atebaf. "Does 'na ddim cylchgrawn."

"Wrth gwrs," meddai Dr Sakamoto, "ro'n i'n gwybod yn syth. Mae'n amhosib twyllo'r dyddiau hyn, Dan. Mi es i ar safle we *Business Monthly*. Mae'n safle we proffesiynol iawn. Lot o luniau neis o adeilad yn Midtown. Proffil trawiadol o'r staff – gan gynnwys y chi, Dan, 'Newyddiadurwr talentog, craff sy'n sylwi ar bob agwedd o'r byd busnes'. Dyna mae o'n ddeud amdanoch chi, yndê? Os ydw i'n cofio'n iawn."

"Rhywbeth fel'na."

"Ond tydach chi *ddim* yn newyddiadurwr, Dan. A does 'na 'na *ddim* cylchgrawn. Ydi, mae'r safle we'n un da – pwy gynlluniodd o? Rhyw lafn yn ei arddegau o gwmni IT yn Brooklyn? Mi na'th o jobyn da. Ac mi wnaethoch chithau jobyn da o ddysgu'r iaith hefyd, Dan, mae'n rhaid eich llongyfarch." Mae Dr Sakamoto'n agosáu ac yn gostwng ei lais yn fygythiol. "Ond rŵan mae'r gêm ar ben."

Wrth iddo symud yn ôl dwi'n ochneidio. Rŵan, mae'r chwys yn byrlymu i lawr fy nhalcen, er mor oer yw'r ddaeargell ym mherfeddion yr ynys. Mae Dr Sakamoto'n chwifio'r katana eto ac yn ei edmygu.

"Wyddoch chi sut roedd y samwrai yn profi miniogrwydd eu cleddyf? Mi oeddan nhw'n creu dyn allan o wellt, ei roi i sefyll mewn twll yn y ddaear ac wedyn yn ei daro â'r katana. Os oedd y corff yn cael ei dafellu'n lân yn ddau hanner roedd y cleddyf yn barod i'w ddefnyddio. Os nad oedd hyn yn digwydd, roedd rhaid mynd ag o yn ôl i'r cleddyfwr. Wrth gwrs, doedd y samwrai ddim yn creu dynion gwellt bob tro. Weithiau mi fyddent yn defnyddio dynion go iawn. Amseroedd caled, brwnt, Dan. Dyddiau fel'na oedd dyddiau oes y Tokugawa. Faint gymerodd hi i chi ddysgu'r iaith?"

"Sori?"

"Cofiaf rywun yn gofyn i mi unwaith beth oedd y ffordd orau o ddysgu Japanaeg ac mi ddwedais i wrtho mai'r unig ffordd i ddysgu'r iaith yn iawn oedd cael eich geni yn Japan i rieni o Japan. Yn naturiol, mae rhai tramorwyr yn llwyddo i gael rhyw fath o afael arni – maen nhw'n llwyddo i fedru archebu bwyd mewn tŷ sushi, neu i ofyn ydi'r trên maen nhw arno'n mynd i Nagoya – ond mae hyd yn oed y rheini sy'n astudio'r iaith ers blynyddoedd, ac wedi setlo yma, priodi merch o Japan a magu plant, yn cael eu hystyried yn estroniaid gan weddill y gymuned. Tydan ni ddim yn wlad hawdd i'w deall, Dan. Pa mor hir fuoch chi'n ei dysgu hi? Chwe mis? Saith?"

"Wyth. Mewn ysgol nos."

Mae Dr Sakamoto'n gwenu fel cath hollwybodus.

"Wel, ac ystyried yr amgylchiadau, rydach chi'n siarad yr iaith yn dda iawn."

"Felly 'dach chi'n fy mrolio ond ddim yn fy nghywiro?"

"Dwi'n cymeryd mai nid Dan ydi eich enw iawn?"

"Tony. Tony Carrera."

"Ac o le 'dach chi'n dod, Tony?"

"Tre o'r enw Starton. Yn agos i Buffalo. Wel, os 'dach chi'n cytuno bod tri chan milltir yn agos. Does neb wedi clywed am Starton. Dim hyd yn oed rhai o'r bobol sy'n byw yno."

Mae Dr Sakamoto'n dal y cleddyf i fyny fel Toshiro Mifune yn *Seven Samurai*. Camaf yn ôl ac edrych o 'nghwmpas. Ai hon fyddai'r stafell olaf i mi ymweld â hi? Ar ôl pob un stafell roeddwn i wedi ei gweld yn ystod fy oes gymharol fer, ai hon fyddai'r un na fyddwn yn ei gadael? Ac am ffordd i fynd. Mewn dau ddarn. Wedi fy hollti fel dyn wedi ei greu o laswellt. Ac, wrth gwrs, dyna beth oeddwn i. Dyn gwellt. Dyn wedi ei greu o filoedd ar filoedd o gelwyddau. Nid dyn go iawn. Doedd yna'r un Dan Wallace. A doedd 'na ddim Tony Carrera chwaith. Celwydd ar ben celwydd.

"Yn yr hen ddyddiau, Tony, fasa un o'r samwrai hyn o'n cwmpas wedi eich lladd efo un chwifiad chwim o'r cleddyf hwn," meddai Dr Sakamoto, ei lais yn isel fygythiol, bron fel rhywun oedd ddim yn gall. Rhywun peryg. Aelod o'r Yakuza efallai. Mae'r cleddyf yn sgleinio. Fyddwn i ddim yn gweld fy nghartref byth eto. Na Chymru. Na fy mam. Na Mr Craf.

Llyncaf fy mhoer a disgwyl i'r katana drudfawr… hynafol… miniog… fy hollti fel darn o ham. Lle fyddai o'n taro? Y pen?

Na, rhy galed.

Yr ysgwydd efallai, ac wedyn i lawr drwy'r ysgyfaint a'r galon, gan falu fy asennau fel priciau tân. Mi fyddwn i'n disgyn i'r llawr yn anymwybodol wrth i'r gwaed lifo o'r graith anferthol.

A fyddai'n brifo?

Darllenais fod trawiad sydyn, pendant a thrawmatig yn debygol o fod drosodd mewn dim ac na fyddai'r ymennydd yn cael digon o amser i brosesu poen. Ond, wrth gwrs, doedd yr un o'r doctoriaid na'r gwyddonwyr a wnaeth yr ymchwil wedi cael y profiad eu hunain.

Mae Dr Sakamoto'n rhoi'r katana yn ôl yn ei wain ac mae'r hisian metelaidd yn swnio fel miwsig.

"Dydw i ddim yn llofrudd, Tony – os mai *Tony* ydi'ch enw iawn... a dwi'n amau hynny'n fawr. A beth bynnag, yn ystod ein sgyrsiau difyr – sgyrsiau 'dach chi wedi eu recordio a'u nodi, wrth gwrs – tydw i heb ddweud dim byd o unrhyw bwys. Dim ond yr hyn fasa dyn ag unrhyw fath o sens yn ei wybod am fusnes yn barod. Dyna sut ro'n i'n gwybod nad newyddiadurwr busnes oeddach chi, Tony. Hyd yn oed heb Google i'ch helpu roedd hi'n amlwg eich bod yn cofnodi unrhyw hen rwtsh."

Mae Dr Sakamoto'n hongian y cleddyf yn ôl ar y wal ac yn camu tuag ata i.

"Dwi'n gwybod be ydach chi go iawn. Sbei."

Bron na theimlaf fel chwerthin.

"Dwi wedi hen arfer, Tony. Ysbiwyr yn dod draw o America, yn benderfynol o geisio darganfod ambell friwsionyn o wybodaeth am fy nhactegau – ydach chi'n deall y gair 'tactegau', Tony?"

"Tactics. Dulliau."

"Mae'n amlwg fod yr ysgol nos yna'n effeithiol."

"Be sy'n digwydd rŵan?"

"Rŵan?" meddai Dr Sakamoto. "Rŵan dwi'n gwneud be dwi wedi ei wneud â phob ysbïwr arall – ac maen nhw'n mynd yn fengach bob blwyddyn, Tony, ffaith sy'n fy mhoeni braidd, dydw i ddim ofn cyfadde." Mae o'n troi i edrych arna i. "Be sy'n digwydd rŵan, Tony, ydi 'mod i'n eich lladd, yn dympio eich corff bach trist yn y môr ac wedyn – ymhen tua chwe mis i flwyddyn – mi fydda i'n darllen rhyw damaid pitw mewn colofn fach yn y *Tokyo Times* am sgerbwd dyn ifanc yn cael ei ddarganfod mewn rhwyd bysgota ychydig filltiroedd o harbwr Vladivostok. Mi fydd yna ysgwyd pen a thristwch wrth y bwrdd brecwast, Tony." Mae o'n oedi ac yn crymu ei ysgwyddau. "Ond mi wneith basio."

Mae yna ddiferyn o chwys oeraidd yn llithro i lawr fy nghefn.

"Reit."

Ond wedyn mae Dr Sakamoto'n gwenu ac, mewn llai nag eiliad, mae ei wyneb fel haul yn ymddangos o'r tu ôl i gwmwl.

"'Dach chi wedi darllen gormod o lyfrau ac wedi gweld gormod o ffilmiau, Tony," meddai, gan ddechrau chwerthin fel merch ysgol eto. Mae'n cerdded tuag ata i a fy mhwnio'n frawdol ar fy ysgwydd. "Pwy ydach chi'n feddwl ydw i? Aelod o'r Yakuza neu rywbeth?"

Dwi'n trio chwerthin yn ôl. Ond mae'r chwys yn dal i redeg i lawr fy nghefn, fel bys main dyn eira.

"Mae hyn fel gwyddbwyll neu Go. Mae un person yn ceisio twyllo'r llall, ac ar ddiwedd y dydd, yr un mwya craff fydd yn ennill. Dyna'n union sut enillais i'r gêm hon, Tony. Ond does 'na ddim elfen bersonol yn perthyn i'r peth. Fi sydd *wastad* yn ennill. Dwi wedi bod yn ennill ers i mi ddechrau ym myd busnes. Dyna pam mae ysbiwyr fel chithau'n cael eich gyrru yma gan eich bosys i geisio ennill y gêm… Falla fod y corff yn mynd yn hŷn, ond i fyny yn fan hyn…" – mae Dr Sakamoto'n tapio ochr ei ben gyda'i fys – "dwi mor gyfrwys â llwynog. Pwy yrrodd chi, Tony? Yr International Trust yn Efrog Newydd? Y Marlon Syndicate yn Los Angeles?"

Siglaf fy mhen. A dwi'n falch bod gen i un.

"Na, dwi erioed wedi clywed amdanyn nhw."

"Naddo. Wrth gwrs."

Mae'r wên yn diflannu ac mae'r cwmwl yn ei ôl.

"Yn y byd go iawn, Tony – a gadewch i mi argymell hwnnw fel lle da i berson uchelgeisiol fel chithau drigo – yn y byd go iawn, beth sy'n digwydd nesa ydi hyn… 'Dan ni'n gadael y stafell yma, mynd ar hyd y coridor, i fyny'r grisiau i'r tŷ, i lawr at yr harbwr ac yna, bydd yna gwch bach yn disgwyl amdana i fydd yn mynd â fi i'r tir mawr. Mi wna i drefnu bod yna gwch arall yn eich casglu chi mewn diwrnod neu ddau, ac wedyn mi fydd yna gar yn eich tywys i Narita lle cewch docyn dosbarth cynta ar gyfer yr awyren nesa i Efrog Newydd. Dyna beth sy'n mynd i ddigwydd nesa. Yn union fel sydd wedi digwydd i bob ysbïwr bach arall ar hyd y blynyddoedd ond…" – mae Dr Sakamoto'n edrych arna i am ychydig eiliadau ag elfen fach o edmygedd – "mae'n rhaid i mi gydnabod i chi fod ymhlith y goreuon. Gymerodd hi'n hirach nag arfer i mi ddarganfod eich tactegau. Ac wrth gwrs, chi oedd y cynta i fynd i'r fath drafferth i ddysgu iaith y diafol. Mae hi wedi bod yn bleser eich cyfarfod. Wir i chi. Dwi'n rhagweld dyfodol disglair iawn o'ch blaen. Dewch."

Rydyn ni'n gadael y ddaeargell oer ac mae Dr Sakamoto'n cloi'r drws haearn â goriad mawr Tolkienaidd. Mae'r sŵn yn clecio yn erbyn y cerrig ac yn atsain o'n cwmpas. Dilynaf y Doctor wrth iddo gamu i lawr y coridor tuag at olau dydd. I fyny'r grisiau ac yn y tŷ unwaith eto, mae o'n cydio yn ei gôt ac mae Keiko yno yn barod â'i gês. Mae Dr Sakamoto'n ei chusanu'n frysiog ar ei boch cyn tsiecio'i Rolex.

"Mae'r cwch bach yn siŵr o fod yno yn fy nisgwyl erbyn hyn. Tydi amser yn hedfan weithiau, Tony?"

Dwi'n ymwybodol y bydd Keiko'n meddwl ei bod hi'n od, braidd, clywed ei gŵr yn fy ngalw wrth enw gwahanol ond, fel y geisha perffaith, dydi hi ddim yn dweud dim.

Edrychaf arni ac mae'n gwenu ac yn ymgrymu. Petai 'na swnami enfawr ar y gorwel, fel wal lwyd yn bygwth ein sgubo tuag at arfordir Japan, dwi'n siŵr y byddai Keiko'n ymateb yn yr un ffordd. Dysgodd sut i guddio pob emosiwn yn ystod y blynyddoedd yna mewn tŷ geisha yn Kyoto. Mi oedd yna ffordd dderbyniol o ymddwyn ym mhob sefyllfa. A'r ffordd honno oedd gwenu a bowio.

Mae Dr Sakamoto'n gafael yn fy mraich ac yn fy arwain allan o'r tŷ, i lawr y llwybr, trwy'r ardd ac i'r harbwr.

Mae'r lle hwnnw yn union fel yr oedd o pan gyrhaeddais yr ynys. Cychod bach cysglyd yn siglo'n ddienaid yn y dŵr. Yr adar uwchben yn crawcian.

"Dynion yn agosáu! Hedfanwch yn uwch! Dynion! Dynion!"

Mae'r pysgotwyr i gyd allan a'r unig sŵn, heblaw am y gwylanod a'r mulfrain, ydi'r tonnau bach yn cynhyrfu'r cerrig mân ac yn slapio'n ddiog yn erbyn y lanfa. Ond wedyn mae yna sŵn arall. Sŵn injan. Gwelir cwch bach yn troi i mewn i'r harbwr gan byt-pyt-pytian a chreu cymylau drewllyd, du. Mae'n stopio ym mhen draw'r lanfa.

"Tri munud yn hwyr," meddai Dr Sakamoto, gan dapio'i Rolex. "Ond gwell hwyr na hwyrach, fel roedd fy nain yn arfer ei ddweud. Mae hi wedi bod yn braf eich cyfarfod chi... *Tony.*" Mae Dr Sakamoto'n estyn ei law a dwi'n ei hysgwyd yn llipa.

"Peidiwch â bod yn siomedig efo'ch ymdrechion. Dwi'n ffyddiog y bydd eich bòs yn deall."

Gydag un wên olaf mae'n estyn ei gês ac yn camu'n ansicr i'r cwch bach. Mae'n codi llaw a chodaf law yn ôl, mewn modd eithaf pathetig. Wedyn mae capten y cwch bach yn codi'r rhaff ac mae'r injan yn pyt-pyt-pytian unwaith eto, gan greu mwy o gymylau drewllyd. Eistedda Dr Sakamoto yn y cefn â'i gês rhwng ei goesau – bron fel plentyn bach.

Mae dynion fel Dr Sakamoto'n licio meddwl eu bod nhw'n iawn am bob dim ond mae o'n rong am un peth. Dydi Nelson ddim yn mynd i 'ddeall' hyn o gwbl. Mae'r holl antur wedi bod yn 'fethiant'. Methiant llwyr. Dydw i erioed wedi methu o'r blaen.

Tan rŵan.

Wrth i'r cwch bach droi yn y dŵr, gan greu cylch ewynnog, dechreuaf ystyried ai dyma'r amser i ymddeol. Dyn yn ei bedwardegau canol. Dyn sydd wedi gwneud tipyn o arian erbyn hyn. Dyn wedi blino twyllo.

Dyn wedi blino lladd.

Ond, wrth gwrs, dydi ymddeol ddim yn opsiwn. Dim ym myd Nelson. Diolch i'r gwaith mae yna arian yn y banc, ond oes yna ddigon? Mae'n amhosib gwybod pa mor ddrud fydd Pant Melyn yn y diwedd.

Mae'r gwylanod a'r mulfrain uwchben yn fwy dewr erbyn hyn. Maen nhw'n cylchdroi yn is ac yn is.

"Does dim ofn arnon ni! Wyt ti'n deall? Dim ofn o gwbl! Dim ofn! Dim ofn!"

Mae'r cwch bach hanner ffordd ar draws yr harbwr ac mae'r mwg fel cymylau o ganser. Yn amlwg mae yna fwy o fwg nag arfer oherwydd mae'r gyrrwr yn estyn rhyw fath o liain ac yn trio chwifio'r cwmwl i ffwrdd. Uwch pyt-pyt-pytian yr injan, a heclo dieflig yr adar, clywaf Dr Sakamoto a gyrrwr y cwch bach yn dechrau tagu. Wedyn, mewn mater o eiliadau, mae'r cwmwl du wedi gorchuddio'r cwch fel maneg ddychrynllyd ac mae'r ddau ddyn wedi diflannu.

Yn ddirybudd mae yna fflach ac mae'r injan fach yn ffrwydro mewn pelen lachar a'r fflamau'n cropian ar hyd y pren fel napalm. Clywaf lais cyfarwydd yn sgrechian.

"Help! Rhywun! Fedra i ddim nofio! Help!"

Dr Sakamoto.

Mae 'nghalon yn sboncio ac mae gen i gywilydd cydnabod bod yna elfen o lawenydd yn fy ymateb i'r sefyllfa. Dwi'n troi rownd. Does neb o gwmpas yn yr harbwr bach cysglyd. Neb ond fi a'r gwylanod a'r mulfrain.

"Tân ar y cwch! Mae o am suddo! Cyfle am fwyd! Cyfle am fwyd!"

Mae siâp aneglur Dr Sakamoto'n ymddangos drwy'r mwg. Mae o ar ei draed ac yn chwifio ei freichiau, y cês rhwng ei goesau bron wedi ei anghofio rŵan – ei gyfrinachau a'i blaniau busnes am y chwarter nesaf yn ddibwys bellach o gymharu â llond ceg o awyr iach.

"Help! Plis! Rhywun!"

Mae yna hen bysgotwr yn dod allan o'i gwt i weld beth sy'n achosi'r holl stŵr, ac wrth weld y cwch bach ar dân mae'n cicio'i sgidiau i ffwrdd ac yn paratoi i ddeifio i mewn i'r dŵr.

"Na," estynnaf fy mraich i'w stopio. "Gadewch hyn i mi."

Mae'r hen bysgotwr yn edrych arna i am eiliad, bron fel petai'n fy amau. Ond efallai mai fy nychymyg yw hynny. Fy nychymyg a 'nghydwybod. Ciciaf fy sgidiau i ffwrdd a deifio mewn i ddŵr iasoer yr harbwr. Mae'r oerni'n fy nghlymu fel rhaff ac mae'r môr yn llenwi fy nghlustiau fel glud. Wrth agor fy llygaid y cyfan a welaf ydi gwyrddni'n ymestyn am byth, fel planed hollol newydd. Does dim byd dan fy nhraed. Wrth drio cerdded dwi mor fabïaidd ag astronot. Mae'r dŵr yn ddyfnach nag oeddwn i wedi'i ddisgwyl. Ond wedyn dechreuaf nofio ac mae 'mhen yn torri trwy blisgyn meddal yr wyneb. O 'mlaen, drwy gwmwl uffernol y ffrwydrad – ac yn bobio ac yn rolio fel petai yng nghanol Cape Horn – mae cwch bach Dr Sakamoto. Ac mae o'n fy ngweld.

"Help! Tony! Plis!"

Dwi'n nofio. Yn fy ngheg mae blas yr halen yn gymysg â blas olew a phetrol. Cydiaf yn ochr y cwch.

"O, diolch byth," meddai Dr Sakamoto. "Be 'dan ni'n mynd i neud?"

Welais i erioed banig yn ei lygaid o'r blaen. Fedar o ddim rheoli hyn. Pan mae'r môr yn troi a phan mae'r byd i gyd fel gelyn, does 'na'r un cynllun pum mlynedd na biliwn yn y banc yn mynd i'ch achub. Mewn sefyllfa fel hon mae darn o bren mor werthfawr â llond pagoda o aur. Wrth i yrrwr y cwch straffaglu â phwcedi o ddŵr môr i geisio difa'r fflamau mae Dr Sakamoto'n pwyso 'mlaen, yn colli ei gydbwysedd ac yn plymio i mewn i'r dŵr.

Ugain? Deugain? Mae'n amhosib mesur faint o droedfeddi o ddŵr sydd dan ein traed wrth i ni gicio a strancio, ond mae'r gwyrdd yn troi'n araf yn ddu ac mae yna siapiau tywyll, amheus yn symud yn yr oerni. Mae'r dyfroedd hyn yn rhai ffrwythlon iawn i siarcod.

Mae Dr Sakamoto'n benderfynol o gyrraedd yr wyneb ac mae swigod o brotest yn byrlymu o'i geg fel geiriau annealladwy mewn cartŵn. Yn araf bach, mae ei gicio a'i strancio'n arafu ac mae'r nerth yn diflannu o'i freichiau. Mae ei lygaid yn syllu arna i drwy'r gwyrddni oer. Llygaid anghrediniol.

O'r gwyrddni daw düwch chwim, ac mae'r siarc yn cipio Dr Sakamoto a'i frathu'n ddau. Mae ei goesau llonydd yn diflannu i'r dyfnderoedd fel llythyren 'Y' unig, heb air i fod yn rhan ohono. Y gwaed yn tywyllu'r dyfroedd.

Mae hanner uchaf Dr Sakamoto yng ngheg y siarc, ei berfeddion yn llusgo fel rhaffau. Mae'r briffces yn dal yn sownd i'w arddwrn.

Ar yr harbwr medraf weld Keiko yno yn ei chimono blodeuog. Mae yna gar heddlu hefyd, yr unig un ar yr ynys.

Tu ôl i mi mae yna fwrlwm o swigod a gwaed yn y dŵr wrth i fwy o siarcod gyrraedd y parti. Mae coesau coch, esgyrnog Dr Sakamoto'n torri trwy'r wyneb ac mae sgrech Keiko i'w chlywed o'r harbwr.

Uwchben, clywir cri'r gwylanod a'r mulfrain.

"Llofrudd! Llofrudd! Llofrudd yn yr harbwr! Llofrudd!"

Mae taranau'n taro o bell.

Y glaw yn syrthio fel sidan.

TRI DEG DAU

Fues i erioed yn fawr o adarwr ond, wrth gwrs, tydi hynny ddim yn golygu na fedra i werthfawrogi eu cân.

Yma ym Mhant Melyn deffraf i sŵn eu trydar bob bore ac wedyn, gyda'r nos, mi fydda i'n syrthio i gysgu i freichiau croesawgar Hypnos, i ffliwt tylluan yn y pellter, neu hyd yn oed i glapio tyner pâr o adenydd yn erbyn y ffenest. Weithiau mi fydda i'n codi o 'ngwely, tynhau'r cordyn ar drowsus fy mhyjamas (fedrwch chi byth fod yn rhy ofalus yng nghwmni rhai o'r nyrsys yma) a chamu allan ar y balconi.

Rŵan mae'r nos wedi cyrraedd. I mi, mae yna rywbeth arbennig am y nos. Mae hi bron fel petai'r blaned yn rhan o ryw gyfrinach fawr a'i bod hi ddim ond yn rhannu'r manylion gyda'r ystlumod, y draenog a'r llwynog. Cyn gynted ag y mae Dyn yn amharu ar yr olygfa, mae'r Ddaear yn smalio na ddigwyddodd dim byd anarferol. Ydi, dwi'n deall ei bod yn swnio'n od i wyddonydd drafod ffenomenon gosmolegol mewn modd mor farddonol ond dyna fo, pan fo'r gwynt yn cribo'r coed a phan fo'r sêr yn sbecian i lawr fel miloedd o lygaid bleiddiaid, mae'n hawdd cael eich twyllo i feddwl bod yna ffordd arall o ddehongli ein hanes a'n bydysawd.

Neithiwr mi oeddwn i allan ar y balconi yn edrych dros fy nheyrnas fel brenin. Brenin yn ei byjamas yn edrych dros oleuadau Bangor yn y pellter. Brenin yn ei fflat preifat sydd wedi ei gysylltu â'r swyddfa. Ei Fawrhydi, Brenin Eifion y Cyntaf. Dr Eifion Clough. Brenin Pant Melyn.

Mae'r golau ymlaen yn ei stafell eto. Mae pawb arall yn cysgu.

Pawb ond *hi* wrth gwrs.

Nid hyn oedd y plan. O, na. Ac mi oedd gen i blaniau. Mi oeddwn i a Jeremy wedi cynllwynio'r cyfan wrth y bwrdd yn stafell fwyta neuadd breswyl y brifysgol. Dau ddoctor yn barod i goncro'r byd.

Ond dim ond un wnaeth lwyddo.

Dr Jeremy Stone. Dr Jerry Stone CBE. Yr *Athro* Jerry Stone CBE. Roeddwn i wedi gweld y stori yn y *Telegraph* y bore hwnnw. Jerry Stone, y seiciatrydd disglair o Fangor oedd newydd gael ei ddyrchafu'n Athro er Anrhydedd ym Mhrifysgol Princeton. Roedd yna lun ohono hefyd. Llun ohono'n edrych yn ifanc a deniadol, a – gwaethaf oll – yn hynod lwyddiannus. Iddo fo roedd y planiau a'r breuddwydion wedi eu gwireddu tra 'mod i fan hyn yn araf foddi ym mhiso hen bobol Pant Melyn.

Mae'r botel wisgi bron yn wag. Mae'r golau ymlaen o hyd.

Ei golau *hi*. Wrth gwrs.

Tolltaf weddill y wisgi i fy hen gwpan 'Welcome to Scarborough' ar y ddesg. Fues i erioed yn Scarborough? Na. Fyddwn i'n cofio hynny reit siŵr.

Ond yn ôl at y plan. Beth oedd y plan felly? Wel, gadael y brifysgol yng Nghaeredin gyda gradd dosbarth cyntaf, gweithio mewn ysbyty am ychydig flynyddoedd (er mwyn cael profiad) ac wedyn dringo'r ysgol ar wib i fod yn ymgynghorydd cyn sefydlu practis preifat, llewyrchus i mi fy hun, rywle yn Surrey efallai. Neu Gaint. Fy enw ar hirsgwar euraidd ar y drws. *Dr Eifion Clough.*

Ond bywyd. Bywyd...

Cnoc ar y drws. Cuddiaf y wisgi a'r cwpan o Scarborough y tu ôl i bentwr o lyfrau, clirio fy ngwddw, codi a rhedeg fy llaw trwy fy ngwallt. Wedyn cofiaf i mi fod yn eistedd yn y tywyllwch, ac felly dwi'n goleuo'r lamp fach.

"Ia? Dewch i mewn."

Mae'r drws yn agor. Un o'r nyrsys newydd sydd wedi cyrraedd o Wlad Pwyl. Beth ydi ei henw hi eto? Yr un â'r Saesneg gorau. *Croes... Craws... Chroes...* beth oedd y ffordd gywir i'w ddweud?

"Dr Clough?"

"Dewch, peidiwch â bod yn nerfus."

Daw i mewn yn araf.

"Sori eich distyrbio chi fel hyn. Ac mor hwyr. Doeddwn i ddim yn siŵr… oedd y lle mor… dywyll…"

"Popeth yn iawn, Nyrs. Sut fedra i helpu?"

"Mrs Emily Pugh eto, Doctor."

"O?"

"'Dan ni'n trio cwrs o Desmopressin ers dros fis ond mae Sister Maud yn meddwl falla fydd angen rhywbeth cryfach. Duloxetine falla? Be 'dach chi'n feddwl, Doctor?"

Estynnaf fy sbectol er mwyn ceisio edrych yn fwy awdurdodol a chodi'r ffeil sydd ar fy nesg.

"Mae hi yn Stafell 186," meddai'r nyrs, gan gamu ymlaen a gwenu'n ansicr. "Mi oedd ei gŵr yn arfer gweithio i Cunard. Tydi hi ddim yn medru cysgu. Mae hi'n poeni bod yna storm ar y ffordd. Mellt a tharanau, meddai hi."

Mae ei llygaid yn dechrau crwydro rownd y swyddfa. Cyn bo hir bydd hi'n siŵr o weld y wisgi a'r cwpan o Scarborough y tu ôl i'r llyfrau.

"Iawn," meddaf, gan gau'r ffeil â chlec bendant. "Rhowch filigram neu ddau o Duloxetine iddi fel awgrymodd Sister Maud. Wedyn gnewch yn siŵr eich bod chi'n cael dipyn o gwsg hefyd, Nyrs… ym…"

"Chrowstowski, Doctor. Lena Chrowstowski."

"Wrth gwrs. Da iawn. Da iawn."

Arweiniaf hi at y drws fel prifathro.

"Nos da."

"Nos da, Dr Clough."

Sut roedd hi'n medru dweud 'Clough' a finnau'n methu dweud 'Chrowstowski'?

Caeaf y drws ar ei hôl, eistedd wrth y bwrdd, cydio yn y cwpan o Scarborough a llowcio'r wisgi. Oedd y nyrs wedi ei synhwyro? Efallai. Efallai ddim. Mae'n anodd dweud beth sydd ar feddwl nyrsys ifanc heddiw. Ac, wrth gwrs, mi fyddai hi'n amhosib iddi ddychmygu beth oedd ar fy meddwl innau. Tri pherson… Dr Jerry Stone CBE… John Kent…

… A hithau, wrth gwrs. Hithau yn Stafell 200. Yr unig un â'r golau ymlaen heno.

"Yr unig ffordd i symud ymlaen ym Mhant Melyn, Doc, ydi neud be mae'r arolwg diogelwch wedi'i ddeud – dymchwel yr hen floc a dechrau o'r dechrau. Ehangu o'r llawr i fyny, a gneud hynny â mwy o steil."

John Kent. Yn drewi o dybaco. Tatŵs fel nadroedd glas gwenwynig yn llithro dros groen ei freichiau. Ydi'r storïau dwi wedi eu clywed amdano'n wir?

Mae o'n agor y cynlluniau mawr papur ar wyneb y ddesg unwaith eto.

"Os newch chi astudio'r planiau yma, Doc, mi welwch chi fod Dalyell wedi cynllunio adeilad tri llawr efo lle i saith deg o wlâu ychwanegol – a phob un yn *en-suite* moethus. Digon i droi Pant Melyn yn un o'r cartrefi henoed gorau yng Nghymru, os nad ym Mhrydain."

Bob tro mae o'n fy ngalw i'n 'Doc' mae fy nyrnau'n tynhau. Ond beth ydi'r pwynt meddwl am hynny? Dydi rhywun fel fi ddim yn debygol o darfu ar rywun fel John Kent. Dim os ydi'r storïau'n wir. A hyd yn oed os *nad* ydyn nhw'n wir, mae o'n ddyn mawr. Nid yn heini efallai, mae'r tybaco a'r bol cwrw'n tystio i hynny, ond mae ei ddyrnau fel cerrig.

Ydi hi'n wir iddo ladd ei wraig?

Pesychaf yn nerfus.

"Dwi wedi astudio'r planiau, Mr Kent."

Mae'n rowlio'r cynllun i fyny nes ei fod yn edrych fel sgrôl Feiblaidd. Wedyn mae'n cerdded draw at y ffenest ac yn edrych allan ar hen adain yr adeilad yr oedd o, a finnau – a Mr Dalyell o gwmni pensaernïaeth Dalyell a Brigstocke (heb sôn am yr arolwg diogelwch) – yn awyddus i'w chwalu. Ond, wrth gwrs, mae *hi* yna. Yn Stafell 200. Stafell sydd i'w gweld yn glir o'r swyddfa. Ydi hi'n ein gwylio ni rŵan? Anodd dweud yng ngolau dydd.

"Mi 'nes i job reit debyg yn Lerpwl yn ddiweddar," meddai John Kent. "Hen ysbyty. Fasach chi ddim yn credu'r lle tasach chi'n ei weld o rŵan, Doc. Trawsnewidiad go iawn."

"Fedra i ddychmygu."

Mae o'n pwyso ymlaen ac yn gostwng ei lais fel rhywun sydd am rannu cyfrinach syfrdanol. Y baco fel arf ar ei wynt.

"Tydi hi ddim yn job hawdd, Doc, mi wna i gyfadde hynny. Mae'n debyg fydd yna dipyn o aflonyddu ar yr hen grônis. Dwi'n amcangyfri y bydd angen tîm o tua ugain o fois. Dwi'n nabod criw reit dda o Birkenhead." Mae o'n wincio arna i. "Eu tro nhw 'di gneud ffafr â mi…"

Gwenaf arno'n ansicr. Dydw i ddim yn siŵr pa mor awyddus ydw i i gael fy sugno i mewn i fyd tywyll ac anghynnes John Kent.

Mae o'n troi at y ffenest eto.

"Y job waetha o'ch safbwynt chi, Doc, fydd y chwalfa. Yn enwedig efo'r hen adeiladau yma… Be 'dach chi am neud efo'r hen grônis tra bo'r gwaith yn mynd 'mlaen? Fydd pwy bynnag sy'n talu ffortiwn i gadw'u hanwyliaid yn y cartre 'ma ddim yn rhyw hapus iawn. 'Dach chi wedi ystyried hynny?"

Do. A naddo. Dyna ydi'r gwir. Yr adeilad sy'n bwysig. Lle moethus i'w ddangos i'r byd. Teyrnas y byddai'n werth bod yn frenin drosti.

"Pryd gafodd Pant Melyn ei godi, Doc? 'Dach chi'n gwybod?"

"Ddiwedd y bedwaredd ganrif ar bymtheg, dwi'n meddwl." Chwifiaf y wybodaeth i ffwrdd. "Rhywbeth fel'na."

Eistedda John Kent yn ôl a gwenu. Mae ei ddannedd yn frown fel siocled.

"Ia, wel, oedd yr hen Fictorians yn gwybod sut i roi adeilad wrth ei gilydd. Efo rhai o'r *new builds* 'ma mae'n gymharol hawdd. Tîm o dri efo JCB ac mae'r waliau'n disgyn fel pac o gardiau. Ond efo hen glasuron fel Pant Melyn… wel. Crefftwyr, Doc. Mae llefydd fel hyn wedi cael eu rhoi at ei gilydd gan ddynion oedd â dipyn bach o falchder yn eu gwaith."

"Ia wel, fydd raid i mi drafod pethau ymhellach."

Mae dannedd siocled John Kent yn diflannu.

"Be 'dach chi'n feddwl, Doc?"

"Mae'n job fawr, Mr Kent."

"Ond o'n i'n meddwl bod pethau wedi'u setlo? Yr unig beth oedd angen rŵan oedd trefnu dyddiad? Blydi hel. Dwi wedi deud 'tha chi! Mae'r tîm yn barod!"

Mae 'nghalon i'n dechrau pwmpio'n galetach. Mae o'n iawn wrth gwrs. Dwi'n petruso.

"Cwpwl o bethau i'w sortio o'n hochr ni, Mr Kent. Mân bethau."

Dwi'n trio gwenu ond tydi John Kent ddim yn gwenu yn ôl. Rhwbiaf fy mron er mwyn trio slofi'r galon ond erbyn hyn mae'r gwaed yn fy mhen a fy llygaid yn fflachio. *Migraine* arall ar y ffordd. Agoraf y drôr ac estyn y Relpax.

"Dwi'n gobeithio bo' chi ddim yn mynd i newid eich meddwl, Doc…"

Mae'r ffordd mae'n ei ddweud yn swnio fel bygythiad. Ac erbyn hyn mae'n pwyso ar y bwrdd fel gorila. Dwi'n rhoi tabled yn fy ngheg a'i llyncu gydag ychydig o'r Evian ar fy nesg.

"Newid fy meddwl?" Dwi'n trio chwerthin. "Beth sy'n gneud i chi feddwl hynny? Y dyfodol, Mr Kent, dyna sydd ar fy meddwl i."

Cerddaf o gwmpas y swyddfa i drio cuddio'r ffaith 'mod i'n petruso. Ydw i'n ystyried cydweithio â gŵr fel John Kent? O ddifri calon? Ydi'r storïau amdano'n wir? Beth yn union ddigwyddodd i'w wraig?

Pam John Kent? Am ei fod yn rhad. Am ei fod yn gweithio'n sydyn. Ac mae amser yn brin. Arian hefyd, er bod y cartref yn llawn. Ac mi fyddai symud pawb yn fusnes drud petai'r gwaith yn llusgo 'mlaen am fisoedd ar fisoedd. Ond amser oedd y prif reswm wnes i ei ffonio yn y lle cyntaf. Wedi'r cyfan, mae Dr Jerry Stone ar ei ffordd i Princeton a lle ydw i? Yma ym Mangor. Brenin, ia. Ond brenin bregus. Brenin gwan. Brenin nad ydi o'n debygol o ymddangos yn y *Telegraph*.

Ond falla. Jyst *falla*…

"Dwi'n awyddus iawn i ddatblygu Pant Melyn, Mr Kent."

Dydi John Kent ddim yn ymateb i'r wên ffals dwi'n ei dangos iddo. Mae'n cydio yn y cynlluniau a'u stwffio o dan ei gesail. Wrth iddo gamu tuag at y drws mae'n edrych fel llofrudd. Hawdd fyddai ei ddychmygu'n tollti'r holl fodca 'na i lawr corn gwddw ei wraig.

"Rhowch showt, Doc," meddai, ei lygaid yn fain ac yn siarp. "Dwi'n ddyn prysur. Dim pawb sy'n medru fforddio malu cachu."

Mrs Beti Jane Fôn. *Dyna* pwy ydi hi. Mrs Beti Jane Fôn. Y ddynas styfnig yn Stafell 200.

Beth oedd yn y ffeil? Saith deg naw, bron yn wyth deg, ond yn edrych yn fengach. Eithaf cryf er gwaetha'r thrombosis. Gwadu bod ei chalon yn broblem. Hyd yn oed ar ôl derbyn triniaeth yn Ysbyty Broadgreen yn Lerpwl.

Yn wreiddiol o Amlwch, symudodd i Fanceinion ar ôl priodi athro. Mi fuodd o farw cyn ei amser. Trawiad ar y galon. Symudodd yn ôl i bentre Bethel tu allan i Gaernarfon. Cymuned glòs. Ond dyna pryd ddechreuodd hi droi at y botel. Y straen. Yr unigrwydd. Un plentyn yn ei arddegau cynnar. Bachgen.

Meirion.

Wrth gwrs 'mod i wedi ei gyfarfod. Wel, efallai fod 'cyfarfod' braidd yn dew. Dwi wedi ei weld o sawl tro wrth iddo ymweld â'i fam. Gŵr yn ei bedwardegau canol erbyn hyn, efallai, ond, fel ei fam, yn edrych yn fengach. Braidd yn flêr. Un o'r dynion yna oedd yn arfer paentio arwyddion a thollti glud i mewn i beiriannau twll yn y wal Barclays a Lloyds ers talwm, reit siŵr. Eithaf tal. Tenau fel pensil. Gwallt cyrliog du. Heb fritho eto.

Sut ar y *ddaear* oedd rhywun fel hwn yn medru fforddio Pant Melyn?

Mae'r dylluan yn cymeradwyo ei hun yn dyner wrth iddi hedfan drwy'r tywyllwch. Efallai fod yna lwynog o gwmpas. Maen nhw i'w weld weithiau. Mae rhai o'r nyrsys yn cwyno eu bod nhw'n mynd trwy'r biniau tu allan i gytiau'r neuadd breswyl. Ond dydw i ddim yn medru gweld llwynog heno. Dim ond y coed yn sefyll yno'n llonydd fel rhyw fath o warchodwyr sinistr, y gwynt yn sibrwd ei gyfrinachau i mewn i'r dail. Efallai fod y dylluan wedi dychmygu gweld llwynog yn y cysgodion. Oes gan anifeiliaid ddychymyg? Anodd credu.

Edrychaf draw at y rhan o'r hen floc, yr hen floc mae Mr Dalyell wedi ei ail-lunio ar bapur yn adain newydd, fodern dri llawr. Ond dwi ddim cystal â'r dylluan am ddychmygu heno. Y cyfan wela i ydi hen floc hyll Fictoraidd mewn bric a choncrit. Mae pob un o'r ffenestri'n dywyll. Pawb yn eu gwlâu. Heblaw amdani *hi*, wrth gwrs. Na, mae golau Stafell 200 yn dal ymlaen: ydi fy llygaid yn chwarae triciau â mi, neu ydi ei silwét cyfarwydd i'w weld ar y cyrten wrth iddi edrych yn ôl arna i? Dwi'n eu rhwbio ac yn ailffocysu. Dim byd ond cyrten yn symud yn araf yn y gwynt ac yn creu bwganod. Mae ei ffenest ar agor tra bo ffenest pawb arall ar gau.

Mrs Fôn. Mrs Beti Jane Fôn…

Bore wedyn.

"Nyrs Chrowstowski?"

Allan yn y coridor mae hi'n stopio wrth ddrws fy swyddfa ac yn dod i mewn. Merch gydwybodol a charedig o ddyfnderoedd Gwlad Pwyl. Mae ei Saesneg yn dderbyniol a'i Chymraeg yn well byth, chwarae teg iddi. Y *hi* sydd wedi helpu'r nyrs i ddysgu, wrth gwrs. *Hi* yn Stafell 200. Oes, mae gan y nyrs ifanc yma dipyn o *rapport* â'r hen fuwch styfnig.

"Ie, Dr Clough?"

Ugeiniau canol. Tri deg efallai? Del. Hardd bron. Yr unig beth yn ei herbyn ydi'r croen tyn ar ei hwyneb – mae'n rhy dynn rywsut. Fel petai wedi cael Botox. Ond dyna fo. Mae'n debyg mai dyna'r drefn y dyddiau yma. Mae yna flewyn o wallt euraidd ar ei boch. Mae'n ei symud tu ôl i'w chlust yn sydyn ac mae yna olwg ofnus ar ei hwyneb.

"Peidiwch â phoeni, nyrs." Codaf o fy nesg. "Dwi'n deall eich bod yn dipyn o ffrindiau efo Mrs Fôn."

"Mrs Fôn, Doctor?"

Dwi'n licio'r ffordd mae ei hacen yn gwneud i'w Saesneg swnio'n ecsotig ac yn hyfryd. Petawn i'n ddyn ifanc mi fyddai 'nghalon i fel clwt ar y carped a Duw a'm helpo i oherwydd mi fyddai Nyrs Chrowstowski wedi ei sathru dan ei sodlau â phleser creulon. Oes ganddi gariad? Rhywun yma ym Mangor? Doctor yn Ysbyty Gwynedd efallai? Neu fyfyriwr yn y Brifysgol? Neu oes yna fachgen lwcus yn ôl yn y famwlad, yn disgwyl amdani yn ofid i gyd rhag ofn iddi gael hyd i Gymro bach heini?

"Rhif 200," meddaf, gan roi'r gorau i'r oedi wrth sylweddoli i mi fod yn syllu arni'n rhy hir. Cliriaf fy ngwddw a chodi o'm sêt i geisio cuddio fy embaras. "Mrs Beti Jane Fôn."

Wrth i mi ddweud yr enw mae wyneb prydferth y nyrs yn goleuo. Mae ei gwên fel y wawr.

"Beti," meddai gan fy synnu braidd wrth droi at y Gymraeg.

"Wrth gwrs. Mae hi a fi yn… sut ydach chi'n ddeud?… yn *ffrindiau*. Mae hi'n dysgu fi i arlunio. Pan mae gen i amser rhydd. Dwi'n mynd i'w stafell ac mae hi'n fy nysgu. Mae ei lluniau hi yn… dda. Yn… beth yw'r gair… *ardd-er-chog*?"

"Ardderchog, ia."

"Y coed, a'r bryniau. Mae'n paentio bob dim mae'n weld o'r stafell. Ddylen nhw fod mewn rhyw fath o… arddan… ardda…"

"Arddangosfa?"

Mae Nyrs Chrowstowski'n chwerthin yn swil.

"Sori, Doctor. Mae fy Nghymraeg i ddim yn dda eto."

"Dim o gwbl, mae'ch Cymraeg yn dda iawn."

"Ddim cystal â fy Saesneg. Dwi ddim ond yma ers chwe mis. Mae fy nheulu yn ôl yn Gwlad Pwyl."

"O, yn lle?"

"Sieradz. Tu allan i Łódź."

Nodiaf fel petawn i wedi clywed am y lle. Mae Nyrs Chrowstowski'n gwenu eto. Mae'n deall 'mod i yn y tywyllwch.

"Wir i chi, Doctor. Mae'n rhaid i chi weld y lluniau. Maen nhw'n…"

"Brydferth?"

Mae hi'n nodio. Wedyn mae hi'n tynhau ei gwefusau, bron fel petai hi'n sylweddoli bod y sgwrs hon wedi croesi rhyw fath o ffin.

"Ai dyna'r… cyfan, Dr Clough?"

O'r man parcio o flaen y dderbynfa clywaf sŵn injan. Codaf y bleind a gweld ei gar. Car Meirion Fôn. Wedi dod i weld ei fam yn dilyn cyfnod arall dramor. Beth mae hwn yn ei wneud? Beth ydi ei waith? Sut ar y ddaear mae o'n medru fforddio cadw ei fam yma ym Mhant Melyn?

"Bob dim yn iawn, Doctor?"

Mae'r Ford Focus llwyd yn cael ei barcio'n flêr ac yn frysiog. Mae'r mwg o'r egsôst fel rhywbeth dieflig o Chernobyl.

"Diolch, Nyrs," meddaf, gan hanner troi ati. "Gewch chi fynd."

Ar ôl i'r drws gau yn dawel ar ei hôl, edrychaf allan unwaith eto a gwelaf fod drws y Ford Focus ar agor. Gyferbyn â'r Porsches a'r BMWs mae'r car trist hwn fel trempyn yng nghwmni tywysogion. Mae Meirion Fôn yn camu allan mewn siaced denim a phâr o Levi's llawn tyllau. Mae ei wallt mor flêr ag erioed ac mae yna locsyn bratiog ar ei wyneb. Yn ei law dde mae yna dusw o flodau. Wrth i gwpwl o nyrsys gerdded heibio mae o'n nodio arnynt yn chwithig cyn cloi'r car – oes angen ei gloi go wir? – ac yn diflannu i mewn i'r adeilad.

Dwi'n pwyso'r botwm coch ar yr intercom.

"Elen?"

"Ia, Doctor?"

"Fedrwch chi atal fy ngalwadau am ddeg munud, plis?"

"Iawn, Doctor."

Dwi'n dal Meirion yn y coridor sy'n arwain i'r hen floc. Ond mae o'n cerdded yn gyflym a dwi bron allan o wynt. Medraf deimlo'r chwys yn blodeuo ar fy nhalcen.

"Wedi bod dramor, Meirion?"

Mae o'n stopio ac yn troi rownd. Mae'n sylwi ar y chwys ar fy nhalcen hefyd. Mae ei ddillad yn drewi o sigaréts stêl.

"Dr Clough. Do. Yn Sbaen. Málaga."

Celwydd, wrth gwrs.

"Braf. Am faint?"

"Mis."

"Ond eto 'dach chi ddim yn edrych yn rhy frown."

"Dwi'n tueddu i gadw i'r cysgodion."

"Call iawn. I'ch mam?"

"Sori?"

"Y blodau."

"'Dach chi'n chwysu, Doctor. 'Dach chi 'di bod yn rhedeg?"

Trawaf yr hances yn frysiog dros fy nhalcen.

"Ga i sgwrs, Meirion?"

"Am be? Dwi'n hwyr fel mae hi."

"Eich mam. Dim byd i boeni yn ei gylch. Pum munud?"

Ochneidia Meirion Fôn. Mae'n tsiecio'i wats. Wedyn mae'n ei thapio a'i chodi i'w glust. Mae hi wedi stopio. Wrth gwrs.

Arweiniaf ef i mewn i'r swyddfa.

"Paned, Meirion?"

"Ydi hi'n iawn?"

Dwi'n chwerthin yn ffals.

"Fydd eich mam yma ymhell ar ôl pawb arall. Gan gynnwys finnau. Fedra i eich sicrhau chi o hynny."

Wrth gwrs, dydi Meirion ddim yn chwerthin. Mae ei wyneb fel craig.

"Felly pam dwi yma? Os ydi bob dim yn iawn?"

Mae'r wên yn toddi ar fy wyneb.

"Steddwch, Meirion. Plis."

Eistedda. Ond mae o'n edrych yn anniddig. Mae'r blodau'n rhai drud.

"O'n i'n awyddus i gael gair bach preifat, Meirion. Mae yna blaniau mawr ar y gweill yma ym Mhant Melyn."

"O?"

"Mae'n siŵr eich bod chi, fel pawb arall sy'n ymddiried ynddon ni i ofalu am eu rhieni, wedi sylwi ar gyflwr yr hen floc. Mi oedd y Fictoriaid yn feistrolgar iawn pan oedd hi'n dod i frics a cherrig a sment, Meirion, ond does dim sment na charreg yn y byd sy'n medru gwrthsefyll grym amser."

Dwi'n reit browd o'r llinell. Barddonol bron. Ac wrth gwrs,

roedd hi wedi gweithio ar bawb arall yn y diwedd. Gwrthododd Mr Wellicote symud hefyd ar y dechrau ond, ar ôl i mi gael gair â'i fab – a defnyddio'r llinell – roedd yr hen foi wedi cytuno i symud o ystafell 183 ac, yn dilyn yr un patrwm, cytunodd Wendy Brace i symud ei mam o ystafell 174. Rŵan ro'n i am drio'r un strategaeth ar fab yr unig un oedd ar ôl.

Yr unig rwystr.

"Neith hi ddim symud."

"Mae'n ddrwg gen i?"

"Mae hi'n hapus lle mae hi. Mae hi'n licio'r stafell."

Mae fy nghalon fel morthwyl. Dydi pethau ddim yn mynd yn dda. Mae'r chwys yn blodeuo ar fy nhalcen eto.

"Yndi, wrth gwrs. Ond pan fydd y bloc mawr newydd wedi ei adeiladu fydd yna stafelloedd moethus, cartre oddi cartre, *en-suite*, ac mi fydd yna —"

Mae Meirion yn gwthio'r gadair yn ôl ac yn codi ar ei draed.

"Dwi'n hwyr."

"Wrth gwrs," meddaf, gyda gwên gwerthwr ceir ail-law sy'n gweld ei gwsmer yn diflannu, "ond meddyliwch am y peth. Ac os oes yna rywbeth fedra i wneud i'ch helpu, cofiwch ofyn."

Dwi ddim yn disgwyl iddo stopio wrth y drws. Ond dyna mae'n ei wneud.

"Mae yna un peth."

"O?" Synhwyraf dinc rhyw gloch fach obeithiol yn atseinio yn fy mron. "Beth?"

Am eiliad mae yna olwg ansicr yn taro wyneb Meirion fel cysgod ystlum. Ond wedyn, mae'n edrych i fyw fy llygaid.

"'Dach chi'n nabod seiciatrydd da?"

Maen nhw'n meddwl 'mod i'n wirion bost. Ond dyna fo. Dyna beth sy'n digwydd pan mae rhywun yn mynd yn hen. Cyn gynted ag y bo'r gwallt yn dechrau britho maen nhw'n credu bod eich meddwl yn llwydo hefyd. Dros nos 'dach chi'n stopio bod yn 'berson'. Yna 'dach chi'n ddim byd ond bod mewn cadair wrth y ffenest, ac mae'r nyrsys a'r doctoriaid yn siarad â chi fel petaech chi'n blentyn methedig. Codi eu lleisiau. Dyna beth maen nhw'n ei wneud. Codi eu lleisiau a gwenu fel ffyliaid. Fel petai gwên yn datrys pob problem.

Cofiwch chi, dwi'n reit hoff o ambell nyrs. Lena. Lena Chrowstowski. Dydi hi byth yn siarad lawr nac yn rhwchian. A hithau 'di'r unig un i ddangos unrhyw fath o ddiddordeb yn y lluniau. Chwarae teg iddi. Mae hi wedi sôn ei bod yn gyrru hanner ei chyflog i'w theulu yn ôl yn Sieradz. Hogan dda. Dwi'n siŵr fod ei brawd a'i chwaer fach yn poeni amdani ac yn gobeithio bod bob dim yn iawn yma yng Nghymru. Bechod.

Dwi wedi gwneud llun iddi. Mi geith hi ei fframio a'i yrru yn ôl i'w rhieni, os ydi hi eisiau. Wedyn fedran nhw weld mor brydferth ydi'r hen wlad yma. Dwi byth yn blino paentio'r goeden a'r afon. Mi fydda i'n codi yn y bore ac yn estyn y paent ac i ffwrdd â fi. Faint o luniau sgen i o'r un olygfa erbyn hyn? Cannoedd. Yn y cwpwrdd. Yn y wardrob. Yr un olygfa ym mhob un, ond eto pob un yn wahanol. Mae'r golau yn newid. Y lliwiau yn newid. Wrth gwrs, mae rhai ar y wal. Y rhai gorau. Ac wedyn mi daflwyd rhai. Dydi pob llun ddim yn llwyddiant. Ond dyna fo. Does neb yn berffaith.

Cnoc ar y drws.

Damia. A finnau eisiau paentio eto.

Wrth gwrs, dwi'n falch o weld Meirion. Mae pob mam yn falch o weld ei phlentyn. Yn enwedig ei hunig blentyn. Mae o mor flêr ag erioed. Ond be fedar rhywun ei wneud? Dwi wedi trio pob dim. Un blêr fuodd o erioed. Yr unig dro roedd o'n smart oedd pan aeth o i'r fyddin. Roedd ei wallt o'n gwta adeg hynny. A'i sgidiau'n sgleinio fel taffi triog.

Cusan ar y foch. A blodau hefyd, chwarae teg. Rhai drud.

Yndw, dwi'n falch o'i weld o. Fydda i wastad yn falch o'i weld. Mae o wedi bod i ffwrdd. Mae yna olwg flinedig arno. Fel petai pwysau'r byd mewn sach ar ei gefn. Mae'n sbio ar rai o'r lluniau ar y wal.

"Mae Dr Clough isio i chi symud."

"Yndi, dwi'n gwybod. Dwi 'di cael y gwaith papur ers tro."

Yr awyr. Fydda i wastad yn dechrau gyda'r awyr. Dipyn bach o las a gwyn, gadael bylchau bach wedyn i'r cymylau. Y paent yn ysgafn. Dydi'r awyr byth yn las tywyll yn y wlad yma.

"Falla fasa hi'n neis cael golygfa newydd i'w phaentio."

Mae gwyrdd yn gymhleth. Mae yna fwy nag un gwyrdd. Mae natur yn llawn gwyrddni. Dyna pam dwi'n paentio ac yn paentio ac yn paentio. Er mwyn trio dal y gwyrdd perffaith. Ond mae'r golau'n newid bob eiliad. Mae'n rhaid bod yn sydyn os ydach chi am ddal natur. Mae o fel trio dal pysgodyn.

"Mae pawb arall wedi cytuno i symud."

"Do, mwn."

"Gewch chi deledu LCD i wylio *CSI*."

"Fydda i byth yn gwylio teledu. Hen lol."

Mae o'n trio'i orau, chwarae teg.

"Tybad ydi Bruce yn dal i weithio i'r *Chronicle*? Fysa fo'n reit falch o bennawd da, mae'n siŵr: hen bobol yn cael eu gorfodi o'u 'cartrefi'…"

"Fysach chi ddim…"

Gwenaf yn slei.

"O? Sut fedri di fod mor siŵr? Digon hawdd codi'r ffôn. Fasa'r hen Clough ddim yn licio hynny. Mae o'n gwybod yn iawn 'mod i'n nabod Bruce. A tydi o ddim am weld ei enw drwg ar dudalen flaen y *Chronicle*, mae hynna'n saff i chdi!"

Weithiau fydda i'n hanner cau fy llygaid wrth sbio arno. Fydda i'n dychmygu bod 'na ddau ohonyn nhw. Dau oedd i fod. Ond dim ond un arhosodd. Dim ond un sydd yma rŵan.

"Sut mae o?" gofynnaf.

"Pwy?"

"Mr Craf."

"Dwi heb ei weld o ers i mi ddod yn ôl."

"Wel cofia ddeud 'helô' pan weli di o. Dweda 'mod i'n cofio ato. Y creadur. Ar ei ben ei hun fel'na."

Mae'r glas yn rhy drwm. Damia. Yr un hen fistêc. Sgrwnsiaf y papur a'i daflu'n belen ar lawr gyda'r gweddill ac ailddechrau. Tu allan mae'r adar yn canu. Maen nhw'n dod i fyny i'r ffenest yn y bore. Maen nhw'n licio briwsion tost. Mae ambell un yn dŵad i mewn ac yn sefyll ar y bwrdd. Maen nhw'n gwybod 'mod i'n hen. Tydw i ddim yn debygol o symud yn sydyn a'u brifo. Nid yma ar yr ail lawr. Dwi'n rhy uchel.

Wrth i mi baratoi'r glas a'r gwyn ar y paled gwyliaf ef o gornel fy llygaid. Dyma sy'n digwydd bob tro mae o'n dod yma – cusan, blodau, sgwrs am y lluniau ac wedyn mae'n eistedd yn y gadair am hanner awr yn dweud dim tra 'mod i'n trio paentio. Ond eto does 'na ddim byd yn anghyfforddus am y peth. Fo ydi fy mab wedi'r cyfan. Fy unig blentyn. Os nad ydi o eisiau dweud dim byd am ble mae o wedi bod a pham, mae hynny'n iawn. Ei fusnes o ydi hynny. Mae o allan o drwbl erbyn hyn. Does dim rhaid i mi boeni am Dylan Carter na'r heddlu. Mae'r bennod anffodus gyda'r Draenog wedi pasio, diolch i'r drefn.

Wrth gwrs, does gen i ddim syniad beth mae o'n ei wneud ond, beth bynnag ydi o, mae'n amlwg ei fod o'n llwyddo. Efalla ei fod o'n flêr ond mae o'n medru fforddio fy nghadw i yma. Ac mae o'n gyrru'r paent mewn parsel bach bob mis. Yr acrylig gorau. A'r papur hefyd, chwarae teg. Yndi, mae o'n glên.

Efallai mai fo oedd yr un iawn wedi'r cyfan.

Mae Dr Clough yn smalio na fu'n disgwyl amdana i ond dydw i ddim yn ffŵl.

"A, Meirion," meddai, gan wenu'n ffals, "sut oedd eich mam?"

"Iawn."

Daliaf ati i gerdded. Mae doctoriaid wedi arfer â phobol yn stopio pan maen nhw'n stopio. Doctoriaid sy'n rheoli'r byd. Neu dyna beth maen nhw'n licio'i feddwl. Ond tydyn nhw ddim yn rheoli fy myd i. Mae'n fy nilyn i fel ci bach ar hyd y coridor.

"Tybed, Meirion, tybed gafoch chi gyfle i sôn am —?"

Pan dwi'n stopio a throi rownd mae o'n cael tipyn o sioc.

"Symud?" gofynnaf.

Mae Dr Clough yn dal i wenu. Llyncu poer.

"Wrth gwrs, dwi'n deall 'i fod o'n fater sensitif ond…"

Dwi'n dechrau ailgerdded i lawr y coridor a'r tro hwn mae Dr Clough wrth fy ochr. Mae yna chwys ar ei dalcen.

"Y peth ydi, Meirion, â phob parch, mae gwaith yn eich cadw chi o 'ma am gyfnodau reit hir, felly prin ydi'r cyfleon i drafod efo chi. Dwi wedi sgwennu wrth gwrs ond, wel, dydw i ddim wedi derbyn ateb ac, am ryw reswm, dydi eich ffôn ddim yn gweith—"

"Mae hi'n hapus lle mae hi, Doctor."

Dydi o ddim yn licio'r ateb. Mae'n trio cuddio'r ffaith gyda gwên arall.

"Wel, na. Yn naturiol. Mae unrhyw newid i'r drefn yn medru bod yn ano—"

"Mae fy mam yn licio Pant Melyn."

"Wel, mae hynny'n wych. Ac, wrth gwrs, mi ydan ni yn hoff iawn o'ch mam hef—"

"Mi wnes i ymchwil go fanwl pan o'n i'n chwilio am le i Mam. Ond fan hyn oedd hi'n licio. Roedd yna rywbeth am y golau, meddai hi. Mi ydach chi'n dallt ei bod hi'n licio paentio?"

Mae'r wên ar ei wyneb yn anodd i'w chynnal. Mae ei geg yn dechrau crynu a'r chwys yn llifo i lawr ei foch.

"Mae eich mam yn ddynes ddawnus dros ben, Meirion. Does dim amheuaeth am hynny."

"Nid Pant Melyn oedd y lle rhata o bell ffordd. Ond fan hyn roedd hi'n licio. Ac ers iddi fod yma mae hi wedi bod yn yr un stafell. Stafell 200."

"Yndi, ond—"

"Gadael llonydd iddi fasa orau i bawb."

Mae'n crychu ei dalcen. Yna'n ceisio gwenu. Ceisia ddweud rhywbeth, ond dwi'n ei stopio.

"Mae ganddi ffrind yn y *Chronicle*. Ac mae'n licio siarad, Mam... 'Dach chi'n deall?"

"Yndw," meddai o'r diwedd, y wên yn toddi. "Wrth gwrs."

Tynna'r hances o'i boced a'i tharo ar draws ei dalcen a'i foch. Mae o wedi ei siomi. Ond mae'n flin hefyd. Petai'n cael fy hitio dwi'n siŵr y byddai'n gwneud. Ond dydi Dr Clough ddim y math o foi sy'n hitio'r rhai sy'n sefyll yn ei ffordd. Na, mae o'n un o'r bobol yna sy'n ffeindio ffyrdd eraill o symud ymlaen. Yn y diwedd mae dynion fel Dr Clough yn ennill y dydd bob tro. Disgwyl. Dyna ydi ei strategaeth. Rywsut neu'i gilydd mi fydd pethau'n bownd o ddisgyn i'w lle.

"O," meddai, gan newid cyfeiriad, bron fel petai'r sgwrs flaenorol erioed wedi digwydd, "dyma hwn i chi."

Cerdyn busnes. Mae yna enw a rhif arno.

"Dr Jerry Stone?"

"Seiciatrydd. Un da hefyd. Ro'n i yn y coleg efo fo, fel mae'n digwydd. Mae ganddo bractis yng nghanol Bangor. Ond peidiwch ag oedi. Mae o ar fin mynd i America. I Princeton. Chi ddwedodd eich bod chi'n awyddus i gysylltu â seiciatrydd?"

"Ydw. Diolch."

Rhoddaf y cerdyn yn fy mhoced. Oedd Dr Clough wedi synhwyro gwendid o ryw fath yndda i? Estynnaf y goriadau wrth gamu allan i'r maes parcio.

"Os fedra i helpu mewn unrhyw ffordd, Meirion," meddai wrth i mi adael, y wên yn ôl ar ei wyneb, "cofiwch gysylltu."

Tu allan, mae yna gath yn rhwbio yn erbyn fy nghoes ac edrychaf i lawr. Doeddwn i heb sylwi bod yna gath ym Mhant Melyn o'r blaen.

"Hei, boi," plygaf i'w mwytho.

"Ffyc off," ateba'r gath.

TRI, PEDWAR,
PUMP A CHWECH

Cariad,

Diolch am dy lythyr. Mae hi mor braf clywed bod bywyd yn cario 'mlaen yn dawel, heddychlon yn ôl yn Sussex. ▓▓ ▓▓▓▓▓▓▓▓▓▓▓▓▓▓▓▓▓▓▓▓▓▓▓▓▓▓▓▓▓▓▓▓▓▓▓ Braf hefyd oedd cael nodyn bach oddi wrth Sophie. Dweda wrthi fod Dada yn ei charu ac, wrth gwrs, dwi'n cyfri'r dyddiau tan fydda i yn ôl adra efo chi eto.

Dwi'n cyfri'r dyddiau, yn llythrennol – mae gen i siart wrth ymyl y gwely, a bob nos cyn i mi ddiffodd y golau, mi fydda i'n croesi diwrnod arall i ffwrdd, yn union fel dyn mewn carchar. A dyna lle ydw i wedi'r cyfan. Mae rhyfel yn fath o garchar a dyma fi, fel pob milwr arall mewn hanes, dybiwn i, (heblaw am Alexander efallai!) yn gaethwas i'r gwleidyddion. Hyd yn oed yr arwyr teuluol flynyddoedd maith yn ôl yn Waterloo a Sepastapol. Ond rhaid dewis fy ngeiriau'n ofalus, efallai. Mi wyt ti'n ymwybodol, wrth gwrs, fod pob llythyr yn cael ei sensro erbyn hyn, rhag ofn i fanylion gyrraedd y Taliban.

Paid â phoeni amdana i. Dwi'n gweld y newyddion ar Sky News a CNN ac ydi, efallai fod pethau'n edrych yn beryg yma, ond cofia fod y newyddiadurwyr sy'n rhan o'r bataliwn yn gorfod torri nifer fawr o ddyddiau diflas i un bwletin cyffrous tri munud o hyd. Dyna pam mae yna ffrwydradau a saethu a ballu. ▓▓▓▓▓▓▓▓▓▓▓▓▓▓▓▓▓ Coelia fi, rhan fwyaf o'r amser, dwi'n chwarae cardiau yn yr Officers' Mess ac yn siarad am yr hen ddyddiau yn Charterhouse!

Mae'r dynion sydd dan fy ngofal yn rhai da. ▓▓▓▓▓▓▓ ▓▓▓▓▓▓▓▓▓▓▓▓▓▓▓▓▓▓▓▓▓▓▓▓▓▓▓▓▓▓▓▓▓▓▓▓▓ ▓▓▓▓▓▓▓▓▓▓▓▓▓▓▓▓▓▓ Maen nhw wedi setlo i mewn yn wych i feddwl bod y tywydd mor uffernol. Ddoe mi oedd yna storm erchyll ac, ar ôl iddi ddistewi, mi oedd y tancs a'r pebyll o dan dair neu bedair modfedd o dywod! Does yna fyth unrhyw fath o rybudd. Un funud mae'r tirlun yn fflat ac yn ddiflas, ac yn ymestyn am gannoedd a channoedd o filltiroedd heb yr un bryn na mynydd - na phlanhigyn hyd yn oed! Ac wedyn mae'r ddaear fel petai'n penderfynu troi ar y creaduriaid anffodus hynny sy'n gorfod byw a gweithio arni (fel fi, Denison a Muffin, er enghraifft!) ac yn gwneud ei gorau glas i'n chwythu ni i ebargofiant! Ond wir i chdi, Connie, dyna ydi'r gelyn gwaethaf sydd yma - y tywod. (Os nag wyt ti'n cyfri'r *camel spider* wrth gwrs. Ffeindiodd Muffin un yn ei wely neithiwr. Maen nhw hanner ffordd rhwng tarantiwla a sgorpion - ac mor sydyn â vespa! Fasat ti'n sgrechian fel banshi petaet ti'n gweld un!) Dwi ddim am i ti boeni. Anghofia am y Taliban. Does 'na ddim Taliban o fewn can milltir. A dweud y gwir, yr unig amser dwi'n gweld un ohonyn nhw ydi ar y newyddion!

Fory ry'n ni'n mynd allan ar un o'n patrôls. Yn amlwg fedra i ddim dweud i ble ry'n ni'n mynd - ac a bod yn hollol onest, tydw i ddim yn meddwl fyddet ti damaid callach petawn i'n tanlinellu pob troedfedd o'r ffordd ar fap. Oherwydd does 'na ddim map. ▊▊▊▊▊▊▊▊▊▊▊▊▊▊▊▊▊▊▊
▊▊▊▊▊▊▊▊▊▊▊▊▊▊▊▊▊▊▊▊▊▊▊▊▊▊▊▊▊ Does dim angen map yma yn Helmand. Byddai mwy o sens i'w gael ar fap o'r môr. Milltir ar ôl milltir o gerrig a thywod, cerrig a thywod, cerrig a thywod. Ond dyna fo. Mae arna i ofn fy mod wedi troi i fod mor ddiflas â'r tirlun. Mae rhyfel yn uffern!

Rhaid mynd i gysgu felly. Ry'n ni'n codi'n eithaf cynnar fory. Criw bach hapus yn sicrhau bod y diffeithwch yn saff! Dwi'n dweud wrthat ti, Con, petai o i fyny i mi fyddwn i'n hapus i'r blydi Taliban gadw'r blydi lle. Mae Helmand yn waeth na Herne Bay!

Private Jackson sy'n dreifio fory. Un da ydi Jackson, chwarae teg. Un o'r dynion yna fyddet ti'n trystio efo dy fywyd. Ac os oes 'na rywun yn y fyddin Brydeinig sy'n gwybod sut i yrru GX-20, wel, Jackson ydi'r boi. ███

███████████████ Mae Private Henderson efo ni hefyd. Mae o'n dipyn o dead shot. Dim pawb sy'n sgorio 50 allan o 50 ar y range! A Private Bennett, wrth gwrs. Ti'n cofio fi'n sôn amdano? Dipyn bach yn od. Ond dyna ni. Cymro. Ddim yn hapus yn ei groen rywsut. Nac efo'i enw chwaith. Weithiau mae'n rhaid galw arno ddwywaith cyn iddo droi. Efallai nad 'Bennett' ydi ei enw iawn. Dwi wedi dod ar draws hyn o'r blaen wrth gwrs. Bechgyn yn awyddus am fywyd newydd. Bywyd glân. Nid ein busnes ni ydi gofyn gormod o gwestiynau. Os fedran ni helpu mi wnawn ni. Beth bynnag, mae ei feddwl yn bell i ffwrdd rywsut. O, ac mae o'n flêr! Ond efallai mai fo fydd syrpreis mwya'r *regiment* ar ddiwedd y dydd! Neu mi fydd o wedi'n lladd ni i gyd! (Jôc cariad... ry'n ni'n berffaith saff. Cofia hynny. Bob amser.)

Swsys mawr i Sophie fach felly. Bydd Dada yn ôl cyn bo hir i ddarllen stori arall cyn mynd i gysgu.

Caru ti, Con

Rupe XX

Weithiau, pan fydden ni'n sefyll ar y wal oedd yn amgylchynu'r camp y cyfan fydden ni'n ei weld fyddai llinell noeth y gorwel. Roedd yna un lôn yn torri ar ei thraws, ac roedd unrhyw un oedd yn teithio ar hyd y lôn honno'n ffŵl. Roedd gan y Taliban arfau o Rwsia erbyn hyn ac roedden nhw cystal siots ag unrhyw un yn yr SAS. Gwell na Henderson hyd yn oed. Ac roedd yr IEDs yn cuddio dan bob carreg fel sgorpions. Ni oedd y ffyliaid. Oherwydd ni oedd yn teithio ar hyd y lôn ddwywaith bob dydd. Heb reswm o gwbl. Jyst i wneud yn siŵr fod neb yn symud y gorwel. Ffyliaid. Ffyliaid yn dilyn ordors ffyliaid.

"Bennett, take the rear! Bennett, can you hear me?"

"Sir!"

Doedden nhw ddim yr un fath â ni. Mi gafon nhw eu dwyn i fyny mewn ffordd wahanol – fel y plant 'na sy'n cael eu magu gan fleiddiaid neu anifeiliaid gwyllt. Pan fydden ni'n sbio i mewn i'w llygaid roedden nhw fel creaduriaid eraill. Doedden nhw ddim fel dynion cyffredin. Ond eto'r rhain oedd y dynion oedd yn rhoi'r ordors i ni. Dynion mor estron â'r Taliban.

"Keep your eyes peeled, men. There's been some activity overnight."

'Bear' roedd pawb yn ei alw. Tu ôl i'w gefn wrth gwrs. 'Rupert Bear'. Cyn i mi ddod yma ddychmygais i erioed fod 'na ddynion o'r enw 'Rupert' yn y byd. Mewn coedwig efallai. Mewn coedwig, yn gwisgo trowsus melyn siec. Ac ar ddudalennau llyfr. Ond nid yn y byd go iawn.

"Bennett! You concentrating? I'm talking to you, Bennett!"

"Sir!"

Doeddwn i ddim yn berson paranoid ond roedd hi'n amlwg i bawb fod gan Bear broblem efo fi. Pam o'n i wastad yn y cefn pan oedden ni ar batrôl? Roedd pob ffŵl yn gwybod bod y person yn y cefn yr un peth â'r *tailgunner* ar awyren adeg yr Ail Ryfel Byd. Nhw oedd y targed amlwg. Syndod nad oedd Bear yn dilyn pethau i'r eithaf a jyst yn rhoi targed rownd fy ngwddw, fel medal fawr, a fy ngwthio allan o'r tryc. Roedd pawb arall wedi sylwi hefyd. Macari, Jackson (y ffefryn), Henderson, Benson a Phipps. Neithiwr, mi wnes i fetio paced o Marlboro efo Phipps y byddai Bear yn fy anfon i i'r cefn unwaith eto. O leiaf fedra i ddiolch i Bear am lond drôr o ffags.

Doedd neb yn dweud lot. Wel, roedd yr injan mor swnllyd â

morfil, felly doedd fawr o bwynt dweud dim byd, ond roedd yna reswm arall am y tawelwch. Roedd fel petai pawb yn ymwybodol bod llygaid miniog y Taliban yn ein gwylio. Roedden nhw wastad yno. Mor anweledig â'r gwynt ac mor ddistaw â'r nos. Binociwlars yn un llaw, Dragunov yn y llall, a'u llygaid yn sownd yn llygaid y telesgop. Ni yn y canol, yn teithio'n araf, ond yn anochel, i ganol y groes ddu. Neb eisiau siarad rhag ofn mai dyna fyddai eu geiriau olaf.

"What's that over there, Bennett?"

"On it, sir!"

Dim byd wrth gwrs. Doedd dim byd byth yn digwydd. Dyna oedd y broblem. Petai 'na bethau'n digwydd fyddai hi ddim mor uffernol, ac mi fyddai'r tensiwn yn llai trymaidd. Doedd dim byd tebyg i'r profiad o gael rhywun yn saethu atoch i leihau tensiwn. Y peth gwaethaf oedd *meddwl* y gallech chi gael eich saethu. Weithiau fe fyddwn i'n meddwl y byddai'n syniad da petai Bear yn fy lluchio i allan o'r tryc. Byddai bwled sydyn yn fendith.

"Just a goat farmer, sir."

"Keep him covered."

Y fyddin oedd yr unig opsiwn ar ôl beth ddigwyddodd yng nghoed Gwyndŷ. "Paid â phoeni am beth mae pawb arall yn feddwl am y Draenog," dywedodd Mam. "Roedd rhywbeth fel'na'n siŵr o ddigwydd iddo un diwrnod. Nid dy fai di oedd o." Chwarae teg iddi. Hi wnaeth fy helpu. Hi wnaeth yn siŵr fod yr heddlu'n gwybod y gwir. Ond, er hynny, roedd yn rhaid i mi ddengid rywsut. Dengid o'r pentre lle roedd pawb yn dal i siarad. Hi wnaeth drefnu hynny. Ddim yn berffaith, ond yn hynod o effeithiol. Mam, druan. Fyddwn i'n meddwl weithiau y byddai fy mrawd bach 'di bod yn well plentyn iddi, efallai. Yn llai o drafferth. Ond, wrth gwrs, chafodd hi erioed gyfle i'w gyfarfod.

Nid fi oedd yr un iawn. Nid fi oedd yr un oedd i fod i ddod allan. Aeth rhywbeth o'i le. Ac nid fi ddylai fod yn y lle hwn chwaith. Dylan Carter ddylai fod yma. Fo oedd y llofrudd go iawn.

"He's coming over. Bennett, are you listening?"

"I'll go, sir."

Doedd y ffermwyr ddim trafferth. Roedd ffermwyr 'run fath drwy'r byd i gyd, reit siŵr – o Fethesda i Nad Ali. Roedden nhw jyst eisiau bywyd tawel. Efallai'u bod nhw'n awyddus i ni adael y wlad hefyd, jyst fel y Taliban, ond am resymau hollol wahanol. Roedd y ffermwyr eisiau eu tir yn ôl. Ac roedden nhw eisiau'r rhyddid i fynd â'u hanifeiliaid a'u cnau a'u ffrwythau i'r farchnad agosaf – fel arfer ar gyrion pentre fel Sundham neu Ranprahir.

Ers talwm, y briff oedd i ni filwyr gyfarch ffermwyr mewn grŵp bach ond, erbyn hyn, roedd pawb wedi dysgu mai'r ffordd orau o wneud pethau, ac o gadw ewyllys da rhyngddon ni a'r werin datws, oedd eu cyfarch yn unigol. Roedd hyn yn llai bygythiol, yn ôl yr arbenigwyr.

"Watch him, Bennett!"

"I'm on him, sir!"

Ar ôl ychydig roedd rhywun yn dod i ddeall bod pobol Afghanistan yr un mor neilltuol â ninnau o ran edrychiad a gwisg. Mater o ddod i arfer oedd o. Ro'n i'n nabod ei wyneb ond ro'n i'n anobeithiol efo enwau. Gŵr ifanc oedd hwn – ugain efallai? Gwenodd arna i ac roedd ei ddannedd yn berffaith, bron fel actor o Bollywood, ond roedd ei ddillad yn flêr ac yn llawn llwch. O'i gwmpas roedd y geifr yn canu eu clychau wrth iddyn nhw gerdded, rhedeg a phori. Beth uffar oedd yna i afr ei bori ar dir mor anghysbell? Roedd y gwair fel weiars. Gwthiai asennau'r anifeiliaid yn boenus yn erbyn y croen.

Gwenais yn ôl. Roedd o'n dweud rhywbeth. Doedd dim

pwynt trio siarad yn ôl. Mi oedd yna gyfnod pan fyddai athro Dari yn dod i lawr i'r camp i ddysgu ychydig o eiriau i ni, ond roedd hynny cyn i ni ddarganfod nad oedd y rhan fwyaf o'r boblogaeth yn y darn anghysbell yma o'r wlad yn medru'r iaith.

"What's he saying, Bennett?"

"Don't know, sir!"

Beth bynnag roedd o'n trio'i ddweud roedd o'n gwenu ac yn cynnig darn o felon ffres i mi. Wrth iddo wneud hynny sylwais ar y gyllell yn ei felt. Roedd cyllell i ffermwr yn Helmand fel ffon i ffermwr yn Nhregaron. Ond gwell bod yn wyliadwrus.

Yr ordors oedd na ddylen ni byth dderbyn bwyd na diod gan aelodau o'r werin. Do'n i ddim yn gwybod pam. Doedd gan y bobol yma ddim rheswm i'n brifo. Na'r modd chwaith. Y cyfan roedden nhw eisiau oedd bywyd tawel. Cael llonydd i fyw eu bywydau syml. Fel unrhyw ffermwr arall. Y peth olaf roedden nhw eisiau oedd milwyr yn sticio'u trwynau gorllewinol i mewn i'w busnes.

Roedd y ffermwr ifanc yn erfyn arna i i dderbyn y melon.

"Don't take it, Bennett!"

"No, sir!"

Cariad,

Does dim byd byth yn digwydd. Yn wir i ti, Connie, petai'r gwleidyddion yn gwybod mor ddiflas ydi pethau yma mi fydden ni i gyd adra ar yr awyren gyntaf fory! Ond dyna ni, efallai fod hyn yn newyddion da i tithau ac i Sophie fach, wedi'r cyfan, y peth olaf rydych chi eich dwy eisiau ydi unrhyw fath o gyffro yn ein byd ni (oherwydd ry'n ni i gyd yn gwybod beth yw ystyr 'cyffro').

Ond eto, ar ôl dweud hynny, mi fyddai'n braf petai

'na *rywbeth* yn digwydd. Rhywbeth i gyfiawnhau ein presenoldeb yn nhwll tin y ddaear! Ond y cyfan ry'n ni'n ei wneud ydi mynd allan ar batrôl, dod yn ôl, cael bwyd, chwarae pêl-droed (neu wylio yn fy achos i - fues i erioed yn un da am gicio pêl. Criced, efallai. Neu rygbi. Ond pêl-droed mae'r hogiau'n licio, felly, mi fydd raid i mi fyw efo'r gêm. Fel gwyliwr, wrth gwrs!).

Maen nhw'n hogiau da, chwarae teg. Halen y ddaear. Mi fydden nhw'n gwneud rhywbeth i'w gilydd. *Band of Brothers* go iawn.

Wel, heblaw am Bennett, wrth gwrs. Dwi wedi sôn amdano fo o'r blaen, yn do? Mae yna rywbeth od am y boi. Fedra i ddim rhoi fy mys arno'n union ond mae rhywbeth am ei agwedd. Pan dwi'n edrych i mewn i'w lygaid mae fel petai rhyw naws negyddol iddynt. Ac ocê, efallai 'mod i'n pigo arno oherwydd hynny. Pan fydda i'n mynd allan ar ein patrôls fydda i wastad yn ei roi yn y cefn, a dwi'n cyfaddef nad ydi hynny ddim yn deg - a ddoe fuodd raid iddo ddelio efo un o'r ffermwyr lleol ond, fel arfer, ddigwyddodd dim byd a tydi Bennett byth yn cwyno. Efallai fydden i'n licio'r boi'n well petai o yn cwyno. O leiaf fyddai hynny'n ei wneud o'n berson haws i'w ddeall. Pam wnaeth o ymuno â'r fyddin? Dyna beth dwi eisiau'i wybod.

O leiaf mae'r dyddiau'n mynd heibio ac mi fydda i adra cyn bo hir. Fedran ni fynd i lawr i Lewes am dro efallai? Neu i Brighton?

O'n i'n sôn am yr SAS. Wel, mae McMurphy wedi cael gair efo'r Recruitment Board ac er nad ydi o'n medru dweud gormod, y si ydi 'mod i wedi'i gwneud hi i'r rownd nesaf. Yn naturiol, mae hyn yn galonogol ond, fel dwi'n dweud, does dim sicrwydd eto. Cariad, dwi'n gwybod dy fod ti'n poeni – ry'n ni wedi cael sawl sgwrs am y peth ond, trystia fi, byddai cael fy nerbyn yn golygu 'mod i'n medru treulio mwy o amser adra. Hefyd, mae'r hyfforddi'n cymeryd blynyddoedd ████████████████████████████

████████████████████████ Dim Helmand, dim yr Almaen hyd yn oed. Ac, fel o'n i'n sôn pan o'n i adra ddwytha, mae yna siawns go dda y bydden i'n cael fy mhenodi'n hyfforddwr o ryw fath, yn enwedig gan fy mod i wedi astudio Rwsieg yng Nghaergrawnt cyn mynd i Sandhurst.

Ond ti a Sophie sy'n bwysig, cariad. Ti a hi fydd â'r gair olaf, beth bynnag fydd y penderfyniad.

Gobeithio bod y tywydd yn Lloegr yn braf. Mae hi'n stormus yma eto. Weithiau mae'r awyr yn glir ac yn las ac wedyn, mewn llai nag ychydig eiliadau, bydd wedi troi i fod yn ddu ac yn fygythiol. A phan fo'r glaw'n disgyn bydd y dŵr yn taro'r ddaear fel bwledi! Neithiwr roedd y mellt a tharanau fel byddin arall yn y nefoedd. Mi oedd pawb yma'n effro – aeth rhai o'r hogiau allan i sbio, fel plant bach yn syllu ar dân gwyllt. A dyna beth oedd o wrth gwrs. Tân gwyllt natur!

Fory, ar ôl i mi weld McMurphy i drafod fy nghais ar gyfer yr SAS, byddwn ni'n mynd allan ar ein patrôl boreol. ████████████████████████████████ Efallai fod y stormydd drosodd am y tro. Gobeithio wir.

Cariad mawr i chi'ch dwy,

Rupe

O.N. Gan fod hwn yn sôn am yr SAS bu'n rhaid i mi ei yrru drwy un o'r sianeli answyddogol. Efallai y bydd yn cymeryd ychydig mwy o amser i dy gyrraedd o'r herwydd.

R XX

Pam mynd yr holl ffordd i Mars i gael hyd i ddiffeithwch fflat, marwaidd a digroeso pan fyddai hi wedi bod lot yn haws, ac yn rhatach, gyrru robot a chamera i Helmand?

I'r dde, wrth i mi eistedd yng nghefn y tryc unwaith eto (wrth gwrs!), roedd y gorwel yn llinell galed, ddigyfaddawd. Dim mynydd. Dim coeden. Dim byd ond cerrig ac ambell glwstwr bach o frwyn yn chwifio yn yr awel. Ond eto, er hyn, ro'n i'n teimlo y medrwn i adnabod pob un o'r cerrig a'r brwyn erbyn hyn a ffeindio fy ffordd yn ôl i'r camp.

"You concentrating back there, Bennett?"

"Sir!"

Roedd Bear, druan, yn flin â'r byd ond, gan nad oedd y byd i gyd ar gael, y ni – Macari, Jackson, Henderson, Benson a Phipps – oedd yn ei chael hi. Hyd yn oed Jackson. A Benson oedd yn gwybod pam. Roedd o wedi clywed bod Bear wedi methu yn ei gais i ymuno â'r SAS unwaith eto. Roedd o wedi clywed y bore hwnnw, yn ôl pob sôn. Daeth Colonel McMurphy rownd gyda'r newyddion drwg peth cyntaf yn y bore. Rŵan, dwi ddim yn arbenigwr o bell ffordd, ond ro'n i a'r gweddill ohonom yn gwybod pam fyddai Bear fyth yn aelod o'r Special Air Service. I gael eich derbyn roedd yn rhaid bod mor galed â chastell ac roedd Bear mor feddal â darn o siocled oedd wedi bod yn yr haul yn rhy hir. Clywodd Macari fod y Colonel wedi dweud wrtho am anghofio'r SAS a chanolbwyntio ar ei waith yn Helmand. Dyna pam roedd o'n flin. Blin â'r byd. Blin ag Afghanistan. Blin â Helmand. Blin â'r fyddin. Blin â ni. Blin â —

"You watching out, Bennett?"

"Yes, sir!"

Roedd pobol fel Bear yn meddwl mai nhw oedd biau'r byd. Ocê, roedd o'n medru siarad Rwsieg (ac mae'n siŵr mai dyna pam roedd o'n meddwl y byddai'r SAS mor desbryt i'w gael), ond roedd Lieutenant McIntyre yn well ieithydd o lawer. Mi oedd o'n medru siarad Ffrangeg, Almaeneg, Sbaeneg a Japanaeg. Ges i wersi Japanaeg ganddo am sbel. Roedd yr hogiau i gyd yn tynnu coes – pam oedd rhywun fel fi angen dysgu Japanaeg? Wyddwn i ddim. Roedd o jyst yn rhywbeth i'w wneud. Rhywbeth heblaw chwarae cardiau, neu Xbox, neu bêl-droed. Rhywbeth i gadw fy meddwl oddi ar y Draenog. Chwarae teg i Lieutenant McIntyre. Doedd dim rhaid iddo gynnig gwersi i mi. Doedd gen i ddim arian i'w dalu ac mi oedd o'n *officer* wedi'r cyfan. Ond ddwedodd o fod fy sgiliau ieithyddol yn eithaf da, yn enwedig o ystyried 'mod i heb fod i ryw ysgol fonedd fel fo a Bear.

Anlwcus oedd McIntyre yn y diwedd. Anlwcus ei fod yn methu aros am bisiad. Allan ar batrôl un bore, dyma fo'n dweud wrth y gyrrwr am stopio'r tryc ac mi neidiodd allan a dechrau piso dros y teiar cefn. Un fwled. Bwled chwim a hollol dawel yn hollti ei benglog ac yn taflu ei ymennydd hollalluog fel *blancmange* twp ar hyd ochr y tryc. Aeth o i lawr fel sach, medden nhw. O leiaf wnaeth o'm dioddef.

"He's back, Bennett, your farmer friend!"

"I'll check him, sir!"

Yr un boi. Y ffermwr o'r diwrnod o'r blaen. Roedd ambell un yn licio lapio eu pennau mewn gwyn, ambell un mewn coch. Roedd rhai'n tyfu locsyn trwchus tra bo eraill ond yn medru tyfu un pathetig o denau. Roedd rhai, fel hwn, yn hoffi gwenu. Roedd y rhan fwyaf ohonyn nhw'n troi ac yn cerdded i ffwrdd.

Mi wnes i ei gyfarch. Nid mewn Dari ond yn ei iaith ei hun. Dysgais ychydig ohoni. Roedd ieithoedd yn dod yn naturiol i mi. Ro'n i'n eu codi fel dail.

"Bob dim yn iawn?"

Roedd o'n dal i wenu.

"A, ia," meddai. "Yr un sy'n siarad ein hiaith. Be sy'n digwydd?"

Roedd o'n cyfeirio at y tryc.

"Dim byd."

"'Dach chi yma'n aml. Be 'dach chi'n neud?'

"Chdi bia'r rhain?"

Ro'n i'n cyfeirio at y geifr oedd yn tincial o'i gwmpas. Edrychodd arnyn nhw am eiliad hefyd. Wedyn mi boerodd dros eu pennau.

"Fy nhad. Ond fi fydd bia'r geifr un diwrnod."

"Lle ti'n mynd?"

"I adael iddyn nhw bori."

Uwchben roedd yr awyr yn ddu ac roedd y taranau'n rhowlio dros y cymylau fel cerrig mawr.

"Mae storm ar y ffordd," meddai o.

"What's he saying, Bennett?"

"Nothing, sir!"

Tarodd y glaw yn erbyn y tryc fel shrapnel ac mewn llai na hanner munud roedd y ddiffeithwch sych o'n cwmpas wedi ei drawsnewid yn rhesi o afonydd brown, byrlymus. Wrth i gleddyf main y mellt hollti'r cymylau llifodd y glaw'n ddidiwedd ac yn ddidostur a hawdd fyddai dychmygu ein bod yng nghanol y môr yn hytrach nag yn nhwll tin Afghanistan.

Gorchmynnodd Bear i ni symud ond, er bod Jackson yn trio'i orau ac yn pwyso'i droed yn drwm yn erbyn y sbardun, roedd olwynion y tryc yn sgidio'n aneffeithiol. Rhedodd geifr y ffermwr heibio, y glaw'n canu eu clychau.

"Bennett, get out and help Jackson push this fucker!"

"Yes, sir!"

Amynedd. Dyna un peth nad oedd Bear yn ei arfer. A dyna pam fyddai o byth yn cael ei dderbyn i'r SAS. Roedd hi'n iawn medru dringo wal neu gropian drwy ryw dwnnel llawn dŵr. Roedd pawb oedd yn ceisio ymuno â'r SAS yn medru gwneud pethau dwl fel'na. A doedd yr SAS ddim angen pobol ddwl. Roedden nhw angen pobol â sgiliau arbennig. Ac ar ben pob dim arall, roedd angen dynion amyneddgar. Dynion nad oeddent yn debygol o golli eu pennau mewn creisis. Os oedd Bear yn ymateb fel hyn i un o stormydd achlysurol Helmand (ac roedd o wastad yn ymateb yn yr un modd), sut ar y ddaear fyddai o'n ymateb petai'r Taliban yn penderfynu ymosod?

Yn naturiol, roedd o'n gwybod ei fod o wedi gwneud ffŵl ohono'i hun. Dyna pam – ar ôl i Jackson a finnau lwyddo i symud y tryc, wedi i'r glaw ysgafnhau ychydig – nad oedd o'n medru sbio i fyw llygaid yr un ohonom. Roedd o'n gwybod yn iawn ei fod o wedi mynd i banics gwyllt. Wedyn sblasiodd ymennydd Henderson ar hyd ei lin fel paent coch, cynnes. Eiliad yn ddiweddarach mi glywon ni'r gwn.

"Shit! Get this off me!"

"Sir!"

Ar y teledu ac yn y sinema roedd golygfeydd fel hyn yn gyffrous. Criw bach o filwyr yng nghanol nunlle yn trio saethu gelyn anweladwy. Wrth i ni gael ein hyfforddi yn ôl yn Lloegr mi fyddai'r sarjant wastad yn dweud bod y realiti'n hollol wahanol i'r ffilmiau. Ond dyna lle roedd o'n rong. Roedd o'n union 'run peth. Roedd y gelyn yn ein saethu fesul un, yn hamddenol bron, tra oedden ni'n gweiddi ac yn sgrechian ac yn saethu'n wyllt at bob cysgod a llwyn.

Macari oedd yr ail. Un fwled fel atalnod llawn yn ei fron. Mi blygodd o ymlaen ar ganol brawddeg, y gwaed fel sash coch i lawr ei gefn.

Benson oedd y trydydd. Yn ei dalcen y tro hwn. Twll coch perffaith. Am eiliad roedd fel petai wedi drysu. Pam nad oedd ei ddwylo'n gweithio bellach? Na'i goesau? Pam oedd pob dim yn dawel? Ac yn dywyll?

Wedyn roedd o wedi mynd.

Yna Jackson. Rhif pedwar. Bwled trwy ei galon.

"They're just picking us off one by fucking one!"

"Sir!"

Tywyllwch a sŵn traed. Y peth cyntaf wnes i oedd trio cyfri'r coesau yn fy mhen. Yn sicr roedd yna fwy nag wyth ohonynt. Ac wedyn clywais y clychau. A'r brefu. Ro'n i'n nabod llais y ffermwr yn ein plith. Roedd o'n siarad â gweddill ei griw a deallais yn syth nad ffermwr oedd hwn o gwbl. Wel, nid ffermwr llawn amser beth bynnag.

Wrth fy ochr roedd Bear. Roedd y mwgwd dros fy llygaid yn ddigon llac i mi weld ei sgidiau'n baglu dros y cerrig. Cwynai wrthynt, gan ddweud y byddai yna batrôl yn chwilio amdanom cyn bo hir. Ond, wrth gwrs, roedd o – a'r Taliban – yn gwybod yn iawn mai nonsens oedd hynny. Fyddai neb yn gwybod ein bod ni ar goll am oriau. Ac erbyn hynny mi fyddai'r fwlturiaid a'r llwynogod wedi dwyn pob darn o gnawd oddi ar ein cyrff.

Clywais lais y ffermwr, ond yn anffodus roedd o'n siarad â'i gyfeillion mewn iaith estron. Deallais ambell air ond dim digon i wybod beth oedd yn digwydd. Er bod gen i syniad eithaf da.

"What are they saying, Bennett? You can speak their filthy lingo!"

"Don't know, sir."

Pan gafodd y mwgwd ei ddatglymu oddi ar fy llygaid mi o'n i'n hanner disgwyl nodwydd siarp yr haul, ond roedd yr awyr yn dywyll unwaith eto ac yn y pellter roedd y taranau'n chwyrnu fel bwystfilod. Dim ond tri ohonom ddihangodd o'r tryc. Er 'mod i'n deall yn iawn nad 'dianc' wnaethon ni mewn gwirionedd. Roedd y Taliban wedi stopio saethu ac wedi caniatáu i ni gerdded oddi yno â'n dwylo yn yr awyr.

Ro'n i'n sefyll yn y canol rhwng Bear a Phipps. Roedd y ddau'n crynu oherwydd roedd yna ddarn o bren o'n blaenau ni. Ac roedd y ffermwr ifanc yn gwenu yn ôl ei arfer ac yn dal ei gyllell.

Am ryw reswm, Phipps ddewison nhw gyntaf. Cafodd ei wthio ymlaen tuag at y darn pren gan un o'r dynion barfog, a'i gicio yn ei gefn i'w blygu fel cadair lan môr. Cododd y ffermwr ei gyllell a gwenu arna i a Bear. Wedyn, mewn fflach, sticiodd y llafn i mewn i wddw Phipps. Chwistrellodd y gwaed yn fwa coch a mentrodd un neu ddwy o'r geifr ymlaen i'w yfed. Trwy'r cyfan roedd Phipps yn cicio ac yn ceisio sgrechian, ond yna mi dawodd ei lais. Y cyfan oedd i'w glywed oedd rhyw gyfuniad anweddus o dagu a garglo wrth i'r gyllell lifio drwy'r asgwrn cefn a'r fflapiau olaf o groen.

Wrth i'r ffermwr ddal pen gwaedlyd Phipps i fyny mi giciodd un arall y corff i'r ochr i wneud lle i'r nesaf. Ai fy nychymyg i oedd yn chwarae triciau ynteu a oedd llygaid Phipps yn dal i edrych o gwmpas ac yn gweld y geifr yn llyfu ei waed? Mi giciodd y ffermwr yr anifeiliaid o'r ffordd a chlywais y clychau'n tincial yn llawn panig.

"Dwi am dy arbed di," meddai, gan edrych arna i a gwenu. "Am funud o leia."

Mi ollyngodd ben Phipps a rowliodd hwnnw'n anesmwyth ar hyd y ddaear, fel pêl rygbi, gan adael cynffon fain, goch ar ei ôl.

Yn naturiol, roedd Bear yn crio fel plentyn. Aeth trwy ei bocedi, yn cynnig arian, wedyn ei wats. Ond roedd y ffermwr a'i gyfeillion yn chwerthin fel dynion yn mwynhau gwylio tsimpansî mewn sw.

Wrth i'r awyr droi'n ddu ac wrth i'r taranau ffrwydro, cafodd pen Bear ei osod ar y pren. Roedd yn cicio ac yn strancio a'r poer yn byrlymu o'i geg. Sychodd y ffermwr waed Phipps oddi ar ei gyllell a wincio arna i cyn symud at Bear.

"Murdering bastards! See you in hell, Bennett!"

"Sir."

Daeth popeth i ben mewn fflach. Yn llythrennol. Fflach o'r awyr fel llaw Duw, neu Allah, yn penderfynu mai digon oedd digon.

Fues i erioed mor agos i fellten o'r blaen, a diolch byth 'mod i ddim yn agosach oherwydd cafodd y ffermwr a'i gyfeillion eu lluchio i'r llawr fel bwganod brain. Dim ond un oedd ar ei draed, ac mi oedd hwnnw'n simsanu fel morwr. Cofiaf gydio yng nghyllell y ffermwr, a rhedeg at Bear a'i ysgwyd. Mi fuodd yn lwcus. Methwyd o gan ffyrnigrwydd y fellten, ond roedd y creadur wedi llewygu cyn iddi daro, oherwydd ei fod o'n siŵr fod ei fywyd ar ben. Fyddai o byth yn cael ei dderbyn i'r SAS, fyddai o byth yn gweld Connie eto, na Sophie fach, oherwydd roedd cyllell finiog y ffermwr am sleisio drwy ei wddw fel menyn.

Slapiais ei wyneb a gweiddi i mewn i'w glust ond, er iddo fwmial rhywbeth, fedrwn i mo'i ddeall. Ychydig lathenni i ffwrdd roedd yr unig aelod o'r Taliban oedd heb gael ei ffrio gan y fellten yn dechrau dod ato'i hun. Taflodd ei siôl dros ei ysgwydd ac estyn cyllell o'i felt cyn sgrechian a rhedeg tuag ata i'n wyllt. Daliais gyllell y ffermwr i fyny'n amddiffynnol ond dechreuodd yr hyn a ddigwyddodd gyda'r Draenog yng nghoed Gwyndŷ fflachio trwy fy mhen. Crynai'r gyllell yn fy llaw. Ai fy mai i oedd hynny go iawn? Ai damwain oedd y cyfan?

Ond beth oedd yr ots? Doedd y gorffennol ddim yn bwysig rŵan. Rŵan roeddwn i'n mynd i farw. Rywle yng nghanol Afghanistan, rywle ymhell o Gymru. Ymhell o goed Gwyndŷ. Ymhell oddi wrth Mam. Ymhell oddi wrth Dylan Carter.

Ond wedyn, jyst wrth iddo baratoi i wthio llafn ei gyllell i mewn i fy mrest, mi faglodd y Talibanwr gwyllt dros ben Phipps a syrthio i mewn i gyllell siarp y ffermwr.

A dyna'r union eiliad y deffrodd Bear. Edrychodd o'i gwmpas. Gwelodd y cyrff. A gwelodd yr un olaf yn syrthio i'r ddaear a'r gyllell waedlyd yn fy llaw.

"My God, Bennett! You killed them all!"

"No, sir."

Cariad,

Weithiau mae yna bethau'n digwydd ac am ryw reswm mae'n amhosib eu hegluro neu eu dadansoddi. Mae'n siŵr dy fod wedi clywed sïbrydion erbyn hyn am beth ddigwyddodd. Allan yn y diffeithwch. Cariad, mae'n rhaid i mi ymddiheuro am beidio â sgwennu'n gynt ond roedd y Colonel wedi gwahardd pob llythyr a phob galwad o'r camp nes i'r cyfan gael ei sortio'n swyddogol. Ac rwyt ti wedi bod yn briod â'r fyddin yn ddigon hir erbyn hyn i ddeall bod 'sortio'n swyddogol' yn medru cymeryd oes! Ond, ta waeth, mi oeddwn i'n falch bod y Colonel wedi gadael i ti wybod 'mod i'n saff, o leiaf. Rwy'n dy garu di gymaint. Rwy angen i ti wybod hynny. Ti'n gwybod hyn, yn dwyt? Doeddwn i ddim eisiau i ti na Sophie fach boeni. ███████████████

█████████ yn y patrôl █████████████████

█████████ Yn naturiol, doedd y Colonel ddim yn mynd i ryddhau unrhyw fanylion ynglŷn â'r digwyddiadau a tydw i ddim am herio'r sensor fan hyn wrth drio esbonio! Mae'r beiro mawr du yna yn barod i gael ei daro drwy unrhyw frawddegau neu eiriau sy'n rhy 'sensitif', ond mae'n rhaid i mi gael dweud un peth. Mae'r ffaith 'mod i yma, yn fan hyn, o dan gysgod cŵl, braf pabell yr ysbyty, yn glod i ddewrder un gŵr ac un gŵr yn unig.

Ti'n cofio fi'n sôn am Bennett? Fo oedd y Cymro yna oedd yn mynd dan fy nghroen. Oedd, mi oedd yna rywbeth oeraidd amdano. Rhywbeth od. Ar y cychwyn doedd o ddim yn fy nharo i fel milwr naturiol. ███████████████ █████████

█████████ Ond, wel, mae'n rhaid i mi gyfaddef i ti rŵan, cariad, efallai i mi fod yn rhy fyrbwyll fy marn oherwydd, ti'n gweld, heblaw am Bennett fyddwn i ddim yma heddiw. Na, fedra i ddim trafod y manylion efo ti. Mi fydd rhaid i mi ddisgwyl nes ein bod yn eistedd yn ein sêt gyferbyn â'r ffenest yn Madrigal's yn Lewes unwaith eto, efo te a chacen *lemon drizzle* Mrs Stirling! Wedyn, efallai, mi fedra i ddweud yr hanes wrthat ti'n dawel ac yn ei gyfanrwydd. Mi fedra i ddisgrifio sut wnaeth un milwr digon dibwys yr olwg drechu llond llaw o... cariad, dwi'n ofni bod y beiro yma'n symud yn rhy sydyn ac rhy fyrbwyll o lawer! Mae'n rhaid i mi dynnu'n ôl neu fydd y sensor wedi penderfynu dal y llythyr cyfan yn ei ôl am fis arall, a tydw i ddim am golli mis arall oherwydd fy ffolineb i. Gawn ni gyfarfod eto ymhen ychydig wythnosau, cariad, mae'r medics wedi gaddo. Dwi'n siŵr fydd y Colonel yn fodlon i mi ddod yn ôl am ychydig ac mi fedrwn ni smalio bod y twll uffernol yma ddim yn bodoli!

██

██████████████

Rho gusan i Sophie fach drosta i. Un gynnes a llawn cariad ar ei thalcen. A chofia 'mod i'n eich caru. Eich caru fwy nag erioed.

Rupe XXXXXXX

Go brin i mi ymuno â'r fyddin i fod yn arwr. Dengid roeddwn i eisiau. Nid medal. Fyddai hi'n well petai hyn erioed wedi digwydd. Wrth gwrs, roedd y peth yn erchyll, yn drasig. Fi a Bear oedd yr unig ddau ddaeth oddi yno ac ers pythefnos rŵan bu'r boi yn *solitary*. Y si oedd ei fod o'n crynu fel ci bach trwy'r dydd ac wedyn, drwy'r nos, ei fod yn udo, ac yn crio, ac yn gwlychu ei wely. Fi? Ro'n i'n iawn. Yr unig broblem oedd fod yna linell yn ein gwahanu oddi wrth bawb arall yn y camp. Ar un ochr i'r llinell, roedd y rhai oedd heb brofi'r Taliban *up close and personal* a gweld person byw yn cael ei ddienyddio â chyllell... ac ar yr ochr arall roedd Bear a finnau. Roedd hi'n hawdd anwybyddu Bear oherwydd roedd o'n ddwl botes yn ei babell dan ofal y medics, ond ro'n i'n wahanol. Ro'n i'n dal i gerdded o gwmpas y camp, yn dal i fwyta yn y cantîn gyda phawb arall. Wel, dwi'n dweud 'gyda phawb arall'. Efallai eu bod nhw yno'n gorfforol ond ym mhob ystyr arall o'r gair 'yno' roedden nhw mor bell i ffwrdd â Phenmaen-mawr. Doedd neb yn licio arwr. Yn enwedig yn y fyddin. Roedd pawb oedd ar ôl yma yn yr un twll, ac roedd pawb yr un fath. Wrth gwrs, roedd yr *officers* yn siarad yn wahanol, ac roedden nhw wedi bod i Sandhurst, ond doedd neb yn amlwg. Neb heblaw am yr arwyr. A dim ond un arwr oedd yna. A fi oedd hwnnw.

Wrth gwrs, ro'n i'n gwybod 'mod i ddim yn arwr go iawn. Ro'n i wedi darllen y llyfrau a'r comics ac ro'n i wedi chwarae *Call of Duty* a *Medal of Honor* sawl tro. Ro'n i'n deall yn iawn beth oedd arwr. Roedd arwr yn colli gafael ar bwysigrwydd ei fywyd ei hun am ychydig eiliadau, ychydig eiliadau oedd yn ddigon hir i achub bywyd ei gymydog. Credai Bear a phawb arall mai dyna beth ddigwyddodd, ond fi oedd yr unig un a welodd y mellt yn trywanu'r Taliban fel gwaywffyn sanctaidd. Doedd gen i ddim byd i'w wneud â'r peth. Duw laddodd y Taliban. Nid fi. Ond pwy oedd yn mynd i wrando arna i? Ac roedd bod ar ochr arall y llinell anweladwy yn haws na bod yng nghanol y dyfroedd stormus fyddai'n cael eu creu gan y gwirionedd. Ac a bod yn hollol onest, do'n i ddim yn meindio bod ar fy mhen fy hun. Jyst fi a Mair – yr unig un o'r geifr ddaeth allan yn fyw. Rŵan roedd hi'n fy nilyn rownd y camp mor ffyddlon â labrador, ei chloch fach yn tincial lle bynnag ro'n i'n mynd.

"Bennett, come here!"

"Sir!"

Dyma oedd y tro cyntaf i mi gael fy ngalw i mewn i swyddfa Colonel McMurphy. Mi oedd yna ffan yn y to a phentwr o weiars yn hongian i lawr fel gwe rhyw bry copyn anferthol. Nid bod y ffan yn gwneud unrhyw fath o wahaniaeth. Roedd y gwres fel gril.

Eisteddais yn y gadair ledr o flaen bwrdd bach crwn lle roedd yna dri gwydraid o Scotch, y rhew yn cracio wrth doddi. Yna, dywedodd y Colonel ei fod wedi cynnig fy enw ar gyfer y Conspicuous Gallantry Cross. Do'n i ddim yn gwybod sut i ymateb i hynny. Cododd y Colonel ei wydr a chynnig llwncdestun i'r Cwîn. Do'n i ddim yn arbenigwr ond roedd y Scotch yn amlwg yn un da. Dau beth drawodd fi. Yn gyntaf, edrychai'r Colonel braidd yn ofnus. Ac yn ail – pwy oedd biau'r trydydd gwydr? Edrychais tu ôl i mi. Oedd yna siâp dyn yn y cysgodion? Rhywun oedd yn gwylio ac yn gwrando ar ein sgwrs? Na. Efallai 'mod innau'n mynd yn dwlali fel Bear hefyd.

Cynigiodd y Colonel sigarét o gês arian. Cymerais un ac mi daniodd y Colonel hi â'i Zippo Jac yr Undeb. Do'n i heb smocio ers oes a chlymwyd fy ngwddw fel cadwyn gan y mwg. Fy ngreddf oedd tagu fel plentyn ond, rywsut neu'i gilydd, llwyddais i beidio ac ar ôl ychydig eiliadau llwyddais i ryddhau ychydig o fwg a'i wylio'n ymestyn yn fyrlymus tuag at do'r babell lle cafodd ei chwalu gan gleddyf y ffan.

Dechreuodd y Colonel fy mrolio a fy llongyfarch ar beth ddigwyddodd yn ystod y patrôl, ond trodd fy meddwl at y cysgodion. Ro'n i'n bendant bod yna ŵr yno, ac ro'n i'n bendant hefyd fod y Colonel yn awyddus 'mod i ddim yn sylwi arno. Sylweddolodd iddo wneud camgymeriad a chipio'r trydydd gwydraid o Scotch – yr iâ wedi hen doddi erbyn hyn – a'i roi tu ôl i'w gadair. Gwenodd fel petai dim byd wedi digwydd ond do'n i ddim yn ffŵl. Mi welais y cyfan o gornel fy llygad.

Bu'r ddau ohonom yn smocio'n dawel am eiliad. Wedyn, er nad oedd wedi gorffen ei sigarét, dyma'r Colonel yn ei diffodd ac yn codi ar ei draed. Gorffennais fy sigarét innau a chodi. Ces fy nghyfarch gan y Colonel.

"Good work, Bennett."

"Thank you, sir."

Estynnodd rywbeth o'i boced a'i roi i mi. Cerdyn. Roedd y cyfarfod ar ben. Troais tua'r cysgodion wrth i mi roi'r cap yn ôl ar fy mhen ond roedd y siâp diarth wedi diflannu. Gydag un llowc gorffennais y Scotch, cyfarch y Colonel eto, a gadael.

Ar ôl ychydig lathenni clywais gloch Mair.

"Be ddigwyddodd?"

"Dwi am gael medal. A ges i gerdyn hefyd."

Estynnais y cerdyn o 'mhoced.

"Be mae o'n ddeud?" gofynnodd yr afr.

Roedd yna rif ffôn. Ac un gair.

Nelson.

TRI DEG DAU

"Ti wedi'i gweld hi, yn do? Y fedal?"

"Sawl tro. Ond 'Bennett' ydi'r enw ar y dystysgrif. Nid 'Fôn'. Ti'n siŵr 'nest ti ddim ei dwyn hi?"

Mae Mr Craf wedi galw eto, fel mae o'n gwneud yn reit aml yn ddiweddar, ac a bod yn hollol onest dwi'n eithaf balch o'i weld. Dwi wedi paratoi ychydig o fwyd a diod ac mae o wastad yn mwynhau – er, fues i fawr o gogydd erioed.

"Dwi'n licio be ti 'di neud yn yr ardd, Meirion. Yn enwedig ar y gwaelod. Oedd hi'n arfer bod yn dipyn o strach dod i mewn ond rŵan mae pethau'n lot haws."

"Dwi wedi bod yn meddwl estyn y peiriant torri gwair eto."

"Wel, dy ardd di ydi hi. Ond dweda wrtha i am y boi yna. Nelson. Dwyt ti byth yn sôn lot amdano fo."

Eisteddaf yn ôl yn fy nghadair gan sipian y wisgi. Mae Mr Craf yn hollol iawn wrth gwrs. Fydda i byth yn sôn am Nelson wrth unrhyw un. Oherwydd dyna beth roeddwn i wedi'i addo.

"Dwi ddim yn gwybod lot."

Ond tydi Mr Craf ddim yn ffŵl. Mae o'n gweld bob dim. Hyd yn oed yn y tywyllwch, dybiwn i.

"Mae o'n ffonio weithiau."

"Ac wedyn?"

"Mae o'n cynnig gwaith. Wel, nid 'cynnig' ydi'r gair…"

"Sut fath o waith?"

"Mae'n hwyr."

"Ty'd. Dweda. Pa fath o waith?"

"Llnau. Llnau pethau."

"Ia, reit. Sbia golwg sydd ar y lle 'ma. Anodd credu dy fod ti'n medru llnau dim byd. Ti'n llawn cachu, ti'n gwybod hynna?"

"Falla."

Dwi'n poeni am Mr Craf yn ddiweddar. Pan gyrhaeddodd o gyntaf roedd o'n gymharol ifanc ac yn llawn egni. Ond rŵan, wrth i ni gerdded ar hyd y lôn fawr sy'n arwain allan o'r pentre tuag at y garej 24 awr dwi'n teimlo fy hun yn gorfod arafu ambell waith jyst i jecio'i fod o'n iawn, a'i fod o'n dal yna.

"Paid â phoeni," meddai o.

Ond wrth gwrs, mi ydw i. Er, dydi hi byth yn syniad da cyfaddef hynny. Pan fydd Mam yn cwyno'i bod hi'n wan a bod ei gwallt yn mynd yn wynnach bob dydd fydda i byth yn cytuno, a dydw i ddim yn mynd i gytuno â Mr Craf rŵan chwaith. Fel arfer y cyfan maen nhw eisiau ydi dipyn bach o sylw. Ni ydi'r ffynnon ddiwaelod o gelwydd sy'n rhoi nerth iddyn nhw. Y munud fyddwn ni'n rhedeg allan o ddŵr bydd pob dim ar ben.

"Dwi'n deall," meddai Mr Craf, gan ddal i fyny a thrio cuddio'r ffaith ei fod allan o wynt. "O'n i'n arfer gwneud yr un peth ers talwm pan oedd fy nhad yn wael. Ond dyna fo. Dwi'n ddiolchgar i ti."

Mae'r ceir yn gwibio heibio a does 'na fawr o bafin erbyn hyn. Dwi ofn i Mr Craf faglu, neu syrthio a rowlio allan i'r lôn.

"Oedd gan y gŵr 'Nelson' yma rywbeth i'w wneud efo'r trip i Tsieina?"

"Japan. Oedd. Aeth bob dim yn iawn."

Mae jygarnot yn taranu heibio gan yrru haid o gerrig mân dros Mr Craf druan.

"Oeddet ti i ffwrdd am sbel."

"Fel'na mae hi. Weithiau mae'r gwaith yn cymeryd mis. Weithiau dros flwyddyn. Mae'n dibynnu. Ond dwi wedi deud gormod yn barod. Wela i di nos fory."

Edrycha Mr Craf arna i am eiliad cyn troi a diflannu i mewn i'r llwyni. Mae Ford Focus yn sibrwd heibio ac yn canu ei gorn. Dyna pryd dwi'n sylwi 'mod i lot rhy agos i'r lôn.

Lle mae Mr Craf yn byw? Sut fath o dŷ sydd ganddo?

Dwi ddim yn rhy siŵr. Dwi ddim hyd yn oed yn siŵr beth mae o'n ei wneud drwy'r dydd. Dyna pam, ar ôl hanner munud – yn lle cario 'mlaen at y garej a phrynu llefrith a thorth fel ro'n i wedi bwriadu – dwi'n troi a chamu i ganol y llwyni.

Er bod y lôn fawr ddim ond ychydig lathenni i ffwrdd, mae'n od sut mae'r dail a'r brigau'n dal sŵn y traffig yn eu rhwydwaith cymhleth. Adar diymadferth y goedwig. Wrth i mi gamu'n ofalus ar hyd y llwybr main sy'n arwain at grombil y goedwig, mae'r ceir a'r loriau fel sibrydion o blaned arall. Ymhen dim, yr unig sŵn ydi crac y brigau dan fy sgidiau a sigladau brawychus y boncyffion. Rhyfedd o fyd bod rhywun yn medru pasio rhywle bob dydd heb feddwl dim am y lle ond wedyn, trwy gymeryd cam allan o'r cyffredin, ei fod o'n ffeindio'i hun mewn byd hollol wahanol. Byd hudolus bron. Byd estron. Bron fel y Mabinogi.

Ai dyma lle mae Mr Craf yn byw? Yng nghanol y goedwig?

Anodd credu'r peth. Ond eto, dyna lle mae'r llwybr cul yn fy arwain. I mewn i'r tywyllwch. Ydi o'n arwain i rywle o gwbl?

"Mr Craf? Ti yna?"

Roeddwn i wedi gobeithio clywed ei draed yn cripiad dros y dail a'r brigau ond yr unig beth dwi'n gallu ei glywed ydi'r awel fel ysbryd yn y coed.

"Helô?"

Mae fy llais fel un plentyn. Yn sydyn mae'r byd estron yn ofnus. Mae fy nghalon yn pwmpio. Ond mae hyn yn wirion! Does dim byd yn debygol o ddigwydd. Tydi hi ddim hyd yn oed yn goedwig go iawn! Dim ond drysfa bathetig o goed a llwyni gafodd ei hanghofio pan oedd y Cyngor yn gweithio ar y garej 24 awr ac yn lledu'r lôn fawr. Ond eto mae'r brigau o 'nghwmpas fel breichiau bwystfil o stori dylwyth teg.

Dwi'n troi yn ôl at y garej ac unwaith dwi allan o'r coed dwi'n llawenhau bron yn sŵn y traffig a'r byd normal. Mae fel petawn i wedi bod ar siwrnai hir i berfeddion y blaned, fel Macsen yn breuddwydio am antur faith. Ond rŵan dwi adref.

Wrth i mi jecio 'mhoced am arian mân ar gyfer y garej, sylweddolaf fod fy sgidiau a fy sanau'n wlyb socian.

"Peth fach ddel ydi hi'n 'de? Nyrs Chrowstowski."

"'Nes i'm sylwi. 'Dach chi isio mwy o de?"

Estynnaf y tebot a thollti mwy o de i mewn i'w chwpan. Mae yna lond plât o *digestives* o'i blaen ond tydi hi heb gymeryd yr un eto. Mynnodd 'mod i'n galw am baced yn y garej 24 awr ar y ffordd yma a rŵan dyma hi heb eu cyffwrdd. Efallai ei bod hi'n dechrau colli arni. Ai dyma'r arwydd cyntaf?

"Mae hi ar ei phen ei hun, meddai hi. Fasat ti'n meddwl y basa gan hogan ddel fel'na gariad, yn byset? Ond does 'na neb. Wrth gwrs, ddigwyddais i sôn wrthi dy fod ti ar dy ben dy hun hefyd."

Ochneidiaf. Y peth olaf dwi eisiau ydi ffrae o unrhyw fath, a dwi ddim yn un am godi llais beth bynnag – yn enwedig gyda hi. Ac ers iddi ddod i gartref Pant Melyn dwi wedi hen ddysgu mai'r peth gorau i'w wneud pan mae hi yn un o'r mŵds penderfynol, gwirion yma ydi gadael iddi ddweud ei dweud.

"Dwi'n wyth deg."

"Dim cweit."

"Wel mi fydda i'n wyth deg mis nesa a'r pwynt ydi 'mod i isio bod yn nain. A chdi ydi'r unig un sydd gen i."

Mae hi'n sbio ar y llun ar y silff. Llun ohona i pan o'n i'n fabi. Mae'r ffrâm wrth ei ochr yn wag.

"Tasa Gwynfor wedi byw falla fysa pethau'n wahanol. Fysa'm ots gen i wedyn dy fod ti'n galifantio o gwmpas y byd yn gneud beth bynnag uffar wyt ti'n neud. Ond chafodd Gwynfor, druan, ddim cyfle."

Mae'r dagrau'n dechrau. Mae hi'n rhoi'r gwpan yn ofalus ar y bwrdd.

"Mam…"

"Na, aros lle wyt ti. Dwi'n iawn. Mae gen i hances yn rhywle…"

"Dyma chi."

"Diolch."

Dwi'n sbio ar y ffrâm wag. Mae'n anodd credu y byddai Gwynfor yr un oed â fi. Sut foi fyddai o? Gwell na fi, reit siŵr. Hogyn call a chydwybodol. Fyddai Gwynfor byth yn diflannu i Japan heb esboniad. Nac i'r jyngl. Nac i'r Antarctig. Ond, wrth gwrs, chafodd o mo'r cyfle. Roeddwn i wedi ei ladd.

"Dwi wedi sylwi ar y ffordd mae Nyrs Chrowstowski'n edrych arnach chdi."

"Peidiwch â bod yn ddwl, Mam."

Eisteddaf wrth ei hymyl a thrio newid y pwnc.

"Na'th y doctor sôn mwy am y busnes symud 'na?"

Mae wyneb Mam yn suro.

"Dwi ddim am symud. Dwi'n licio'r stafell yma. Dyma lle dwi'n byw."

"Ond mae Dr Clough wedi deud y bydd yr adeilad newydd yn lot mwy moethus."

"Be 'di'r ots gen i am foethusrwydd? Well gen i aros fan hyn efo fy mhaent."

Codaf a cherdded tuag at y ffenest. Y goeden, y glaswellt, y llwybr... ambell aderyn. Mae'n codi ei phen a chiledrych.

"Ges i afael ar y rhif ffôn yna... y *Chronicle*. Fysa hi'n neis dal fyny efo 'rhen Bruce. Cael sgwrs."

Rŵan mae pethau wedi tywyllu. Mae yna gloc yn tician ar y silff gyferbyn, ger y llun ohona i yn fabi a'r ffrâm wag lle ddylai Gwynfor fod. Dwi heb sylwi ar y cloc o'r blaen ond rŵan mae'r tician mor uchel â morthwyl ac yn malu pob eiliad o 'mywyd.

"'Snam angen. Os 'dach chi'n hapus, Mam..."

Draw y tu hwnt i'r ffenest mae yna olau'n dod 'mlaen yn fflat Dr Clough, y fflat tu ôl i'w swyddfa. Uwchben, mae yna gwmwl yn symud heibio'r lleuad fel darn o sidan du.

"Doeddwn i ddim yn disgwyl hyn," meddai Nyrs Chrowstowski. "Eistedd mewn bwyty. Efo chi."

"*Ti*. Plis."

Mae'n gwenu ac yn sipian ei gwin.

"*Ti*. Sori."

"Dim problem."

"Wyt ti'n iawn?"

"Yndw. Wrth gwrs." Dwi'n trio gwenu mewn ffordd naturiol. Ond wrth i mi godi fy ngwydryn dwi'n ymwybodol 'mod i wedi yfed dros hanner y botel fy hun.

"Lena," meddai.

"Sori?"

Mae'n gwenu eto. Gwên drist.

"Fy enw. Lena Chrowstowski."

"O. Ia. Wrth gwrs."

"O'n i'n meddwl falla eich bod – sori, dy fod *ti* – yn meddwl mai 'Nyrs' oedd fy enw cynta."

Ochneidiaf, ysgwyd fy mhen, edrych arni, a gwenu a thincial fy ngwydr yn erbyn ei un hi.

"Dwi'n hoples. Sori."

"Bob dim yn iawn."

Mae hi'n edrych arna i ac yn rhoi ei gwydryn i lawr.

"Hi wnaeth awgrymu hyn, yntê? Gofyn i mi fynd allan efo ti fel hyn?"

Does dim pwynt dweud celwydd. Nodiaf fy mhen. Rydan ni'n dau'n chwerthin. Yr iâ yn dechrau toddi.

"Mae hi'n dipyn o gymeriad, dy fam."

"Penderfynol."

"Ystyfnig. Ai dyna'r gair?"

"Dwi'n siŵr fod gan Dr Clough air arall i'w ddisgrifio."

"Ia, wel, dydi o ddim yn hapus. 'Dach chi 'di cael y cytundeb, mae'n siŵr…"

"Do."

"Fydd rhaid symud tra bod y gwaith adeiladu'n digwydd…"

"Meddan nhw."

"Mae pawb wedi cytuno, heblaw am dy fam."

"Fel dwi'n deud. Penderfynol. Un fel'na fu hi erioed."

"Uparty."

"Be?"

"Y gair Pwyleg am 'ystyfnig'."

"Mae dy Gymraeg di'n dda, Lena. Dim pawb sy'n trafferthu dysgu."

"Dwi'n un dda am ddysgu ieithoedd. A beth bynnag, be arall sydd 'na i'w neud yn y *dorm*? Mae'r nyrsys eraill yn licio gwylio teledu neu fynd allan efo'u cariadon ond… dwn i ddim… mae'n well gen i neud rhywbeth mwy… adeiladol."

"Gair da eto."

Dwi'n tincial ei gwydr eto ac yn tollti mwy o win iddi. Mae un o'r gweinyddion yn pasio a gofynnaf am botel arall.

"Na," meddai Lena, ac am y tro cyntaf mae yna olwg wirioneddol ofnus arni, "wir, dwi ddim angen mwy."

Ond mae hi'n rhy hwyr. Mae hi'n noson eithaf tawel yn Le Creuset ac mae'r gweinydd yn ôl gyda'r botel cyn i mi gael siawns i'w chanslo. Nid 'mod i awydd canslo, wrth gwrs. Mae'r gwin yn mynd i lawr fel mêl.

"Fasat ti wedi gofyn i mi tasa dy fam heb awgrymu'r peth?"

Mae yna wên ddireidus ar ei hwyneb rŵan.

"Wrth gwrs."

"O ddifri?"

Mae hi wedi pwyso ymlaen ychydig. Edrycha i fyw fy llygaid ac mae'r wên ddireidus yn dal yna.

"Na," meddaf. "Fel dwi'n deud. Dwi'n hoples efo pethau fel hyn."

Mae hi'n pwyso yn ôl ac yn sipian ei gwin eto.

"Be ydi dy waith di?"

"Dwi'n teithio lot."

"Ia, wel, nid dyna 'nes i ofyn."

Gwagiaf fy ngwydryn mewn un a thollti mwy o win o'r botel newydd. Mae ychydig yn sblasio ar y lliain. Fel chwip o waed.

"Mae o'n reit gyfrinachol a deud y gwir."

"Ww. Swnio'n gyffrous! Oedd dy fam yn deud i ti fod allan yn Afghanistan."

"Ia, wel…"

"A dy fod wedi ennill medal."

Eisteddaf yn ôl yn fy nghadair, yn syth ac yn sydyn. Rhy sydyn efallai. Mae'r stafell yn dechrau troi fel carwsél.

"Wyt ti'n iawn, Meirion?"

"Yndw. Wrth gwrs."

Mae'r carwsél yn dechrau cyflymu. Ceisiaf dollti mwy o win ond mae mwy'n gorlifo dros ymyl y gwydryn a chofiaf am Phipps. Ei ben fel sach wag erchyll yn llaw y dyn o'r Taliban. A choesau coch Dr Sakamoto.

"Y bil plis," meddai Lena wrth y gweinydd.

"Iawn, madam."

"Ty'd," meddai, gan afael yn fy llaw a fy arwain tuag at y tŷ bach.

"Wel?"

Tydi Mr Craf ddim am droi'r sgwrs.

"Iawn," meddaf o'r diwedd, braidd yn flin am ei fod mor fusneslyd. A blin am fod fy mhen yn llawn hoelion. "Ocê. Wnes i yfed gormod, dwi'n cyfadde. Ti'n hapus rŵan? Ond dwi ddim wedi arfer. Ar Mam mae'r bai. Tasa hi heb awgrymu'r peth fasa pob dim yn…"

Mae Mr Craf yn un o'r mŵds 'na heno. Hanner ffordd rhwng chwareus a chyhuddgar. Pan mae o fel hyn mae yna ran ohona i fyddai'n licio ei godi a'i daflu drwy'r drws cefn, allan i'r ardd. Ond fyddwn i byth yn medru gwneud y fath beth. A beth bynnag, mae o'n iawn. Fy mai i oedd hi 'mod i wedi meddwi. Nid Mam. Nid Mam wnaeth yfed dwy botel a hanner o win coch. Yr unig beth roedd Mam eisiau'i wneud oedd helpu. Lena druan. Roeddwn i wedi gwneud llanast o bethau. Unwaith eto.

"Be ddigwyddodd felly?"

"Wel, 'nes i ofyn iddi fynd â fi allan i'r maes parcio tu cefn i'r bwyty. Be o'n i angen oedd awyr iach. Ond roedd yr awyr dipyn iachach na fi."

Oes yna wên ar wyneb Mr Craf? Mae'n anodd dweud weithiau.

"Ti am ei gweld hi eto?"

"Nos fory."

"Wel mae hi wedi maddau i ti, mae'n amlwg."

"Mae hi'n gofyn lot o gwestiynau."

"Yn naturiol."

"Falla fod tafarn ddim yn syniad da…"

Mae Lena'n gwenu ac yn sipian ei gwin.

"Ti am fod yn sâl yn y maes parcio eto?"

"Dwi'n sticio i siandi."

"Call iawn."

Does fawr neb yn yr Hebog. Tri hen ddyn wrth y bar, cwpwl ifanc ar ochr arall y stafell (y ddau'n syllu ar eu ffôns) a dyn canol oed yn darllen papur newydd wrth y drws. Mae yna gwis i fod ond dwi'n dechrau amau bod hwnnw wedi'i ganslo. Yn y cefndir mae'r jiwcbocs yn chwarae 'Angels' gan Robbie Williams.

"Pam est ti i'r fyddin, Meirion? Os ti'm yn meindio i mi ofyn. Paid â chamddeall, ond ti ddim yn edrych fel y math o berson fasa'n ymuno."

"Mae'n rhaid i foi neud rhywbeth."

"Ia ond… y fyddin? Braidd yn eithafol?"

"Mae dy Gymraeg di'n wych."

Mae'n nodio er mwyn dangos ei bod yn gwerthfawrogi'r ganmoliaeth. Ond dydi hi ddim am ollwng y pwnc.

"Mae'n stori hir."

"Dwi'n licio storis. Oeddwn i'n licio nhw pan oeddwn i'n ferch fach. Storis am y stormydd a'r llwynog. Felly tyrd, Meirion.

Mae gen i ddigon o amser i glywed dy stori hir. Wel, tan hanner awr wedi deg beth bynnag!"

"O'n i'n deud wrth un o fy ffrindiau dy fod ti'n licio gofyn cwestiynau."

"Pwy? Mr Craf?"

"Sut wyt ti'n gwybod am Mr Craf?"

"Dy fam."

"Wrth gwrs. Pwy arall?"

"Oes ots? Ydi dy ffrindiau'n gyfrinach fawr?"

"Eto, ti'n gweld? Geiriau fel 'eithafol' a 'cyfrinach'. Ddylat ti gystadlu am Ddysgwr y Flwyddyn."

"O ddifri, Meirion. Dweda. Pam est ti i'r fyddin?"

"Er mwyn dengid rhag Dylan Carter."

"A bod yn onest, do'n i ddim yn meddwl eich bod chi'r teip i fynd allan am beint fel hyn, Doc."

"Ia wel, dwi'n llawn syrpreisys."

"Dwi wedi sylwi. Iechyd."

"Ia. Wel. Iechyd."

Mae John Kent yn tincial ei beint yn erbyn fy un i ac yn llowcio'i Stella mewn cyfres o lynciadau anweddus. Wedyn mae'n slamio'r gwydr ewynnog i lawr ar y bar.

"Un arall, Doc?"

Tydw i mond hanner ffordd drwy'r un cyntaf. Ond pam lai? Dwi angen ei help heno a'r peth olaf dwi eisiau ydi creu gelyn ohono. Nid dyma'r achlysur i fod yn stiff ac yn ffurfiol.

"Iawn."

"Dau Stella arall plis."

"Iawn, syr."

Mae'r lager yn blasu fel cymysgedd uffernol o gemegion – bron na fedrwn eu rhestru fesul un. Un da fues i gyda chemegion erioed. Ond yfed y fath goctel hunllefus ydi pris mynediad i fyd John Kent. Ac mi ydw i angen John Kent. Ond a fedra i drystio

John Kent? Dyna ydi'r cwestiwn. Pa mor bell fedra i fynd ar hyd y llwybr hwn? Ydw i wedi mynd yn rhy bell yn barod?

"Ges i grisbs i chi hefyd." Mae'n taflu paced o 'mlaen cyn gosod y Stella euraidd, newydd ar y bar. "*Cheese and onion.* Gobeithio bod hynny'n iawn?"

"Ym, yndi ond…"

"Dewch, Doc. Mae 'na fwrdd yn rhydd. Gawn ni dipyn mwy o breifatrwydd."

Dilynaf o i ben pella'r lolfa. Ond does dim angen symud er mwyn cael sgwrs breifat oherwydd mae'r Hebog bron yn wag. Dau hen ŵr wrth y drws a llanc yn astudio ei ffôn wrth y bar. Mae'r jiwcbocs yn chwarae 'Hey Jude' gan y Beatles yn dawel. Cân sy'n mynd ymlaen am oes.

"Felly be 'di'r broblem, Doc?"

"Dwi'm cweit yn dea—"

"Pan mae'r mobeil yn canu ar ddiwedd y pnawn fatha na'th o heddiw mae hynna, fel arfer, yn golygu un peth. Mae gan rywun broblem. Ond dyna fo. Dyna ydi bywyd bildar. Falla fod rhywun angen drws newydd, neu bod yna dwll yn y to lle mae'r glaw yn dod i mewn. Falla fod fandaliaid 'di malu ffenest. Math yna o beth. Felly dewch, dwedwch. Be sy'n poeni Dr Clough?"

Sipiaf y Stella ofnadwy a sylweddoli 'mod i'n ffŵl. Beth goblyn dwi'n ei wneud yn y twll uffernol yma? Pam yn y byd oeddwn i wedi ffonio John Kent?

"Sori, fedra i'm gneud hyn, Mr Kent. Diolch am y diod."

Codaf, cydio yn fy nghôt a chamu allan i'r maes parcio. Mae'r awyr iach yn fy hitio fel bricsan. Ond mae John Kent wedi fy nilyn.

"Be ffwc sy'n digwydd?"

"Fy mai i. Ddyla 'mod i ddim wedi eich poeni. Nos da."

Dwi'n troi i fynd at fy nghar ond mae John Kent o 'mlaen i fel tarw.

"Be 'di'r broblem?"

"Does 'na ddim problem."

"Peidiwch â malu, Doc."

Am eiliad dwi'n meddwl am y peth. Ddylwn i ddweud? Ond na.

"Camgymeriad. Sori."

Dwi'n trio gwthio heibio iddo ond mae John Kent yn fawr. Teimlaf fel aderyn llipa'n ceisio hedfan o amgylch yr Wyddfa. Yn y diwedd pwysaf yn erbyn y wal ac ochneidio.

"'Dach chi'n iawn, Mr Kent. Ond tydi hi ddim yn broblem y gellid ei sortio efo brics a sment."

"O ia?" Mae John Kent yn tanio sigarét. "Diddorol."

"Mae gen i broblem efo… Mrs Fôn. Stafell 200."

"Ia, dwi'n gwybod."

Mae ei lygaid mor fain â dau arwydd minws wrth iddo dynnu'r sigarét o gornel ei geg a chwythu'r mwg allan fel draig. "Ond pam dod ata i?"

"Wel…"

Mae'n gwenu eto. Wedyn yn chwerthin. Edrychaf o 'nghwmpas. Does neb arall yn y maes parcio. Pwysaf ymlaen, bron yn sibrwd.

"Dwi wedi clywed… *storis*…"

Mae John Kent yn pwyso 'mlaen hefyd. Fel cath gyda llygoden.

"*Storis*?"

"Plis, Mr Kent, mae hyn yn ddigon anodd i mi fel mae hi. Dwi wedi clywed eich bod chi y math o ddyn sy'n medru… sut fedra i ddeud y peth?… sy'n medru…" Edrychaf dros fy ysgwydd a gostwng fy llais. "*Trefnu* pethau. Dwi ar ddeall eich bod chi'n *nabod* pobol. Pobol sy'n medru… 'dach chi'n gwybod…"

"Sortio pethau?"

Mae'r wên annifyr yn ôl ar ei wyneb. A dwi'n casáu'r ffaith 'mod i'n gorfod cytuno ag o.

"Ia."

Mae'r gwynt yn ysgwyd y coed fel giang o hogiau drwg.

"Deg mil."

Mae 'nghalon i'n sboncio. Mae'r gwaethaf drosodd ac rydan ni wedi torri tir newydd. Mae hyn o ddifri rŵan. Does 'na ddim gwên ar wyneb John Kent bellach. Mae 'na gysgod sinistr yn fwgwd dros ei wyneb.

"Tydi'r busnas *sortio* 'ma ddim yn rhad, Doc." Mae o'n syllu arna i. Dwy lygad oer, ddiemosiwn. Fel llygaid siarc. "Mi wna i job dda. 'Dach chi'n gweld, Doc, y tric efo pethau fel hyn ydi gneud i'r cyfan edrych fel damwain." Mae o'n gwenu ac yn sathru ei sigarét yn ddidrugaredd i darmac y maes parcio.

Mae hyn yn rong. Dwi'n hollol ymwybodol ei fod o'n rong.

"Pryd fedrwch chi neud o?"

"Pryd fedrwch chi sortio'r arian?"

"Peidiwch â phoeni am yr arian, Mr Kent."

"Wel peidiwch chi â phoeni am Mrs Fôn, 'ta."

Mae'n gwenu eto ac yn cynnig ei law i mi ei hysgwyd. Ystyriaf y peth. Ydw i wir yn mynd i ysgwyd llaw John Kent a chaniatáu i hyn ddigwydd?

Mae yna fws yn mynd heibio. Ar ôl iddo ddiflannu rownd y tro dwi'n ysgwyd llaw John Kent.

"Ma isio i ni ddathlu. Dewch, Doctor. Mi wna i brynu peint arall o Stella i chi."

Ar y ffordd yn ôl i'r bar troaf i fynd i mewn i'r tŷ bach, cloi fy hun mewn ciwbicl a chwydu rhaeadr o gemegion ewynnog.

Mae Nyrs Chrowstowski'n rhoi'r hambwrdd i lawr yn ofalus o'n blaenau. Wrth iddi wneud mae hi'n dal fy llygad am eiliad ac yn gwenu. Cynigiaf wên wan yn ôl. Mae hi'n amlwg yn meddwl mai swildod ydi hyn oherwydd bod Mam yma, ond mae fy anniddigrwydd wrth ddangos emosiwn yn rhywbeth sy'n rhan o fy DNA, a tydi Lena ddim wedi deall hynny eto.

"Diolch, cariad," meddai Mam.

"Rhywbeth arall, Mrs Fôn?"

"Na, cariad. Dos di rŵan."

Mae Lena'n sbio arna i unwaith eto ond y tro hwn dwi ddim yn cynnig gwên. Mae hi'n troi i adael ac mae'r drws yn cau'n dawel ar ei hôl. Mae Mam yn tollti paned i mi.

"Peth del. 'Sa hi'n gneud gwraig fach neis i rywun."

Anwybyddaf y sylw. Mae hi wrth ei bodd yn gweld pa mor bell y medr hi wthio pethau cyn i mi ddangos fy nannedd.

"Felly ti'm am ddeud sut a'th pethau efo hi?"

"A'th pethau'n iawn, Mam."

Cymeraf un o'r sgons. Dim 'mod i angen sgon. Ond o leiaf mae'r weithred o ddewis a'i rhoi ar fy mhlât yn rhoi'r argraff 'mod i heb gynhyrfu. Eto mae'n od cystal mae'n nabod fy ngwendidau. Byddai llawer yn talu ffortiwn i rannu ei chyfrinach.

"Mae Dr Clough yn bihafio'n rhyfedd ers i ti ddeud 'tho fo amdana i a Bruce o'r *Chronicle*," meddai.

Dwi'n falch bod y pwnc wedi troi, ond ddim i hyn. Mae'n eistedd ymlaen yn ei chadair ac yn tsiecio dros ei hysgwydd, fel petai mewn caffi llawn pobol yn hytrach nag mewn stafell foethus gyda'i hunig fab.

"Mae o wedi bod yn siarad efo'r dyn Kent 'na. Y bildar. Am y gwaith ar yr adeilad newydd. Hen ddyn annifyr ydi Kent. Mae 'na rywbeth reit anghynnes amdano fo. Ti'n gwybod be mae pobol yn ddeud? Maen nhw'n deud 'i fod o wedi lladd ei wraig."

"Doedd neb yn medru profi hynny, Mam."

"Ond dyna 'di'r pwynt, yndê? Dyna sut fethodd yr heddlu ffeindio'r gwir. Dyna pam fuodd 'na'm achos llys. Oedd o'n glyfar."

"Falla'i bod hi wedi rhedeg i ffwrdd? Ei adael? 'Dach chi wedi ystyried hynny?"

Mae'n eistedd yn ôl yn ei chadair ac yn hyffian yn bwdlyd.

"O'n i'n nabod Lorna Kent. Fydda hi byth yn yfed hanner potel o fodca ac wedyn yn neidio mewn i'r car. Mi na'th rhywbeth od iawn ddigwydd y noson honno. Do'n i ddim hyd yn oed yn gwybod ei bod hi'n *medru* gyrru car!"

"Does 'na neb yn gwybod sut fywydau mae pobol yn fyw, Mam. Fedran ni fyw drws nesa i rywun am flynyddoedd heb wybod fawr amdanyn nhw."

Mae hi'n snwffian ei hanfodlonrwydd gyda'r fath wrthrychedd.

"Paid â thrio bod yn glyfar efo fi, 'ngwas i. Dwi'n gwybod pan fydd rhywbeth ddim yn taro deuddeg. A doedd pethau ddim yn taro deuddeg y noson honno."

Lorna Kent. Cafodd ei darganfod tu ôl i olwyn BMW saith mlynedd yn ôl. Doedd yna ddim arwydd y bu person arall yn y car gyda hi, er bod pawb yn y pentre yn synnu bod dynes fel Lorna Kent oedd byth yn yfed deirgwaith dros y *limit*, yn ôl yr heddlu. Wedyn dechreuodd y sibrydion am anghydfod yn y briodas. Roedd gan John Kent dymer. Ac mi oedd o wedi bod yn cael perthynas â merch ifanc – mwy nag un, efallai. Ond fuodd yna ddim achos llys. Dim ditectif i gribo drwy ddrain trwchus eu priodas er mwyn darganfod y gwir. Roedd John Kent yn crio yn yr angladd fel pawb arall.

"Ydi Dr Clough wedi deud mwy am y busnes symud yma?"

"Dyna pam maen nhw'n siarad, yndê? Fo a John Kent. Maen nhw'n benderfynol o'n symud i i'r 'adeilad' newydd. Nhw a'u cynlluniau mawr! Ond dwi ddim yn mynd i symud. Dwi wedi deud hynny'n glir."

"Mae'n siŵr eu bod nhw jyst yn trafod planiau."

"Planiau i'n *lladd* i, ti'n feddwl!"

"Mam, 'dach chi mor ddramatig."

"Falla ddylswn i anghofio am Bruce, a mynd yn syth at y gyfraith… Dwi o ddifri, Meirion. Mae John Kent yn nabod pobol. Pobol beryg."

"Bildar ydi o, Mam."

"Ia, bildar na'th ladd ei wraig a gneud i'r peth edrych fel

damwain. Dwi'n deall sut mae'r pethau yma'n gweithio, Meirion – a does dim rhaid i ti sbio arna i mor hurt. Ti mor ddiniwed, wir i chdi. Yn union fel dy dad – heddwch i'w lwch."

Does 'na'm pwynt dadlau. Felly sipiaf fy nhe ac edrych ar y peil o ddarluniau newydd mae hi wedi eu paentio. Yr un hen olygfa. Drosodd a throsodd; y goeden, y glaswellt a'r awyr. Ond os oedd o'n ei gwneud hi'n hapus, dyna oedd yn bwysig.

"Ond mae bob dim arall yn iawn, Mam?"

Mae'r tensiwn sydd tu mewn iddi'n gollwng rywfaint.

"Yndi." Mae hi'n gwenu. "Ac mae'n braf dy fod ti adra rŵan. Rwyt ti ffwrdd fel arfer, yn dwyt? Yn galifantio fan hyn a fan draw."

"Gwaith, Mam. Isio pres i fyw, does."

"Dwi'n hollol fodlon symud i rywle rhatach, os mai dyna sy gen ti. Dwi wedi gneud hynny'n blaen i, yn do? Dwi jyst ddim yn mynd i symud i blesio Dr Clough, na John Kent. Mae yna gartre reit neis tu allan i Fangor efo golygfa braf dros y Fenai. Ond…"

"Os ydach chi'n hapus fan hyn, Mam, dyma lle gewch chi aros."

Mae hi'n sipian ei the cyn rhoi'r gwpan yn ôl ar y bwrdd yn ofalus a sychu cornel ei cheg.

"Mae'n braf dy gael di yma dros fy mhen-blwydd, Meirion."

"Dwi wedi bwcio bwrdd i ni'n dau yn Le Creuset am hanner awr wedi saith."

"Well i ti newid o i dri." Y wên ddireidus yna eto. Tafod yn y foch. "Dwi wedi gofyn i Nyrs Chrowstowski ddŵad efo ni."

Pan oeddwn i'n methu cysgu yn hogan fach dwi'n cofio Mama'n dŵad i fewn i fy stafell i 'nghysuro. O'n i ofn y tywyllwch. Do'n i ddim yn licio'r ffordd roedd y lleuad yn taflu cysgodion dychrynllyd yn erbyn y pared fel rhyw fath o sioe ddieflig. Y lleuad oedd fy ngelyn. Roedd hi'n gwybod yn iawn 'mod i ei hofn ac mi oedd hi'n sbecian tu ôl i'r cymylau nes i mi fynd i'r gwely, yna'n dod allan i fy arteithio fel consuriwr ysgeler. Mama oedd yn rhoi ei breichiau o 'nghwmpas ac yn fy sïo yn ôl i gysgu wrth ganu cân am y fuwch oedd yn medru neidio dros y lleuad, neu'n dweud yr hen stori am Levntenski a redodd allan o arian ar ôl gwario'r cyfan ar siocled cyn iddo sylwi ar adlewyrchiad y lleuad yn yr afon. Daliodd o yn ei rwyd a gwerthu'r adlewyrchiad hwn i hen sipsiwn am hanner coron. Felly doedd dim angen bod ofn y lleuad na'r tywyllwch. Os oedd buwch yn medru neidio drosti, ac os oedd bachgen yn medru cipio ei hadlewyrchiad mewn rhwyd, pa mor bwerus fedrai hi fod, mewn difri calon?

Wrth gwrs, mi oeddwn i'n gwybod mai stori dwp oedd hi, hyd yn oed bryd hynny. Beth oedd y lleuad mewn gwirionedd? Lwmp oeraidd o garreg yn troi yn niffeithwch y gofod. Os oedd yr haul yn medru creu bywyd, y cyfan roedd y lleuad yn medru ei greu oedd cysgodion. Cysgodion y brigau fel bysedd hen wrachod yn ceisio agor y cyrtens. Neu gysgod y cymylau fel ysbrydion chwim ar draws y cwpwrdd cornel. Bob nos byddai Mama'n egluro'r cyfan i mi a bob nos ar ôl iddi fynd byddai'r lleuad yn chwerthin ac yn ailchwarae'i hen driciau.

Rŵan mae Mama druan yn ei bedd ers degawd ac mae'r lleuad yn dal i chwarae'i hen dric. Ac mae wedi fy nilyn yr holl ffordd o'r pentre yma i Gymru. Mae bysedd y gwrachod yn cribo'r cyrtens ac mae'r cysgodion mor ddychrynllyd â chanser ar y pared. Dwi'n trio cofio'r gân am y fuwch ac yn ceisio ei chanu yn dawel i mi fy hun. Wedyn dwi'n trio meddwl am Levntenski a'i rwyd. Ond yr unig beth fydd yn lladd y lleuad fydd y wawr. Ac mae yna dros bedair awr i fynd tan hynny. Mi fyddwn i'n rhoi rhywbeth jyst i glywed llais swynol fy mama unwaith eto, i deimlo ei breichiau cynnes, cariadus o 'nghwmpas yn dynn.

Ond does 'na'm sŵn heblaw am y gwynt yn y coed. Tawelwch ydi hoff gân y lleuad. Yn y pellter mae sgrech llwynoges yn rhwygo'r nos.

DAU DDEG WYTH

Neithiwr roedd y tymheredd i lawr i -49°C a, bore 'ma, mi godais i weld bod y dŵr wedi rhewi yn y sinc unwaith eto. Roedd y mwrthwl yn hongian o'r hoelen ar y wal. Roedd y llinyn wedi rhewi hefyd. Prydferth mewn ffordd. Fel darn o emwaith drudfawr. Ond gemwaith yr oedd hi'n amhosib cydio ynddo. Heb y menig mi fyddai o wedi tyllu i mewn i fy nghroen a llosgi ei ffordd i lawr i'r asgwrn. Collodd Peter Borkgsson ei fysedd yma, ar ôl cydio mewn darn o raff. Roedd yn rhaid cael hofrennydd i'w gludo draw i Rothera – yr unig adran feddygol o fewn pum can milltir. Ddaeth o ddim yn ôl i Uned 4B.

Roedd y beipen ddŵr wedi rhewi eto. Y beipen oedd i fod yn un 'arbennig'. Peipen gafodd ei datblygu'n unswydd gan wyddonwyr yn Copenhagen fel na allai rewi yma yn yr Antarctig. Da iawn, bois. Da iawn chi.

Tu ôl i mi chwyrnai Vostok fel mochyn. Deunaw stôn ac mor flin ag arth (yn enwedig ar ôl hanner potel o fodca). Y peth gorau i'w wneud â gŵr fel Vostok oedd cadw hyd braich a gadael llonydd iddo. Ond heb ddŵr fyddai yna ddim coffi. Ac, yn waeth byth, mi fyddai'r system yn cracio eto, a byddai'n rhaid i ni ddibynnu ar ein stoc frys o ddŵr a bwyd. Erbyn hyn roedd y ddau ohonom wedi deall mai'r unig ffordd i gael y beipen 'arbennig' i weithio oedd trwy roi cic drom iddi yn y bore. A bore 'ma, tro Vostok oedd hi. Ond doedd 'na ddim golwg codi arno.

Tu allan, y cyfan y gallwn ei weld drwy'r ffenest oedd wal wen. Roedd yr oerni mor boenus â weiren bigog. Roedd y gwynt fel eliffant gwallgo yn erbyn y drws. Y storm yn chwarae ffliwt yn y pellter.

Chwyrnai Vostok. Roedd o'n gysgwr trwm. Roedd pob dim amdano'n drwm. Doedd o ddim yn un am sgwrs. Nac am ddeffro.

Tynnais y parca'n dynn o amgylch fy nghorff. Tisiais eto a chrynodd y llawr o dan fy sgidiau. Roedd gen i annwyd ers i mi gyrraedd dri mis yn ôl a doedd 'na ddim arwydd ei fod am wella.

Os rhywbeth roedd o'n gwaethygu. Deuai llwch eira i lawr o'r craciau yn y to. Cwt 321X oedd yr unig gwt â chraciau yn y to. Doedd 'na ddim pwynt gweiddi dros y radio ar y technegwyr yn Rothera. Oedd, roedd ganddyn nhw'r dynion a'r offer i drwsio'r to, ond roedden nhw wastad yn defnyddio'r esgus bod y tywydd yn rhy ddrwg a byddai'n rhaid i ni ddisgwyl. Wrth gwrs, roedd Cwt 322X drws nesaf yn berffaith. Roedd hyd yn oed y twymwr yn gweithio yno. Ond dyna sut roedd y byd yn troi. Roedd cwt 322X yn eiddo i Dr Lars Askeland. Ac roedd Dr Lars Askeland yn ddyn pwysig. Ac oherwydd Dr Lars Askeland ro'n i yno. Yn nhin y ddaear. Yn llythrennol.

Rŵan, wrth i mi glirio'r llwch eira a chreu cylch bach ar y ffenest medrwn weld bod Dr Lars Askeland wedi codi. Roedd golau 322X ymlaen. Roedd ganddo fo beiriant coffi hefyd. A theledu. Biti ei fod o ddim yn ddoctor go iawn. Y math o ddoctor fyddai'n medru clirio'r annwyd yma. Ond na. Roedd o'n astudio rhew. *Astudio rhew.* Wel, roedd o yn y lle iawn i wneud hynny. Tynnais y parca'n dynn unwaith eto, rhoi'r gogyls dros fy llygaid, anadlu'n ddwfn a chamu allan i'r storm.

Roedd y parca'n un 'arbennig' hefyd, wedi ei gynllunio gan gwmni o Sweden oedd yn creu dillad milwrol – ond hyd yn oed â'r holl waith ymchwil hwnnw gellid teimlo'r oerni elfennol. Roedd o fel bod mewn siwt ddur gyda'r saethau'n ymosod o bob cyfeiriad. Ac roedd y gwynt fel wal o frics. Teimlwn fel petawn i'n cerdded ar y lleuad. Pob cam tuag at y tap rhewllyd fel milltir. Rŵan roedd y gwynt yn cryfhau. Fel bwlis ar yr iard, yn pigo arna i ac yn benderfynol o 'ngwthio nes 'mod i'n fflat ar lawr.

Trwy'r gogyls dychmygais fy mod yn gweld Dr Lars Askeland yn ffenest ei gwt. Paned o goffi yn ei law. Gwisgai grys T. Yn amlwg roedd yna fiwsig yn y cefndir. Siglai ei ben yn hapus ac roedd o'n canu iddo'i hun. Ro'n i'n teimlo fel ei ladd. A diolch byth am hynny. Oherwydd dyna pam ro'n i yno.

Yn yr ysgol, doeddwn i ddim yn ymwybodol o'r ffaith bod yna bobol yn gwneud bywoliaeth yn astudio rhew. Roedd y peth yn hollol wirion. *Stwff* oedd rhew. Stwff oedd yn ffurfio ar dop y sied ar waelod yr ardd yn ystod y gaeaf. Stwff oedd yn gwneud i'r slediau wibio i lawr y bryniau fel bwledi. Stwff yr oedd hen bobol a gyrwyr bysys yn cwyno amdano. Oedd astudio rhew yn fwy twp nag astudio glaw? Neu gymylau? Beth oedd pwynt yr un o'r pethau hyn? Wel, beth bynnag oedd y pwynt mi oedd hi'n amlwg 'mod i wedi camddeall oherwydd roedd Dr Lars Askeland yn esiampl wych o berson oedd wedi creu gyrfa eithaf llewyrchus iddo'i hun drwy astudio rhew. A dweud y gwir, mi o'n i braidd yn genfigennus. Roedd yna rywbeth reit ddeniadol am y syniad o fedru teithio'r byd yn trafod y stwff yr oeddech chi'n ei garu. I rywun fel Dr Lars Askeland, doedd mynd i'r gwaith ddim yn boendod. Roedd mynd i'r gwaith yn bleser. Roedd ei fyd, wedi'r cyfan, wedi ei greu o rew. A rŵan roedd o wedi cyrraedd paradwys. Yn yr Antarctig.

Ond, wrth gwrs, roedd sarff ym mhob paradwys.

Wrth i mi grafu'r rhew o'r tap 'arbennig' clywais sŵn traed yn crensian yn yr eira trwchus tu ôl i mi.

"Foster?"

Troais. Roedd Dr Lars Askeland yn barod. Roedd wedi gorffen ei goffi ac wedi lapio'i hun yn ei barca coch a du fel parsel hollwybodus. Edrychai fel pry anferth, diolch i'r gogyls.

"Bore da, Dr Askeland."

"Mae'n rhaid i ni fynd."

"Mynd i le?" gofynnais.

"I le chi'n feddwl, ddyn?" meddai, gan chwerthin. "I'r ogof."

"O ddifri? Yng nghanol hyn?"

"Dewch," meddai, gan droi at y *snowmobile*. "Cyn i'r storm ddinistrio popeth. Mae'n rhaid i mi gael lluniau."

"Ond ogof ydi ogof."

Stopiodd Dr Lars Askeland a throi ei ben. Edrychodd arna i am eiliad neu ddwy cyn i'w lygaid droi'n fain tu ôl i'r gogyls. Roedd o'n chwerthin am fy mhen unwaith eto. Chwerthin oherwydd 'mod i ddim yn deall. Doedd neb yn deall. Neb ond Dr Lars Askeland. Fel'na fuodd hi erioed.

"Lle mae Vostok?"

"Dal yn ei wely."

"Jyst ni'n dau felly."

Trodd ar ei sawdl. Syrthiodd yr eira oddi ar ei ysgwydd fel mantell wen. Roedd y *snowmobile* bron â chael ei guddio. Mi fyddai'n cymeryd hanner awr i'w glirio. Ond doedd dim ots gan Dr Lars Askeland am hynny. Roedd am fynd i'r ogof a dyna ddiwedd ar y peth. Iddo fo doedd teithio hanner can milltir dros y twndra mewn tymheredd llethol, didrugaredd yn ddim byd. Fo oedd y bòs. Dr Lars Askeland a'i ddoethuriaeth mewn rhew. Biti na fyddai o'n medru sortio'r tap 'arbennig' er mwyn i mi gael coffi.

Ciciais y tap a throi i helpu Dr Askeland i baratoi'r *snowmobile*.

Llithrai'r *snowmobile* ar draws yr eira a'r rhew a chydiai fy nwylo'n dynn yn y carnau. O 'mlaen doedd dim byd ond wal wen ac ambell gip annelwig o orwel, fel llinell galed yn y pellter. Ond, wrth gwrs, dyna beth oedd y cyfandir yma. Cyfres o orwelion. Mynydd rŵan ac yn y man. Wedyn diffeithwch creulon yr holl ffordd i'r môr. Doedd dim anifeiliaid bygythiol yma. Doedd mo'u hangen. Roedd y tywydd yn ddigon i ladd rhywun. Roedd hi'n amhosib aros ar y *snowmobile* am fwy nag awr cyn dechrau rhewi i farwolaeth.

Ac roedden ni wedi bod yn teithio am awr a chwarter.

Tu ôl i mi oedd Dr Askeland yn tynnu lluniau â chamera.

Lluniau o beth? Debyg y byddai pob un yn sgwâr bach gwyn, diflas. Ond, wrth gwrs, i ddyn oedd wedi mopio â rhew ac eira roedd yna fwy nag *un* gwyn. Roedd yna filiynau o wahanol fathau o 'wyn'. I Dr Askeland, newidiai'r tirlun bob eiliad. I mi, roedd fel petai wedi aros yr un fath ers dyddiau'r deinosoriaid.

"Faint eto, Doctor?"

"Dim yn hir."

Yr un hen ateb.

"Dwi ddim isio rhedeg allan o diesel."

"Fyddan ni'n iawn."

Teimlwn fel chwerthin yn sarhaus. Yn iawn? Cannoedd o filltiroedd o Rothera – yr unig beth oedd yn weddol normal am y twll dieflig hwn? Efallai nad oedd y lle fawr hirach na dwy stryd o gytiau pren a digon o le i lanio hofrennydd, ond o'i gymharu â hyn roedd fel Madrid neu Baris. Oedd Dr Askeland yn disgwyl gweld gorsaf Texaco yn ymddangos yn y gwynder? Mi oedd gen i danc ychwanegol yn y cefn, ond do'n i ddim yn awyddus i wneud gormod o sioe o'r peth. Ro'n i angen y boddhad plentynnaidd o blannu hedyn bach o bryder yn ymennydd anferthol Dr Askeland. Roedd buddugoliaethau bach yn cyfri. Ond doedd o ddim yn gwrando.

Roedd o'n rhy brysur yn tynnu mwy o luniau o ddim byd.

Tisiais eto a siglodd y *snowmobile*. Roedd yr annwyd yn gwaethygu.

"Bendith," meddai Dr Lars Askeland, gan ddangos arwydd prin o ryw fath o gydymdeimlad tuag at ei gymydog – neu ymwybyddiaeth ohono hyd yn oed.

"Diolch," dywedais innau.

Malwyd y rhew gan lafnau dur y *snowmobile*. Roedden ni reit ar waelod y byd ac roedd pwysau'r holl wledydd, yr holl foroedd a'r holl gyfandiroedd eraill i'w teimlo. Prin y medrwn i anadlu.

Un o broblemau byw mewn man mor anghysbell a di-nod â'r Antarctig – ac roedd yna *gannoedd*, coeliwch fi – oedd bod prinder unrhyw fath o ddifyrrwch yn gorfodi dyn i droi i mewn arno'i hun ac i ofyn cwestiynau. Doedd hynny ddim yn beth da. Roedd llwyddiant proffesiynol yn fy maes i'n dibynnu'n gyfan gwbl ar allu rhywun i anwybyddu unrhyw fath o chwilfrydedd. Pan oedd rhywun yn dod ag elfen o'r personol i mewn i'r gwaith roedd pethau'n medru troi'n flêr. Ond beiwch y tirwedd os liciwch chi, neu'r ffaith i mi fod yno am fisoedd heb deledu, na llyfr, na pherson call i'w alw'n ffrind (doedd Vostok ddim yn gall nac yn ffrind – a ddim hyd yn oed yn sobr nac yn effro hanner yr amser!), ond dyna beth fues i'n ei wneud, gofyn cwestiynau i mi fy hun. A'r cwestiwn pennaf, wrth gwrs, oedd hwn:

Pam fyddai unrhyw un eisiau lladd person fel Dr Lars Askeland?

Ocê, mi oedd o'n ben mawr ac yn dueddol o feddwl bod pawb arall yn y byd yno er mwyn gwireddu pob un o'i orchmynion, ond pam oedd Nelson wedi gorchymyn hyn? Pam oedd o wedi fy ngyrru i uffern wen?

Roedd Lars Askeland yn alluog o'r cychwyn, ers ei ddyddiau cynnar yn yr ysgol gynradd yn nhref fach Sandviken. Ac fel pob plentyn arbennig o alluog, fe ddarganfu'n fuan ei fod ymhell o flaen ei athrawon, ac efallai mai dyna pam yr oedd wedi'i argyhoeddi ei hun ei fod o'n haeddu mwy o sylw na gweddill y plant yn ei ddosbarth. Doeddwn i ddim yn seicolegydd ond mi o'n i wedi gwneud fy ymchwil ac mi ddes i wybod sut, hyd yn oed yn blentyn, yr oedd dawn Lars bach i fynd dan groen pobol – athrawon a phlant – mor amlwg â'i allu. Tair ysgol mewn dwy flynedd a'i rieni, druain, yn gorfod symud bob tro. Mi oedd gen i biti drostynt a hefyd dros ei frodyr, Nils a Karl, dau fachgen hollol gyffredin heb unrhyw fath o alluoedd anarferol a fyddai'n beichio crio wrth ddweud ffarwél wrth eu ffrindiau.

Yn y diwedd, doedd yna ddim dewis ond gyrru Lars (gyda

chymorth ysgoloriaeth gan y llywodraeth), i'r Srobel Akademi, ysgol breswyl yng ngogledd Sweden tu mewn i'r Cylch Arctig. Yno byddai yng nghwmni chwe chant o fechgyn a genethod oedd mor ddawnus a disglair ag o. Ond wrth gwrs, hyd yn oed yma, Lars Askeland oedd yn serennu. A thra oedd y plant galluog eraill yn gwneud ffrindiau â'i gilydd ac yn cymdeithasu yn y mannau hamdden, byddai Lars un ai'n darllen yn ei stafell neu allan yn hel eira a rhew gyda chyllell a llwy. Dro ar ôl tro byddai'n rhaid i'r athrawon drefnu partïon o bobol i ddod o hyd iddo a'i arwain yn ôl i'r ysgol. Y tymheredd yno oedd -29°C ond doedd Lars byth yn cwyno. Roedd ganddo oergell yn ei stafell heb fwyd na diod ynddi. Dim byd ond rhew mewn poteli wedi eu labelu a'u dyddio. Chwilio am y clwstwr perffaith. Dyna oedd ei alwedigaeth. Rhywle allan yn y diffeithwch caled, gwyn roedd yna Koh-i-Noor o grisial yn aros i gael ei ddarganfod ac, yn naturiol, Lars Askeland oedd y gŵr i wneud hynny. Beth oedd yr ots am wneud ffrindiau neu wastraffu amser pan oedd yna drysor i'w ffeindio? Doedd yna ddim ffortiwn i'w wneud, roedd hynny'n bendant. Ond nid cyfoeth oedd yn cyffroi Lars Askeland hyd yn oed bryd hynny. Harddwch roedd o'n ei edmygu. Harddwch a oedd mor gywrain a chymhleth ac, yn y pen draw, mor fregus. Byddai un cyffyrddiad diofal yn ddigon i chwalu'r cyfan am byth.

Wrth i'r *snowmobile* sglefrio'n ddiurddas dan reolaeth y gwynt, daeth fflach o lun i'm meddwl o Dr Lars Askeland yn fachgen un ar ddeg neu ddeuddeg oed, ar ei gwrcwd, yn crafu rhew â'i gyllell. Tu ôl iddo roedd sgwariau bach gwyn yr ysgol, yr unig oleuni am gannoedd o filltiroedd (os nad oeddech yn cyfri'r sêr). Roedd ei fwced yn llawn a chloch yr ysgol yn wan yn y pellter. Cyn bo hir mi fyddai'r athrawon yn galw'i enw eto. Doedd fawr o amser ar ôl. Cydiodd yn ei fwced a llithro ar draws yr eira yn ôl tuag at giât y Srobel Akademi. Ni phoenai am gael stŵr arall gan Mr Elmersson, y llys-feistr. Cadw'r rhew rhag toddi. Dyna oedd yn bwysig. Cyn gynted ag y byddai o tu mewn i'r ysgol byddai'n rhaid rhuthro i'w stafell a'i roi yn yr oergell, ger y samplau eraill, cyn iddo ddiflannu'n ddŵr rhwng ei fysedd.

"Ydach chi wedi gweld yr ogof?"

"Na," atebais innau.

Roedd rhew'n crogi oddi ar fy locsyn a siarad yn boenus.

"Ydi hi'n bell?"

"Ddim yn bell."

"Mae'r gwynt yn gwaethygu."

"'Dach chi'n poeni gormod, Foster."

Hwyrach y byddai'n well petawn i wedi colli fy mhen allan yn Helmand. Ar y fellten yna roedd y bai am hyn i gyd. Ar y storm. Petai hynny heb ddigwydd fyddwn i heb ddod i sylw Nelson a fydden i ddim yn gyrru *snowmobile* i ganol nunlle ar draws tirlun di-nod ac angheuol yr Antarctig yng nghwmni gwallgofddyn o Sweden oedd yn chwilio am ogof. Mi fyddwn i wedi marw, wrth gwrs. Yn sgerbwd cynnes ar y paith wedi ei bigo'n lân gan y geifr a'r pryfaid a'r adar. Ond byddai marwolaeth yn well na hyn. Yn fwy gonest rywsut. Oherwydd rŵan roedd yn rhaid i mi ladd Dr Lars Askeland a do'n i ddim yn gwybod pam. Efallai fod ei obsesiwn wedi croesi'r ffin ac wedi codi gwrychyn yr awdurdodau. Neu efallai'i fod o wedi cael ei ddal yn y gwely gyda gwraig Athro o Brifysgol Lund. Na, doedd 'na'm angerdd yn perthyn i Dr Lars Askeland. Dim tuag at ferched. Na dynion chwaith, reit siŵr. Am rew efallai. Ac eira. Ond nid am bobol.

Roeddwn i'n ymwybodol o'r ffaith y dylai hyn wneud y gwaith yn haws rywsut. Wedi'r cyfan, doedd lladd person fel Dr Lars Askeland ddim fel lladd dyn go iawn – dyn â'r teimladau a'r potensial i garu, i gynnal perthynas, i briodi a chenhedlu. Roedd lladd Dr Lars Askeland fel diffodd peiriant. Peiriant disglair, soffistigedig ac unigryw, ia, ond nid peth wedi ei greu o gig a gwaed. Cyfuniad o weiars a cheblau oedd dan ei groen. Roedd o mor oer â'i bwnc a'i obsesiwn.

"Dyma ni," meddai'n sydyn, gan estyn ymlaen ar gefn y *snowmobile* a fy mhwnio fel hogyn bach ar drip ysgol Sul. "'Dan ni yma!"

Doedd hi ddim yn edrych fel ogof o'r tu allan. A bod yn berffaith onest, mi fyddwn i wedi methu'r lle'n gyfan gwbl oni bai i Dr Lars Askeland bwyso 'mlaen a 'mhwnio. Gwasgais y brêc a gadael i injan y *snowmobile* ganu grwndi'n dawel. Roedd yn rhaid ei chadw i redeg neu roedd 'na beryg y gallai rewi.

"Anhygoel," meddai Dr Lars Askeland. "Credwch fi, Foster, welwch chi byth ddim byd fel hyn eto yn ystod eich bywyd."

Clapiodd ei ddwylo a chydio mewn bag o gefn y *snowmobile*. Ro'n i wedi gweld y bag yma o'r blaen. Roedd o'n llawn taclau gwyddonol.

"Lle 'dan ni'n mynd?"

"I'r ogof."

Ond doedd 'na ddim ogof. Y cyfan y gallwn ei weld oedd twmpath bach o eira a rhew. Edrychodd Dr Lars Askeland arna i am eiliad fel petai o ddim yn deall fy nifaterwch. Iddo fo roedd hyn fel gweld rhywun yn sefyll o flaen y pyramids yn methu gwerthfawrogi eu pŵer a'u mawredd. Pesychais. Fedrwn i ddim helpu'r peth. Chwarddodd Dr Lars Askeland a slapio fy ysgwydd.

"Dewch, Foster. Dilynwch fi cyn i'r annwyd yna eich lladd. Wir i chi, mi fyddwch chi'n trafod be 'dach chi ar fin ei weld efo'ch wyrion a'ch wyresau un diwrnod."

Brysiodd tuag at y twmpath eira a chwythais innau fy nhrwyn. Wedyn, wrth stwffio'r Kleenex yn ôl i fy mhoced a rhoi'r balaclafa yn ôl dros fy wyneb cyn iddo rewi, sylwais am y tro cyntaf fod yna agoriad a llwybr yn arwain i mewn i ganol y rhew.

"Pryd gafodd rhywbeth fel hyn ei greu, Foster? Cannoedd o flynyddoedd yn ôl? Miloedd? Edrychwch o'ch cwmpas. Dwi wedi bod yn Rhufain, yn Notre Dame – dwi wedi ymweld â nifer o fannau mwya prydferth, mwya enwog y byd ond dwi erioed wedi gweld dim byd mor brydferth â hyn."

Wrth i ni ddilyn y llwybr llithrig i lawr i grombil y rhew, roedd yn rhaid i mi gyfaddef iddi groesi fy meddwl bod Dr Lars Askeland wedi colli ei bwyll yn llwyr. Roedd y tywyllwch yn pwysleisio'r oerni rywsut ac, wrth i ni fynd yn ddyfnach ac yn ddyfnach i lawr, mi oedd y tymheredd yn mynd yn is hefyd. Roedd yna ddau beth yn mynd trwy fy mhen. Yr un cyntaf oedd y ffaith 'mod i wedi clywed bod canol y ddaear yn llawn o lafa a thân ac, os felly, mi oeddwn i'n awyddus iawn i'w brofi. Roedd y syniad o gael fy nghrasu'n fyw gan fflamau uffern yn un eithaf cysurus o'i gymharu â'r oerni oedd yn dechrau fy rhewi o'r tu fewn. Yr ail oedd teimlad anochel mai dyma'r lle perffaith i ladd Dr Lars Askeland.

Deg, ugain, deugain o lathenni dan y rhew yn yr Antarctig. Os nad oedd rhywun yn medru lladd dyn fan hyn, lle *fedrai* o wneud hynny? Doedd yna neb o gwmpas am gannoedd o filltiroedd, dim hyd yn oed anifail. Os nad oeddech chi'n cyfri Vostok, wrth gwrs (a doeddwn i ddim). Prin fyddai o'n sylwi bod Dr Lars Askeland wedi diflannu o gwbl. Doedd Dr Lars Askeland ddim fel potel o fodca. Yn saff i chi, byddai Vostok yn sylwi petai honno'n mynd ar goll! Ond er bod cefn Dr Lars Askeland o 'mlaen wrth iddo fentro'n ansicr ar hyd y llwybr llithrig, ac er bod fy llaw ar garn y gyllell ar fy melt, fedrwn i ddim claddu'r dur brwnt yng nghefn y gwyddonydd.

111

Wedyn, mi welais y goleuni.

Roedd y peth bron fel rhyw fath o weledigaeth grefyddol. Yn ddirybudd cafodd y tywyllwch ei drawsnewid ac, yn sydyn, roeddwn i a Dr Lars Askeland yn sefyll mewn eglwys gadeiriol – eglwys gadeiriol wedi ei chreu o rew ac eira. O'n cwmpas roedd sŵn cracio wrth i'r goleuni uwchben fygwth y sylfeini. Roeddwn i'n hanner disgwyl clywed corws o 'haleliwia'.

"Peidiwch â phoeni am y cracio, Foster," meddai Dr Lars Askeland yn dawel, ei lais fawr mwy na sibrydiad. "Tydi'r haul ddim yn ddigon cryf yma i doddi'r rhew. Ond 'rhoswch yn llonydd. A pheidiwch â siarad yn rhy uchel. Gall synau uchel greu dirgryniad."

Roedd fel sefyll tu mewn i we pry copyn anferth. Uwchben, y to – rhwydwaith o wythiennau yn trawstorri ac yn gweu i'w gilydd. Pwy wnaeth hyn? Byddai'n braf meddwl i fysedd talentog greu y fath gampwaith – rhyw fath o dduw unig a chanddo ddigon o amser i lunio cromen mor hudolus. Ond gwyddwn yn iawn na fu'r un duw ar gyfyl y lle. Na, mi gafodd y deml danddaearol hon ei chreu yn araf dros y canrifoedd gan drindod hollol wahanol, sef y gwynt, y storm a'r haul.

Tynnodd Dr Lars Askeland un o'i gamerâu o'i fag.

"Wrth gwrs," meddai dan ei wynt, gan ffidlan gyda'r lens, "mae sawl un o 'nghyd-weithwyr wedi darogan bod y fath le yn bod. Dr Oskar Larsson o Copenhagen, er enghraifft, a'r Athro Lowenberg o Institiwt Karolinska. Ond does neb wedi medru profi'r ffaith." Cododd y camera o flaen ei wyneb a ffocysu. "Tan rŵan. Nid pawb sydd mor benderfynol. Nid pawb sydd â'r dyfalbarhad. Nid pawb sy'n barod i wthio'i hun mor galed."

Sut oedd lladd dyn mewn cariad? Sut oedd hi'n bosib dod â bywyd i ben yn ystod yr eiliad yr oedd o'n profi'r fath ecstasi? Roedd fel gwylio plentyn ar fore Nadolig.

"Fedrwch chi symud i'r ochr plis, Foster?"

Gwthiodd fi'n dyner ac yn ofalus – tynerwch a gofal oedd

wedi eu hanelu tuag at y rhew a'r eira, yn hytrach na thuag ata i – ac roedd y Canon drudfawr (oedd wedi ei greu yn arbennig ar gyfer tymheredd yr Arctig a'r Antarctig) yn clicio a chlicio. Am eiliad ofnwn y byddai'r sŵn yn rhy uchel ond na, uwchben roedd y gromen yn gyfan ac mor berffaith ag y bu am ganrifoedd.

Doedd yr un arf yma. Dim carreg na choeden. Roedd Dr Lars Askeland ar ei liniau o 'mlaen, yn addoli ac yn tynnu'r lluniau fyddai'n ei wneud yn enwog drwy'r byd, a doedd ganddo ddim syniad bod yna lofrudd yn sefyll tu ôl iddo. Ond llofrudd heb arf. Dim byd ond ei ddwylo.

"Dyna pam ro'n i mor benderfynol o ddod yma heddiw, Foster. Dwi wedi bod yn disgwyl am y golau – y golau perffaith ar gyfer y camera."

"Reit."

"Roedd yn rhaid disgwyl nes bod yr amgylchiadau'n iawn neu doedd dim pwynt. Wedyn, roedd yn rhaid cydio yn y cyfle."

Symudodd Dr Lars Askeland. Gwelai'r holl fyd drwy lens ei gamera. Roedd ei lais yn dawel ac yn undonog. Ei wynt yn byrlymu fel mwg o'i geg wrth iddo ddychmygu'r lluniau mewn cylchgronau mawr dros y byd. Roedd hyn fel dringo Everest iddo. Neu ennill medal aur yn y Gemau Olympaidd. Neu sgorio gôl yn Wembley. Dyma oedd uchafbwynt ei fywyd. Ei freuddwyd yn cael ei gwireddu'n dawel. Pinacl ei ddyddiau.

A'i ddiwedd.

Oherwydd yr eiliad honno, troais fy nwylo'n ddyrnau a pharatoi i'w daro mor galed ag y medrwn ar gefn ei ben.

Ond, yn sydyn, mi drodd yntau tuag ata i a theimlais ddur fy nyrnau'n meddalu tu mewn i'r menig.

"Mae rhai dynion yn gweld prydferthwch mewn celf," meddai, wrth chwarae gyda ffocws y camera a chwythu ychydig o eira o wydr y lens. "Ac yn amlwg, mae yna lawer iawn i'w edmygu yng nghampweithiau mawr Rembrandt, Picasso a Matisse. Dwi wedi eu gweld nhw i gyd yn yr amgueddfeydd, a dwi wedi clywed Mozart a Wagner a phrofi dramâu Shakespeare a Molière. Mae dynion yn iawn i glodfori ac i foliannu ond i mi mae pob prydferthwch a pherffeithrwydd ar y ddaear, neu yn y mynyddoedd, neu yn y miliynau o sêr sydd yn y nen yn y gaeaf ac sy'n trawsnewid y byd o fod yn beth llwyd a di-nod i fod yn hudolus, yn ffres a llawn gobaith."

Camodd Dr Lars Askeland yn agosach tuag ata i, ei wynt yn byrlymu o gongl ei geg.

"Foster, pan oeddwn i'n blentyn mi oeddwn i'n arfer edrych allan o fy ffenest wrth i'r eira ddisgyn ac o fewn ychydig funudau byddai lliwiau'r strydoedd a'r gerddi wedi diflannu. Roedd yr eira fel tudalen fawr wen dros fy myd – byd ro'n i'n credu y baswn i bron yn medru ei ail-greu, bron, tasa angen. Dychmygwch yr ysfa i fynd allan ac i lunio cylch neu ddarlun ar y dudalen hon, ac wedyn i lawenhau wrth iddynt gael eu chwalu cyn gynted ag yr oedden nhw'n cael eu creu."

Daeth mor agos nes y medrwn deimlo gwres ei gorff.

"Mae'r eira fel memento mori bach, Foster. Rhywbeth sydd wastad yn ein hatgoffa y byddwn yn marw un dydd – pawb, o arlywydd America i'r person sy'n gorfod chwilio am fwyd ym miniau ein trefi a'n dinasoedd. O ydan, 'dan ni i gyd yn licio teimlo'n fawr ac fel tasa gennym ni reolaeth dros y byd a'n bywydau. Mae pawb yn meddwl mor braf fysa hi i adael ein marc ar y byd ar ôl i ni fynd. Ond mae'r eira'n dangos i ni'n union pa mor hurt ydi'r breuddwydion yma, Foster. Dyna pam dwi'n gweld prydferthwch ynddo. Prydferthwch a phŵer. Balchder. Does dim byd mor feddwol. 'Dach chi'n iawn, Foster?"

"Ydw, pam?"

"Eich wyneb."

"Beth sydd o'i le efo fy wyneb?"

Ond gwyddwn yn iawn beth oedd yn bod. Medrwn ei deimlo'n dŵad o rywle yn fy nhrwyn. Ro'n i'n mynd i disian. A doedd 'na ddim byd y medrwn i ei wneud am y peth.

"A'ch llygaid chi. Maen nhw'n rhedeg."

"Sori, Dr Askeland, ond —"

A dyna fo. Roedd hi'n rhy hwyr. Ffrwydrodd fy wyneb a chrynodd y llawr.

"Be 'dach chi'n… Foster! Mae hyn yn —"

Ac, wrth gwrs, dyma fi'n tisian eto. Yn gryfach y tro hwn. Ces fy ngwthio yn ôl gan ei rym, i un ochr o'r wal rew. A dyna pryd y clywais y cracio. I ddechrau doedd o fawr mwy na thincial ysgafn ond wedyn mi daranodd y to ac, wrth i mi edrych i fyny, gwelais fod yna neidr ddu, ddinistriol yn llithro ar hyd y to nefolaidd.

"Na!" meddai Dr Lars Askeland, gan gydio yn ei wyneb a dynwared y gŵr yn narlun Munch. Disgynnodd y camera i'r llawr.

"Na!"

"Sori, Dr Askeland, ond —"

Tisiais eto. Ac eto. Syrthiodd darnau o rew i lawr o'n cwmpas a thriodd Dr Lars Askeland eu hachub. Cydiodd yn wallgof ynddynt, fel dyn yn gweld to'r Sistine yn chwalu o'i gwmpas.

Triais ei helpu.

"Gadewch i mi —"

Ond cyn i'r geiriau adael fy ngheg roedd Dr Lars Askeland wedi fy ngwthio'n ôl yn erbyn y wal galed ac roedd o'n sgrechian. Roedd ei ddyrnau'n ymosod o bob cyfeiriad. Doedd o ddim yn ddyn cryf – ac roedd hi'n hawdd gweld na fu o erioed yn handi mewn ffeit – ond, er hynny, ceisiais amddiffyn fy hun, gan godi fy mreichiau fel tarian dros fy mhen. Wrth i Dr Lars Askeland gicio a tharo a strancio a rhegi a chrio, y gwir amdani oedd fod gen i biti drosto. Wedi'r cyfan, dyma'i fywyd. Roedd wedi bod yn chwilio am hyn ers ei fod yn blentyn anodd i'w rieni, ac yna yn ei ysgol breswyl annymunol uwchben coler rhewllyd yr Arctig. A rŵan roedd pob dim yn cael ei chwalu mewn llai na deg eiliad gan dwpsyn fel finnau oedd yn deall dim am eira na rhew ac nad oedd yn gwerthfawrogi eu pŵer na'u prydferthwch. Mi fyddwn innau'n wallgof wyllt hefyd.

Dysgais flynyddoedd yn ôl fel bachgen – ac wedyn fel dyn yn y fyddin – mai'r ffordd orau i oroesi mewn sefyllfa fel hon oedd gwneud dim. Amddiffyn eich hun, ond peidio ag ymladd yn ôl – gadael i'r sawl sy'n ymosod wastraffu ei egni. Dyna ddysgais i gan Dylan Carter. Rywbryd neu'i gilydd mi fyddai'n siŵr o flino, ac yn wir, dyna beth oedd yn digwydd i Dr Lars Askeland. O fewn llai na munud roedd ei natur ymosodol wedi ymdawelu. Rŵan y cyfan y gallwn ei glywed oedd sŵn y to'n chwalu o'n cwmpas.

"Well i ni adael," dywedais. "Mae'r lle'n disgyn yn ddarnau!"

Ond roedd Dr Lars Askeland yn gwenu'n araf, y dagrau'n sgleinio'n oeraidd ar ei fochau.

"O na," meddai, gan ysgwyd ei ben. "Chewch chi ddim mynd, Foster. Dim ar ôl hyn."

Estynnodd bicell eira o'r bag ar ei gefn. Troais i redeg i ffwrdd ond llithrais a disgyn ar lawr. Y peth nesaf ro'n i'n ei ddisgwyl oedd dur didrugaredd y bicell yn brathu fel dant siarc i mewn i fy nghefn. Ond ddigwyddodd hynny ddim. Oherwydd yn yr eiliad honno, ymddangosodd picell arall. Picell fain, farwol o do'r ogof iasol. Picell wedi ei chreu yn gyfan gwbl o rew.

Ac fe gladdodd ei hun ym mhenglog Dr Lars Askeland.

Roedd golwg anghrediniol ar ei wyneb – bron fel petai'n methu credu'r ffaith bod yr hyn yr oedd wedi ei addoli ers ei blentyndod wedi troi arno. Wedyn rowliodd ei lygaid a syrthio fel sach ar lawr. Bron ar unwaith, rhewodd y gwaed oedd yn ei goroni'n araf, urddasol.

TRI DEG DAU

Ydw i'n gwneud y peth iawn? Ydi'r wyneb yn y drych yn perthyn i ddyn sy'n gwneud rhywbeth da? Ynteu ydi o'n perthyn i'r diafol? Dydyn ni ddim yn rhai da am ddarllen ein hwynebau ein hunain. Dydyn ni ddim yn dueddol o sylwi ein bod wedi heneiddio, neu'n gwaelu. Ac mae'r peth yn hollol resymol oherwydd rydan ni'n gweld yr un hen wyneb drwy'r amser yn edrych yn ôl arnom o'r drych – yr un geg, trwyn a thalcen. Na, dydyn ni ddim yn sylwi ar y blynyddoedd yn crafu llinellau bach slei ar hyd ein croen. Nac ar y gwallt yn britho a diflannu. Mae'n rhaid dibynnu ar eraill i sylwi ar y pethau hynny. Ond wrth gwrs, does neb yn barod i ddweud. Ond dydi hwn ddim yn wyneb da. Mae hynny'n amlwg hyd yn oed i mi. Mae hwn yn wyneb sydd wedi gwneud camgymeriad. Ac nid y math o gamgymeriad y mae'n bosib ei faddau – fel rhoi ffeil yn y cwpwrdd anghywir neu anghofio apwyntiad gydag un o'r hen gojars. Mae'r wyneb sy'n syllu arna i o ochr arall y drych mor feirniadol â wyneb barnwr neu sant. Fydd giatiau'r nefoedd ddim am agor i berchennog wyneb fel hwn.

Taflaf ddŵr oer drosto a throi i ffwrdd. Mae'r ffôn ar y ddesg. Dydi hi ddim yn rhy hwyr. Y cyfan sydd angen ei wneud ydi pwyso'r rhif mae John Kent wedi ei roi i mi. Un alwad ac efallai fydd y wyneb tywyll yn diflannu am byth. Galwad i ohirio'r holl beth. Syniad ffôl. Beth ar y ddaear ddaeth drosta i? Efallai y bydd John Kent yn deall. Wedi'r cyfan, bydd dyn fel fo wedi gweld hyn sawl tro, siŵr o fod – dyn wedi ei wthio i gornel, dyn byrbwyll. Yn naturiol, mi fydda i'n talu iddo. Nid ei fai o ydi hyn. Pwy ydi'r dyn drwg? Pwy ydi'r cowboi yn y siwt ddu? Nid John Kent, ond y gŵr wnaeth alw ar John Kent. Y llwfrgi di-asgwrn-cefn sydd ofn gwneud y job ei hun. Pan fyddwn i'n gwylio ffilmiau cowbois yn fachgen, dyma'r math o gymeriad roeddwn i'n ei gasáu fwyaf. Y dyn, neu'r hanner dyn, oedd yn cuddio tu ôl i wn y dyn drwg.

Af i'r drôr a chwilio'n fyrbwyll trwy'r pacedi cyffuriau nes i mi gael hyd i'r Diazepam. Llond ceg o goffi oer (o'r baned gyrhaeddodd oriau yn ôl) ac mae'r ddwy bilsen yn llithro i lawr fy ngwddw i'm stumog. Ond mae angen pump i ddeg munud cyn i mi deimlo eu heffaith ac mae 'mhen i'n dal i droi. Ydw i'n mynd i fod yn sâl eto? Yn sicr mae yna deimlad od yn fy mol. Efallai 'mod i angen rhywbeth cryfach? Alprazolam? Xanax? Ond mae fy ochr synhwyrol yn gwybod mai nid cyffuriau sydd eu hangen arna i. Fyddai llond trol o *benzodiazepines* ddim yn sortio hyn.

Mae'r ffôn ar fy nesg. Codaf ef ac estyn y sgrap papur o 'mhoced a phwyso'r rhifau arno. Mae'n canu unwaith. Ddwywaith. Deirgwaith. Wedyn diffoddaf y ffôn a neidio oddi wrtho fel petai'n greadur peryglus: sgorpion neu darantiwla. Tu allan yn y coridor clywaf droli'n ratlan heibio a dwy nyrs yn chwerthin. Bywyd yn cario 'mlaen. Car yn crensian ar hyd y cerrig mân tu allan, ac yn diflannu i'r nos a'i lampau blaen fel gwaywffyn yn ymladd yn erbyn brigau'r coed. Y taranau wedyn. Fel cewri yn y pellter. Storm ar y ffordd.

Mae chwys ar fy nhalcen. Fe'i sychaf â phelen o napcyn yr oeddwn wedi ei stwffio i mewn i fy mhoced amser cinio. Efallai fod y Diazepam yn dechrau gweithio oherwydd mae fy nghalon yn arafu ychydig. Anadlaf yr awyr i mewn i fy ysgyfaint a'i ddal am dair, pedair eiliad, fel jynci gyda'i sbliff.

Hen ffŵl. Ond mae'n rhaid rhoi stop ar hyn. Rydw i wedi gwneud clamp o gamgymeriad. Fyddai Dr Jerry Stone byth yn gwneud y fath beth.

Yn sydyn mae'r ffôn yn canu. Mae o mor uchel â thrymped ac mae fy nghalon yn neidio.

"Helô?"

Does dim ateb ar unwaith. Ond clywaf sŵn rhywun yn anadlu.

"Pwy sy 'na?"

"Dyfaru'n barod, Doc?"

Mae llais John Kent fel cyllell. Dwi'n trio chwerthin ond dwi'n siŵr 'mod i'n swnio fel person hysterig braidd.

"Wel, na. Ond… y peth ydi dwi… wel…"

"Mae'n rhy hwyr i droi 'nôl rŵan, Doc. Gafoch chi'r *dosh*?"

"Do… wel… naddo… dwi erioed 'di gneud dim byd fel hyn o'r blaen. 'Dach chi ddim yn deall. Mae gan rywun fel fi lot i'w golli mewn… wel… proses fel hon."

"Chi ddechreuodd o, Doc."

Erbyn hyn mae'r chwys fel morgrug ar fy nghefn. Cerddaf at y ffenest, agor y cyrtens ychydig a gweld y golau ymlaen yn Stafell 200. Beth mae hi'n ei wneud heno? Eistedd a phaentio'r lluniau diddiwedd yna o'r coed a'r awyr a'r adar? Efallai mai sgwrs go iawn sydd ei hangen mewn sefyllfa fel hon. Trafodaeth onest, lawn. Petawn i'n medru gwneud iddi sylweddoli mor bwysig ydi'r planiau, nid er ei mwyn hi efallai ond er mwyn y dyfodol, mae pob siawns y byddai hi'n gweld y goleuni. Ond sawl tro rydw i wedi trio? Dydi hi ddim yn deall. Hi ydi'r broblem. Hi sy'n sefyll yn fy ffordd.

Taran uwchben fel roced. Mellten fel saeth i fol meddal y cymylau.

"Doc? Gafoch chi'r arian?"

Heb feddwl, agoraf y drôr ac estyn yr amlen. Mae hi'n anweddus o dew ac yn llawn papurau ugain. Deng mil o fy nghyfrif cynilo. Roedd Mr Protheroe yn y banc bron â chrio wrth ei phasio dros y ddesg y bore hwnnw. Ydi pob rheolwr banc yr un fath? Ydyn nhw'n meddwl mai eu heiddo personol nhw ydi pob ceiniog yn y til? Dywedais 'mod i am roi blaendaliad ar gwch hwylio. Doedd dim ots gan Mr Protheroe beth ro'n i'n bwriadu ei wneud. Yr unig beth roedd o'n ei weld oedd arian parod yn gadael y banc mewn amlen. Deng mil.

"Doc?"

Beth am gynnig arian iddi? Dydw i heb drio hynny. Efallai mai arian ydi'r ateb. Falla wedyn y bydd hi'n rhoi stop ar yr holl sôn am fynd â'r stori at Bruce yn y *Chronicle*. A fues i'n rhy fyrbwyll?

"Doc? Chi yna?"

Dwi'n plicio tua phedair mil o'r amlen cyn ei rhoi yn ôl yn y ddesg.

"Ydw."

"Felly 'dan ni *on*, 'ta be?"

"Rhowch hanner awr i mi."

Tawelwch yr ochr arall.

"Dwi'm yn licio hyn, Doc."

"Mi ffonia i chi 'nôl ymhen hanner awr. Wir i chi."

Seibiant eto.

"Hanner awr ar y dot. Os na glywa i yn ôl erbyn deg allwch chi anghofio fo. Dallt?"

"Hanner awr, Mr Kent. Dwi'n gaddo."

Cawr sy'n cuddio tu ôl i'r taranau. Rydw i'n gwybod hynny rŵan. Cawr pwerus sydd wrth ei fodd yn creu twrw i gynhyrfu breuddwydion plant y byd a'u cadw'n effro. Roedd Mama wedi dweud yr hanes wrtha i sawl tro ond, er i mi godi o'r gwely yng nghanol nos ac agor y llenni'n ofnus, doeddwn i erioed wedi ei weld. Y cyfan oedd tu allan i'r ffenest oedd y glaw yn chwipio'r iard fel bwledi a'r mellt yn y pellter yn fflachio'n achlysurol i brofocio dannedd du Mynydd Trebielski. Uwchben, roedd y Cawr wrthi'n rowlio'r cerrig enfawr ar hyd y cymylau ac yn chwerthin wrth feddwl am yr holl annibendod y byddai'n ei greu oddi tano. A fyddai o'n dod i lawr un noson? A fyddai'n blino rowlio'r cerrig yna ar hyd y cymylau? A fyddai'n camu trwy bob gardd yn y pentre nes iddo gael hyd i'm ffenest i? Ac wedyn, a fyddai'n malu'r gwydr â'i ddwrn ac estyn i mewn ac —

Dyna pryd y byddwn i'n cau'r llenni, rhuthro 'nôl i'r gwely, rowlio fy hun yn belen, fel draenog dan fygythiad gan lwynog, a chau fy llygaid yn dynn. A dyna pryd, fel arfer, y byddai Mama'n dod i mewn gyda'r *balalaika*.

"Hidia befo, cariad," meddai hithau, gan dynnu'r dillad gwely yn ôl yn araf a gafael yn fy llaw. "Fydd bob dim drosodd cyn bo hir. Wyt ti isio i Mama ganu i ti?"

Byddwn i'n ysgwyd fy mhen ac mi fyddai Mama wastad yn gwenu.

"Beth wyt ti isio i Mama wneud felly, cariad? Wyt ti isio i Mama ddeud be ddigwyddodd pan wnaeth Radoslav dwyllo'r Cawr?"

Byddwn yn nodio fy mhen a byddai Mama'n rhoi'r *balalaika* i sefyll yn ofalus yn erbyn y cwpwrdd. Wedyn byddai'n swatio wrth fy ymyl ac yn dweud y stori am y canfed tro.

"Bachgen bach drwg oedd Radoslav. Roedd pawb wedi clywed amdano, o Karczmy i Ostoja. Mi oedd ei rieni druan wedi trio bob dim. Roeddan nhw wedi bod i siarad gyda'r athrawon yn yr ysgol a hefyd at yr offeiriad ond, er gwaetha'u hymdrechion, doedd yna ddim arwydd bod Radoslav am newid. 'Cafodd ei eni'n fachgen drwg,' meddai'r offeiriad, 'ac felly mae'n siŵr ei fod dan ddylanwad y diafol ei hun.' Y cyfan oedd gan yr offeiriad i'w gynnig oedd y dylai rhieni Radoslav weddïo amdano bob nos ac erfyn ar Dduw i faddau iddo."

"Be oedd o'n neud, Mama?"

"Pwy? Radoslav? Wel, mi oedd o'n fachgen bach drwg iawn, iawn. Mi oedd o'n dwyn cacenni o dŷ Mama Lucasz. Cacenni afal. Dyna oedd ei ffefryn. Ac roedd cacenni afal Mama Lucasz yn enwog drwy'r holl ardal. Iawn i ti chwerthin, fy nghariad fach wen, ond doedd hyn ddim yn beth da yn y pentre. Yn enwedig pan oedd Radoslav hefyd yn hoffi mynd o gwmpas yn taflu cerrig at y cathod. Dyna roedd o'n ei wneud drwy'r dydd, sef eistedd yng nghanol y pentre gyda llond bag o gerrig a'u taflu at y cathod, druain. Ia, dwyt ti ddim yn chwerthin rŵan, yn nag wyt, fy nghariad fach wen? Mae Lena fach yn licio cathod, yn tydi? Ac, wrth gwrs, nid y cathod oedd yr unig rai oedd yn diodde. Oherwydd mae cathod yn greaduriaid deallus ac yn sydyn iawn mi wnaethon nhw benderfynu nad oedd pwynt aros mewn pentre lle roedd yna fachgen drwg fel Radoslav wastad yn taflu cerrig atynt, felly dyma holl gathod y pentre'n diflannu i'r ddinas dros nos. Ac mi wyt ti'n gwybod beth ddigwyddodd wedyn, yn dwyt, fy nghariad fach wen? Oherwydd bod y cathod wedi diflannu, dyma'r llygod yn dod. Cannoedd ohonynt. Llygod mawr barus, creulon yn helpu eu hunain i holl fwyd y pentre. Yn naturiol, roedd pawb yn gwybod pwy oedd ar fai. Radoslav a'r cerrig. Felly dyma'r offeiriad yn rhoi'r gorau i weddïo drosto ac yn dweud mai plentyn y diafol oedd Radoslav ac y dylai pawb yn y pentre ei hel o, a'i deulu, allan i'r gwyllt.

"Ond wedyn dyma Mama Lucasz yn camu 'mlaen ac yn cynnig y bysa hi'n well gofyn i Radoslav hel mwy o gerrig a'u taflu at y llygod. Gan ei fod mor benderfynol o daflu cerrig, meddai hithau, falla y byddai hi'n bosib i'r pentre elwa o'i ddrygioni. Wel, dyma'r pentre i gyd – heblaw am yr offeiriad – yn cytuno ac felly dyna sut buodd hi. Bob dydd mi fyddai Radoslav yn eistedd ar y bont oedd yn arwain allan o'r pentre ac yn taflu cerrig at y llygod mawr oedd yn rhedeg ar draws y caeau. Cannoedd ohonynt. Miloedd. Ar ôl ychydig roedd Radoslav yn brin o gerrig. Beth oedd o ei angen oedd cerrig mawr, trwm. Cerrig fasa'n siŵr o ladd pob un o'r llygod barus."

Dyna pryd y byddai Mama'n closio ata i ar y gwely a thynnu'r dillad droston ni'n dwy.

"Un noson stormus," meddai, "mi oedd Radoslav yn cerdded ar gyrion y pentre pan ddechreuodd y glaw a'r mellt a tharanau waethygu. Roedd o'n socian ac yn oer. Wedyn dyma fo'n cofio bod yna ogof rywle ar ochr y bryn ac felly penderfynodd chwilio amdani. Ond mi oedd y nos yn dywyll a'r storm yn wyllt. Ar ôl ychydig dyma Radoslav druan yn ffeindio'i hun yn dringo ac yn dringo ac yn dringo… yn uwch ac yn uwch ac yn uwch! Roedd y llwybr roedd o'n ei ddilyn yn mynd yn fwy cul efo pob cam ac erbyn hyn mi oedd y cymylau mawr du o gwmpas ei draed yn hytrach nag yn bell dros ei ben! Roedd Radoslav, y bachgen drwg, wedi cyrraedd copa Mynydd Trebielski. A beth wyt ti'n feddwl oedd yna, Lena?"

"Geifr?"

Dyma Mama yn ysgwyd ei phen.

"Gwrach?"

Byddai hi'n siglo ei phen eto. Wedyn byddai'n dod yn agosach a sibrwd wrth i'r mellt ffrwydro ymhell dros y caeau.

"Cawr," meddai. "Cawr cyhyrog efo breichiau fel coed a llais mor ddwfn â Llyn Siolanski. Mi oedd o'n rowlio cerrig enfawr ar hyd y cymylau a dyna oedd yn creu'r holl sŵn. Dyma'r Cawr oedd yn creu taranau! Ac wrth i'r cerrig daro'i gilydd mi oedden nhw'n creu gwreichion tanllyd, gwyllt – ac, wrth gwrs, dyna sut roedd mellt yn cael eu creu. Pan welodd Radoslav mor fawr oedd y cerrig, wel, mi oedd o'n llawn cenfigen. Wedi'r cyfan, roedd o'n gorfod mynd o gwmpas y pentre bob dydd i gael hyd i gerrig i gadw'r llygod draw. Efo cerrig mawr fel y rhai oedd yn eiddo i'r Cawr mi fyddai'n medru lladd pob un o'r llygod mewn dim a threulio gweddill y dydd yn pysgota neu'n dwyn cacenni!

"Wel, mi oedd Radoslav yn fachgen bach dewr. Cerddodd at y Cawr a chyflwyno'i hun. Doedd o ddim yn siŵr a fasa'r Cawr yn ei ladd neu'n ei fwyta ar unwaith ond na'th o'r un o'r ddau. Mwy na thebyg nad oedd o erioed wedi gweld neb mor fach â Radoslav a'i fod yntau hefyd wedi ei syfrdanu. 'Gwrandwch,' meddai Radoslav, 'os ydach chi'n awyddus i wneud mwy o dwrw efo'r cerrig mae gen i syniad gwych.' 'O?' gofynnodd y Cawr, ei lais yn gwneud i'r nenfwd ddirgrynu. 'Pa syniad?' 'Crëwch dwll yn y cymylau,' meddai Radoslav. 'Wedyn taflwch eich cerrig drwy'r twll. Mi wneith y cerrig daro yn erbyn ochr y mynydd ac mi fyddan nhw'n dychryn pawb a phopeth!' Dyma'r Cawr yn ystyried y peth am eiliad cyn crafu ei locsyn a chwerthin. 'Syniad gwych!' meddai. Felly stampiodd y Cawr ei draed mawr trwm nes i dwll mawr ymddangos yn y cymylau. Rowliodd y cerrig mawr drwy'r twll, gan chwerthin wrth iddyn nhw daro ochr y mynydd a malu'n rhacs, yn gannoedd – na, miloedd – o gerrig bach. Ac wyt ti'n gweld, Lena fach, rhain oedd y cerrig wnaeth rowlio i lawr a lladd yr holl lygod. Wel, pan sylweddolodd y Cawr fod Radoslav wedi ei dwyllo mi wylltiodd a thrio rhedeg ar ei ôl, ond mi oedd y bachgen direidus wedi hen ddiflannu. Dim ond dwy garreg oedd gan y Cawr ar ôl a doedd o ddim isio eu colli drwy'r twll a greodd yn y cymylau, felly cerddodd ar eu hyd i drio ffeindio man lle nad oedd yna dwll. Ti'n gweld, Lena fach, dyna pam nad ydi'r storm yn para'n rhy hir, a pham ddylet ti fynd yn ôl i gysgu. Mi fydd y Cawr yn pasio dros ein pennau mewn ychydig funudau a fydd o ddim yn ôl am sbel. Felly cysga rŵan, Lena fach. Cysga'n dawel."

Un dda oedd Mama erioed am storïau. Dyna oedd ei ateb hi i bob dim. Pan aeth Marek y gath ar goll, a phan oeddwn i'n crio bob nos, mi oedd gan Mama stori. A phan wnaeth Taid Alotzy farw wrth iddo weithio yn y caeau, mi oedd gan Mama stori adeg hynny hefyd. Gymerodd hi oes i mi sylweddoli y bu hi'n casglu'r hen storïau yma am flynyddoedd, a'u cadw mewn tri llyfr coch yn yr atig. Storïau oedd wedi cael eu pasio i lawr ers canrifoedd, o un genhedlaeth i'r llall, ac oedd wedi cael eu rhoi ar gof a chadw er mwyn plant yr oes newydd.

Un noson aeth Mama â'r llyfrau coch gyda hi i gartre'r cyhoeddwr Dziadski, a thra oedd hi yno, fe darodd mellten do ein tŷ gan boeri fflamau ffyrnig tuag at y lleuad. Dywedodd Mama fod hyn yn lwc dda. Er i'r to gael ei losgi'n ulw, mi fyddai lawer iawn gwaeth petai'r llyfrau wedi diflannu. Y llyfrau oedd lleisiau'r gorffennol, ein diwylliant a'n traddodiadau. Drwy hap a damwain roedden nhw wedi goroesi. Ac ar ôl hyn mi oedd Mama'n credu'n frwd ym mhŵer damweiniau. Roedd pwrpas i bob un damwain, meddai, dim ots pa mor ddychrynllyd yr oedden nhw'n ymddangos ar y pryd. Ac mi oedd y pwrpas hwnnw wastad yn fendith.

Rŵan, gyda'r storm yn rhuo uwchben Pant Melyn, rydw i'n dal i fedru dychmygu'r Cawr gwyllt yn rowlio'r cerrig mawr ar hyd y cymylau ac yn cerdded rownd y byd am dragwyddoldeb. A hyn er i mi astudio gwyddoniaeth a hedfan drwy storm yn y cymylau sawl tro heb weld yr un cawr. Ond dwi ofn y mellt a'r taranau a does dim un math o addysg neu wyddoniaeth yn mynd i newid hynny oherwydd, er gwaethaf fy addysg a 'mhrofiad, mae rhan fawr ohona i'n dal i berthyn i'r hogan fach grynedig honno oedd yn cuddio dan y dillad gwely yn ei stafell dywyll yng Ngwlad Pwyl.

Yn sydyn clywaf sŵn arall. Sŵn traed yn y coridor. Edrychaf ar y cloc. Chwarter wedi naw. Does neb i fod allan mor hwyr. Oes rhywbeth o'i le efallai? Ydi Mrs Williams yn Stafell 189 yn poeni y bydd mellt yn taro'r to ac wedi mynd draw i ganu'r larwm? Mae hi wedi gwneud hynny o'r blaen a doedd y Frigâd Dân ddim yn hapus ar ôl gorfod teithio ar hyd y ffyrdd troellog, felly agoraf y drws a pharatoi i'w chysuro.

Ond nid Mrs Williams sydd yno.

"Dr Clough? Ydach chi'n iawn?"

"Yndw. Wrth gwrs. Pam? Oes problem?"

"Na. Dim problem."

"O. Da iawn. Da iawn. Nos da, Nyrs Chrowstowski."

"Nos da, Doctor."

Mae o'n gwthio heibio i mi ac mae ei wyneb mor stormus â'r awyr uwchben. Wyneb sy'n llawn cymylau du. Cymylau sydd ar fin troi'n law.

Dydi stormydd ddim yn hawdd. Ddim mor hawdd â diwrnod heulog. Ar ddiwrnod heulog mae'r coed yn llonydd ac mae'r cymylau'n nabod eu lle. Y cyfan sydd ei angen ydi ychydig o wyrdd fan hyn a fan draw ac ambell gyffyrddiad o las. Ond does gen i ddim diddordeb yn yr 'hawdd'. Mae celf yn anodd. Ers dyddiau cynnar y dynion Neolithig yn eu hogofâu, yn llunio teirw a cheirw ac antelopiaid ar y muriau efo blew, gwaed a dŵr, bu celf yn alwedigaeth flinderus. Nid rhywbeth i'w wneud er 'hwyl'. Gofynnwch i Van Gogh. Doedd dim byd yn hawdd i Van Gogh. Ac roedd bywyd yn bell o fod yn 'hwyl'. Wrth edrych ar ei luniau mae'n bosib gweld y boen yn y paent. Y paent sy'n chwyrlïo ar draws y cynfas mewn peli melyn a gwyrdd. Y sêr sy'n dyllau llachar yng nghanol y glas trwm sy'n pwyso i lawr ar y ddaear. Mae yna elfen o dwyll a gonestrwydd mewn celf. Y twyll ydi gwybod sut i rwydo llwynog 'natur' gyda brwsh cyn iddo lithro drwy eich bysedd am byth. Y gonestrwydd ydi beth sydd ganddoch chi ar y papur neu'r cynfas. Rhyw chwip hanfodol o'r realiti hwnnw. Rhyw argraff o sut deimlad ydi bod yn fyw yr eiliad honno. Dyna'r cyfan sy'n bosib. Ac mae'r gamp bron yn amhosib. Hyd yn oed tu fewn i galerïau mwyaf enwog y byd rydw i wedi gweld enghreifftiau lle mae'r artist wedi methu – lle mae'r llwynog cyfrwys wedi dengid o'i afael cyn iddo ei ddal. Ond weithiau, fel yn achos Van Gogh, mae pob dim yn berffaith a bywyd yn ei holl ogoniant i'w weld yn blaen, yn glir, yn hyfryd. Dyna'r gamp. Dwi'n cofio darllen i Paul Klee ysgrifennu mewn llythyr fod yna elfen o hap a damwain yn y broses greadigol, ond dwi ddim yn gweld sut mae hynny'n bosib. Efallai mai hap a damwain a greodd y byd, ond mae celf yno i gadw trefn. Heb drefn does dim byd ond gwallgofrwydd. Mae'n ddigon posib, fel yr honnodd Michelangelo, nad oes llinell syth yn bodoli ym myd natur, ond mi ydw i'n benderfynol o gael hyd i un. Neu mi fyddwn i petawn i'n cael llonydd.

"Pwy sy 'na?"

Sŵn rhywun yn clirio ei wddw yr ochr arall i'r drws.

"Dr Clough."

Dwi'n gwybod hynny, wrth gwrs. Pwy arall fyddai'n cnocio'r

drws yr adeg yma o'r nos? Ond mae o'n swnio'n od rywsut. Yn nerfus ac yn ansicr. Mae o'n clirio ei wddw unwaith eto.

"Fedra i ddod yn ôl os nad ydi hi'n gyfleus."

Be 'di'r pwynt? Mae'r ysfa greadigol wedi ei difa. Troaf y brwsh yn y pot dŵr a gwylio'r paent yn byrlymu oddi arno fel cymylau stormus.

"Dewch i mewn."

"Mae'n ddrwg gen i darfu."

"Bob dim yn iawn, Doctor."

Daw at y ddesg ac edmygu'r darlun.

"Gwych."

"Ia, wel…"

"Na, wir i chi, Mrs Fôn. Mi faswn i'n falch iawn o weld y llun yna mewn ffrâm yn fy swyddfa."

"Mae gan bob dim ei bris, Doctor."

Gwenaf. Does gan Dr Clough ddim diddordeb mewn celf. Na, dwi'n deall yn iawn pam mae o yma. Ac mae o'n deall fy mod i'n deall hefyd. Er nad ydi o'n gwybod dim byd am gelf, dydi o ddim yn ffŵl. Mae'n cerdded at y ffenest ac yn edrych allan am ychydig.

"Noson stormus."

"Mae hi wedi bod yn gaddo storm ers sbel. Jyst gobeithio fydd pethau wedi setlo erbyn nos Fercher."

"Nos Fercher?"

"Fy mhen-blwydd, Doctor. Mi fydda i'n wyth deg, cofiwch. Hen ddynes. Mae Meirion am fynd â mi allan i'r lle Ffrengig 'na."

"Le Creuset?"

"Rhywbeth fel'na. Ac mae Lena'n dŵad hefyd."

"Braf."

"Neith fyd o les i Meirion."

"Mi wna i drefnu cardiau a blodau i chi, Mrs Fôn."

"Peidiwch â siarad yn wirion."

Mae o'n mynd draw at y ffenest ac yn sbecian allan.

"O leia mae'r mellt a'r taranau gwaetha wedi darfod."

"Tydw i ddim yn mynd i symud, Doctor. Ac os ydach chi am drio fy mygwth i fynd mi fyddai'n ddigon hawdd i mi godi'r ffôn 'ma a chael gair bach yng nghlust Bruce. Doctor yn fforsio hen ddynes allan o'i chartre. Dychmygwch y pennawd! Falla fasa'r stori ar S4C, y BBC... Pwy a ŵyr?"

Mae o'n troi o'r ffenest, yn cerdded ata i'n araf ac yn eistedd ar ymyl y gadair. Mae ei wyneb bron mor wyn â'i gôt. Ond mae o'n trio peidio dangos bod arno ofn y bydda i'n codi'r ffôn. Dr Eifion Clough, ei enw'n fwd.

Mae o'n clirio ei wddw.

"Busnes ydi o, Mrs Fôn. Dyna'r cyfan. Dwi'n ddoctor, ydw, yn ddyn sydd wedi bod yn deyrngar erioed i'r llw Hipocrataidd, ond dyn hefyd sy'n deall bod raid iddo symud ymlaen neu farw. Ydi, mae mor bur â hynny. Falla fod y gair 'busnes' yn un anodd i'w dderbyn dan yr amgylchiadau; wedi'r cyfan, mi ydan ni i gyd yma yn y 'busnes' o'ch gwarchod chi, Mrs Fôn. Chi a phobol eraill yn eich oedran a'ch sefyllfa. Falla y bysa rhai pobol yn dadlau mai dyletswydd o ryw fath ydi hyn i fod, rhyw fath o wasanaeth Cristnogol anhunanol."

Mae'n codi o ymyl y gadair ac yn cerdded yn ôl at y ffenest.

"Ac wrth gwrs, mae'n fwy na thebyg fod y rheini sy'n dadlau hyn yn iawn. Dyna'n union be *ddylan* ni neud – edrych ar ôl ein rhieni, ein perthnasau. Gneud yn siŵr fod yna ddigon o fwyd yn tŷ. Eu bod nhw'n gynnes ac yn sych ar noson stormus fel hon, bod cymorth meddygol ar gael os ydyn nhw'n sâl neu'n cael codwm. Wedi'r cyfan, dyna be wnaethoch chi iddyn nhw, yndê, Mrs Fôn? Chi a'ch cyfoedion a'ch ffrindiau yn y lle hwn. Edrych ar ôl eich plant a gneud yn siŵr eu bod nhw'n ddiogel ac yn hapus. A hynny i gyd am ddim, oherwydd eich bod yn eu caru."

Mae yna daran uchel yn ffrwydro uwchben. Wedyn chwip o law yn erbyn y ffenest.

"Maen nhw'n eich caru chithau hefyd, Mrs Fôn, does dim angen deud hynny. Er mwyn i ni fedru cynnig gofal o'r radd flaena i chi, mae'n rhaid iddyn nhw neud ambell aberth hefyd."

Sytha Dr Clough y cyrten a cherdded yn ôl at y bwrdd. Mae o'n codi'r darlun a'i astudio.

"Arian, Mrs Fôn. Gair budur i rai. Gair anweddus. Ond eto, arian sy'n creu'r gymdeithas fach glyd o'n cwmpas. A fyddai Nyrs Chrowstowski yma heb arian? Na fyddai wrth gwrs. Hi na'r nyrsys eraill. Na'r doctoriaid chwaith. Eich meibion a'ch merched chi sy'n creu'r lle yma, Mrs Fôn, maen nhw'n troi eu harian yn gariad. Mae o fel rhyw fath o alcemi gwyrthiol. Ond yr unig broblem ydi fod arian, yn wahanol i gariad, yn diflannu'n ddigon sydyn, fel dŵr yn rhedeg i lawr y draen."

Yr un hen broblem sydd ganddo fo â phob un doctor arall. Cyn gynted ag y byddwch chi o dan eu gofal maen nhw'n meddwl bod ganddyn nhw ryw fath o awdurdod drosoch chi. Rhyw fath o bŵer. Ond dwi'n deall yn iawn beth mae o'n trio'i wneud. Felly esboniaf y sefyllfa unwaith eto.

"Dwi ddim yn mynd i symud, Doctor."

Petai'n cael fy nharo, mi fyddai'n gwneud. Ond, yn lle hynny, mae o'n camu allan i ganol y llwyfan, yn ddig fel plentyn wedi ei sbwylio'n rhacs.

"Mae'n rhaid ehangu, Mrs Fôn. 'Dach chi'n byw mewn byd ffantasi! 'Dach chi'n bihafio fel tasa'r byd yn mynd i aros yn llonydd er mwyn i chi gael ei... *baentio!*"

Daw draw ata i. Bron yn rhy agos. Mae'n croesi fy meddwl efallai 'mod i wedi ei wthio'n rhy bell a'i fod o am fy hitio go iawn. Mae ei wyneb lai na chwe modfedd oddi wrth fy un i.

"Dwi angen i chi aberthu rhywbeth hefyd, Mrs Fôn, 'dach chi'n deall? 'Dach chi'n deall be dwi'n gofyn i chi neud? Dim byd mawr. Dim byd sy'n debygol o greu poen nac anhawster. A deud y gwir, yn y pen draw, mae'n bur debyg y bydd yr aberth yma'n llesol i chi. Y cyfan dwi'n gofyn i chi neud, Mrs Fôn – a gwrandwch yn ofalus rŵan wrth i mi egluro i chi unwaith ac am byth – y cyfan dwi angen i chi neud ydi symud o'r stafell yma am ychydig fisoedd, fel mae pawb arall yn y bloc wedi cytuno i neud, tra bod yna waith adeiladu yn cael ei gwblhau. Gwaith adeiladu fydd yn golygu y byddwch yn medru cael stafell well, stafell fwy modern. Stafell â Broadband fydd yn sicrhau eich bod yn medru cysylltu efo'ch mab yn amlach. Skype hefyd. Mi fedar y nyrsys ddangos i chi sut i'w ddefnyddio. Mae o'n hawdd... 'Dach chi'n gweld? 'Dach chi'n deall be dwi'n trio'i neud?"

"Dwi'n deall, Doctor."

"Ond?"

"Dyma fy nghartre."

"Fedrwch chi gael un gwell. Mewn ychydig fisoedd mi fydd —"

"Dydw i ddim isio un gwell! Chi sydd ddim yn deall, Doctor. Dwi ddim isio symud. Dwi'n byw yn fan hyn! Fan hyn dwi am aros. Mae bob dim gen i yn fan hyn, bob dim sy'n bwysig i mi."

"Ia ond —"

"Dwi'n rhy hen i symud, Doctor. A dwi ddim isio symud. Fedrwch chi ddim mynnu 'mod i'n symud, na fedrwch?" Edrychaf ar y ffôn, gan wneud yn siŵr ei fod o'n deall. "Hen ddynes ddiniwed fel fi?"

"Na, wrth gwrs..."

"Wel. Dyna fo. 'Dan ni'n deall ein gilydd. Cartre ydi cartre. A fan hyn fydda i byth."

Mae'r holl densiwn yn ei gorff yn symud i lawr ei fraich ac mae o'n taro'i ddwrn fel mwrthwl ar y bwrdd, gan beri i'r tiwbiau paent ratlo ac i'r gwydryn sy'n dal y dŵr droi ar ei ochr. Mae'r dŵr yn llifo dros y darlun, gan greu pyllau llwyd lle bu'r awyr a'r coed a'r caeau.

"Mae'n ddrwg gen i," meddai Dr Clough. "Wir i chi, Mrs Fôn. Ylwch, gadewch i mi help—"

"Na, mae bob dim yn iawn."

Mae'r pyllau dŵr fel petaen nhw'n troi ac yn chwyrlïo ar y papur ac, am ychydig eiliadau cyn iddyn nhw sychu, caf fy mesmereiddio. Dyma'r union ffenomenon roeddwn i'n ceisio ei ddal – y ffordd mae'r cymylau du yn rowlio'n flin ar hyd y ffurfafen. Rŵan, drwy ddamwain, dwi wedi llwyddo.

Cau'r drws tu ôl i mi. Camu i lawr y coridor. Troi'r gornel. Heibio Nyrs Chrowstowski. Trwy'r drysau dwbl. I lawr coridor arall. Heibio desg yr ysgrifenyddes. I mewn i'r swyddfa. Agor y drôr. Estyn y wisgi. Estyn y gwydryn. Agor y botel. Tollti'r Scotch. Yfed y Scotch. Tollti un arall. Edrych ar y ffôn. Cydio yn y gwydryn. Edrych ar y ffôn. Codi'r gwydryn i fy ngwefus. Edrych ar y ffôn. Rhoi'r gwydryn i lawr. Tynnu'r pedair mil allan o 'mhoced. Eu taflu ar y bwrdd. Codi'r ffôn. Deialu. Siarad.

"Mr Kent?"

Clywaf geir yn pasio. Dychmygaf Kent mewn maes parcio llwm tu ôl i ryw dafarn. Efallai ei fod o'n smocio sigarét. Yn sicr mae o'n gwenu. Medraf glywed y wên yn ei lais. Gwên gas ac anghynnes. Gwên sy'n golygu ei fod wedi llwyddo i 'nhynnu i lawr i'w fyd ysglyfaethus. Mae yna daran yn rhuo ond mae'r storm ymhell i ffwrdd erbyn hyn. Dros y mynyddoedd. Draw at y môr. Iwerddon efallai.

"'Dan ni dal 'mlaen, Doc?"

"Yndan."

Codaf y gwydryn. Yfed y Scotch. Lawr mewn un. Gormod o sioc i'r system. Mae fy stumog yn troi.

"Pryd?"

"Nos Fercher."

Seibiant.

"Lle?"

"Mae ei mab a'i gariad yn mynd â hi i Le Creuset. Y lle Ffrengig newydd 'na ar gyrion Bangor. Fydd hynny'n broblem?"

"Dim problem. A'r arian?"

"Mae o gen i."

"Grêt."

Mae o'n lladd y sgwrs.

Pwysaf yn erbyn y wal. Y wisgi fel gelyn yn fy stumog. Eistedd i lawr. Pen yn fy nwylo. Edrych ar y ffôn. Edrych ar y botel. Edrych ar fy nwylo. Dwylo llofrudd.

Cnoc ar y drws.

Llaw trwy fy ngwallt. Cuddio'r botel. Cuddio'r gwydryn. Codi ar fy nhraed. Tsiecio'r drych. Llaw trwy fy ngwallt eto.

"Dewch mewn."

"Bob dim yn iawn, Dr Clough?"

"Nyrs Chrowstowski."

"Sori i'ch trwblu, Doctor, ond, wel, roedd yna olwg… wael… arnoch chi yn y coridor ychydig yn ôl a… wel…"

"Bob dim yn iawn, Nyrs. Wir i chi."

Trio gwenu. Trio'n rhy galed. Nyrs Chrowstowski yn gwenu yn ôl. Mae'n gwybod bod yna rywbeth o'i le. Mae'n medru gwynto'r wisgi.

"Iawn," meddai.

Mae'n mynd. Cau'r drws. Sŵn ei thraed yn clip-clapian i lawr y coridor. Pwysaf yn ôl yn erbyn y ddesg a sychu'r chwys oddi ar fy nhalcen. Dal fy wyneb yn y drych. Wyneb euog. Wyneb llofrudd.

"Felly, rwyt ti wedi syrthio mewn cariad o'r diwedd? Ar ôl un dêt?"

Mae yna olwg slei ar wyneb Mr Craf. Ond siglaf fy mhen a chwerthin cyn pasio'r bowlen ddŵr ar draws y bwrdd. Mae Mr Craf yn yfed yn ofalus.

"Dwi ddim yn un i syrthio mewn cariad."

"O ddifri?" meddai Mr Craf, gan fwyta un o'r cnau o'r soser. "A be sydd mor arbennig am Meirion Fôn felly? Ydi o'n un o'r dynion perffaith yna sydd byth yn mynd i adael i Santes Dwynwen wneud ffŵl ohono?… Ydi hi'n ddel?"

"Yndi."

"Ac yn glyfar?"

Nodiaf.

"Felly be 'di'r broblem? Ydi Meirion Fôn yn licio rheoli pob sefyllfa?"

"Ia wel, i'r gwrthwyneb. Gwranda, y broblem – gan dy fod ti mor benderfynol o wybod – ydi 'mod i'n denu anlwc. Dwi 'di gneud erioed. Mae o'n swnio'n od, dwi'n gwybod, ond dyna fo. Dwi'n synnu bod 'na'm byd wedi digwydd i chdi eto a bod yn hollol onest!"

"Fel be?"

"O dwn i'm. Be bynnag. Y pwynt ydi, naddo. Dwi heb syrthio mewn cariad. Mwy o gnau?"

"Ond wyt ti isio'i gweld hi eto?"

"Be 'di hyn? Rhyw fath o ymholiad i fy mywyd personol?"

"Dyna be mae ffrindiau'n neud, yndê? Holi ei gilydd am bethau fel hyn. A rhannu."

"Be amdanat ti? Dwi'n gwybod nesa peth i ddim am dy fywyd personol di."

"Dwyt ti erioed wedi gofyn."

Pan mae Mr Craf yn edrych arna i mae yna olwg hunanfodlon ar ei wyneb a dwi'n teimlo fel taflu'r soser ato. Ond yn y diwedd penderfynaf y byddai cwestiwn onest, plaen yn creu mwy o gynnwrf na chawod o gnau.

"Dwi'n gwybod dy fod ti'n byw yn y coed, ond 'nes i dy ddilyn di am ychydig neithiwr a weles i'r un tŷ o unrhyw fath yn unlle."

"Meirion y ditectif, ia? Wel, tydi'r tŷ ddim yn hawdd i'w ffeindio. Dydi o ddim yn un mawr i ddechrau. Ac mae'n rhaid i mi gyfadde i mi adael i'r goedwig dyfu'n wyllt braidd. Ond dyna fo. Tydi hi ddim yn talu i fod yn rhy amlwg weithiau. Ers talwm, falla, ro'n i'n fwy 'ffwrdd â hi' am y pethau yma ond, wrth i mi fynd yn hŷn, wel, mae'n rhaid i rywun fod yn fwy gofalus. Mae yna bob math o beryglon o gwmpas dyddia yma."

"Fel be?"

"Cŵn gwyllt. Llwynogod."

"Doniol iawn. Beth am symud? Mae yna dai newydd ar werth ar gyrion y pentre."

"Dwi'n licio byw yn y goedwig."

Mae yna seibiant. Car yn mynd heibio yn y stryd. Mae'r storm wedi pasio erbyn hyn. Sŵn y taranau yn y pellter yn fwyn a thyner, bron.

"Oes 'na *Mrs* Craf?"

"Yn y gorffennol."

"Plant?"

"Fydda i'n eu gweld nhw weithiau. Mae plant yn fendithiol. Maen nhw'n gwreiddio rhywun. Mi wnei di weld hynny un diwrnod, reit siŵr. Gynted wnei di gyfarfod â'r ferch iawn. Wedyn mi fyddi di'n ysu i ddod â phlentyn i mewn i'r byd."

Mae bysedd bach yn tapio'r gwydr ar y drysau dwbl sy'n agor allan i'r ardd gefn. Rŵan fod y mellt a'r taranau wedi mynd, mae'r glaw digalon yn cyrraedd ac yn ceisio ein bygwth.

"Well i mi fynd," meddai Mr Craf. "Cyn i'r llwynogod ddod."

Roedd yna ychydig o ddrafft yn dod o'r ffenest. Mi oedd y cyrtens yn chwifio fel ysbrydion. Y peth naturiol i'w wneud oedd cynnau'r lamp ger y gwely, ond mi allai hynny ddenu sylw'r Sister. Aros yn llonydd oedd y peth gorau. Cau fy llygaid yn dynn fel ro'n i'n ei wneud ers talwm. Cau fy llygaid er mwyn peidio â chael fy nychryn gan y cysgodion.

"Mama?"

"Ie, cariad?"

"Pam mae'r nos mor dywyll?"

Yn y tywyllwch roedd yr hen wardrob yn troi'n fwystfil mawr du yng nghornel fy stafell. Roedd brigau'r coed tu allan yn troi'n ewinedd main yn erbyn y ffenest. Ar y tywyllwch roedd y bai fod y gwynt yn fwy swnllyd nag yr oedd yn ystod y dydd ac am fod y glaw fel pelten front yn erbyn y gwydr. Roedd y tywyllwch fel llaw fawr ddu yn ymestyn dros y byd, yn trawsnewid pob siâp ac yn difa pob lliw.

"Wel," meddai Mama, gan eistedd ar ymyl y gwely ac anwesu fy nhalcen yn dyner. "Maen nhw'n deud mai bai y llwynog ydi o."

"Pa lwynog?"

"Hen lwynog cyfrwys, barus flynyddoedd maith yn ôl," meddai hithau. "Enw'r llwynog yma oedd Babla ac mi oedd o wastad bron â llwgu. Bob nos mi fyddai'n mentro allan i hela ond, bob nos, mi fyddai Henryk y bugail yn ei weld cyn iddo fedru cipio un o'r defaid. Y rheswm am hyn oedd y lleuad. Oedd, mi oedd y lleuad fel un o'r platiau mawr gwyn yna sy gen i yn y cwpwrdd lawr grisiau. Disgleiriai yn y nen a byddai ei phelydrau pwerus yn gofalu bod yna ddim cysgodion tywyll i guddio Babla. Gallai Henryk weld y llwynog a byddai'n ei hel i ffwrdd noson ar ôl noson ar ôl noson.

"Wel, fedri di ddychmygu, Lena fach, heb gig y defaid mi oedd Babla'n dechrau gwanhau. Ac mi oedd o'n poeni am y llwynogod bach. Wrth iddo droi yn ôl i mewn i'r goedwig bob nos, a'i stumog yn wag, mi fyddai'n edrych i fyny i'r awyr ac yn gweld y lleuad yn sgleinio ei gwên gas, olau ar draws y caeau lle roedd y defaid yn cysgu. Mi oedd Babla'n casáu'r lleuad. Roedd o'n casáu'r lleuad mwy na dim byd arall yn y byd. Mwy na Henryk y bugail, mwy na'r cŵn gwyllt o'r pentre a'r helwyr ar eu ceffylau. Dwi'n siŵr fod Babla, erbyn hyn, yn casáu'r lleuad mwy na'r diafol ei hun – er, wrth gwrs, dwi'n siŵr nad oedd gan Babla, druan, y syniad lleia am y diafol chwaith!

"Un noson," pwysodd Mama 'mlaen a distewi ei llais nes ei fod bron yn sibrydiad cyfrinachol rhyngddon ni'n dwy, "dyma

Babla'n cael syniad. Rhai da ydi llwynogod am gael syniadau. Maen nhw'n greaduriaid cyfrwys. Dyma fo'n cerdded i fyny at Henryk, yn bowld ac yn blaen ac yn gwbl ddi-ofn. 'Henryk,' meddai o," ac mae Mama'n pwyso 'mlaen yn agosach byth, "oherwydd, ti'n deall Lena, mi oedd hyn yn yr hen ddyddiau, pan oedd llwynogod yn medru siarad. 'Henryk,' meddai Babla, 'mae camddealltwriaeth mawr wedi bod.' 'O na,' meddai Henryk, gan gadw'i law yn dynn ar ei ffon, gan ei fod o'n gwybod yn iawn mor gyfrwys y gallai llwynogod fel Babla fod, 'o na, dwi'n dy ddeall di'n iawn, Babla. Ti'n dod yma bob nos i drio dwyn un o fy nefaid er mwyn i chdi gael dy swper ond, bob nos, dwi'n dy rwystro di. Does dim camddealltwriaeth. Mae'r peth mor glir â golau dydd. Neu olau'r lleuad o leia!'

"Wel, mi oedd Henryk wrth ei fodd. Ac mae'n hawdd gweld pam, yn tydi Lena? Dim yn aml roedd bugail syml fel fo yn cael y gorau ar lwynog clyfar fel Babla. Ond, ti'n gweld, doedd Babla heb orffen eto.

"'Henryk,' meddai, gan eistedd wrth ochr y bugail. 'Dwi'n ofni dy fod wedi gneud camgymeriad. Ti'n gweld, dydw i ddim isio bwyta un o dy ddefaid di o gwbl.' 'Dwyt ti ddim?' gofynnodd Henryk, wedi synnu braidd. 'Na,' meddai Babla, gan ddechrau rhynnu'n ddramatig. 'Tydw i ddim ar ôl cig a gwaed ac esgyrn.' 'Wel, be wyt ti ar ei ôl, 'ta?' gofynnodd Henryk, ei ben erbyn hyn yn fwdwl llwyr. 'G-g-gwlân,' crynodd Babla eto a smalio'i fod o'n diodde o oerni.

"Wel, Henryk druan. Mi oedd o'n gymeriad syml ond eto roedd ei galon yn un lân a phur. Wrth weld Babla'n crynu (er mai smalio oedd o wrth gwrs!), mi dynnodd ei siaced a'i chynnig i'r llwynog cyfrwys. 'O n-n-n-na,' meddai Babla, gan grynu fel deilen (er nad oedd hi mor oer â hynny), 't-t-tydi dy s-s-s-siaced ddim d-d-digon c-c-cynnes.' 'Wel does 'na ddim byd arall fedra i gynnig i ti.' Cymerodd Henryk ei siaced yn ôl a'i gwisgo.

"Wrth iddo glywed hyn mi oedd yna sglein ddireidus i'w

gweld yn llygaid Babla – er bod Henryk heb sylwi wrth gwrs. 'Mae un peth fedri di g-g-gynnig i mi,' meddai'r llwynog. 'O?' gofynnodd Henryk yn ddiniwed. 'Be?' 'Gwlân,' meddai Babla. 'Mae gen ti ddigon ohono fo, yn does?' Wrth glywed hyn edrychodd Henryk ar yr holl ddefaid yn y cae – defaid oedd yn dew gan wlân trwchus, cynnes. 'Os ydw i'n cynnig ychydig o wlân i ti er mwyn dy gadw'n gynnes, wyt ti'n gaddo fy ngadael i?' gofynnodd Henryk. 'Ydw,' meddai Babla, gyda gwên greulon, oer, 'wrth gwrs.' 'Wel iawn, 'ta,' ac aeth Henryk ati i gneifio. Ar ôl ychydig mi oedd ganddo ddigon o wlân yn ei sach i greu siaced. Ond doedd Babla ddim yn hapus. 'Mwy,' meddai'r llwynog cyfrwys, 'mwy o wlân!'

"Wel, Lena fach, mi aeth hyn ymlaen drwy'r nos – Henryk yn cneifio ac yn cneifio a Babla'n gofyn am fwy a mwy. Yn y diwedd mi oedd yna gymaint o wlân nes ei fod o'n codi i fyny i'r awyr mewn un cwmwl du. Ac wrth gwrs, dyna'n union roedd Babla ei eisiau! Oherwydd rŵan roedd pelydrau busneslyd y lleuad wedi eu difa a'r caeau wedi eu taflu'n ddidrugaredd i gysgodion y nos! Mi oedd bob man yn dywyll ac yn ddu. Mewn dim clywai Henryk gri ei ddefaid wrth iddyn nhw gael eu cipio gan Babla, y llwynog creulon. Ond doedd yna ddim byd yr oedd o'n medru'i neud heblaw eistedd ar y garreg a chrio a chrio.

"Felly ti'n gweld, Lena fach, dyna pam mae'r nos mor dywyll. Am fod y llwynog yn gyfrwys. Ac am fod y bugail mor ddwl."

Roedd storïau Mama wastad yn gweithio. Mewn dim roeddwn i wedi syrthio i gysgu a Mama wedi gwneud yn siŵr y byddwn i'n gyfforddus tan y bore. Ond mae Mama yn ei bedd ers blynyddoedd a'r tywyllwch yn ôl, yn barod i ddial. Cysgodion yn sleifio fel lladron dros y cwpwrdd. Ysbryd du'n ymestyn fel inc dieflig o'r tu ôl i'r cyrtens. Sŵn traed yn y coridor. Rhywun yn crio yn y pellter. Glaw fel chwip yn erbyn y ffenest. Rhywle yn y pellter, dros y caeau a'r llwyni, llwynog unig yn sgrechian.

Sgrech o ganol uffern ac o ddechrau amser.

UN

Dŵr. Dim byd. Sŵn. Fel curiad. Dŵr. Ym mhobman.

Dŵr.

Curiad. Curiad cyson. Yn taro o bell. Dŵr. Ym mhobman. Ceisio ymestyn. Curo. Curo.

Curo.

Teimlad. Bysedd. Dŵr. Dŵr ym mhobman. Curo cyson. Byth yn gorffen. Byth yn dechrau. Bysedd yn ceisio teimlo. Ceisio cyffwrdd. Dŵr.

Ym mhobman.

Curo. O'r dechrau tan y diwedd. Ond does dim dechrau. A dim diwedd. Bysedd yn ceisio teimlo. Yn ceisio cyffwrdd. Yn ymestyn. Dŵr. Dŵr ym mhobman. Wedyn rhywbeth arall.

Cnawd.

Byd o dywyllwch. Byd o ddŵr. Byd o fysedd yn ceisio ymestyn a theimlo. A choesau. Byd o goesau. Coesau'n cicio. Weithiau'n taro yn erbyn cnawd.

Mae yna berygl. Tu allan. Ac mae yna du allan. Dwi'n deall oherwydd mae synau eraill erbyn hyn. Synau i'w clywed uwchben y curo. Dwi'n caru'r sŵn. Mae'r sŵn yn un tyner. Dydw i ddim yn deall cariad. Ond dwi'n medru ei deimlo.

Dŵr. Byd o ddŵr. Byd o guro. Byd o geisio ymestyn a theimlo. Byd o gariad. Byd cynnes. Dydw i ddim yn deall beth ydi bod yn saff ond dwi'n teimlo'n saff. Dydw i ddim yn deall beth ydi cariad ond dwi'n teimlo cariad.

Y curo. Gallaf ei deimlo tu mewn i mi hefyd. Y bysedd yn ymestyn.

Yn cyffwrdd cnawd eto. Dwi mewn byd o ddŵr. Byd saff.

Pwy ydi o? Neu hi? Dydw i ddim yn deall 'fo' na 'hi' ond dwi'n deall bod rhywun yma. Rhywun yn rhannu fy myd dyfrllyd. Fy myd saff. Rhywun sydd hefyd yn clywed y curo sydd byth yn dechrau ac sydd byth yn gorffen. Mae ei fysedd o neu hi yn ymestyn hefyd.

Medraf eu teimlo yn erbyn fy wyneb. Bysedd trwy'r dŵr. Bysedd sydd eisiau darganfod oes yna ffin i'r byd yma. Unrhyw fath o ddechreuad.

Unrhyw fath o ddiwedd.

Cariad yw'r curiad. Curiad cyson. Cariad cyson.

Ond mae'r byd yn cau. Wrth ymestyn does dim cymaint o ddŵr. Rŵan mae'r bysedd yn cyffwrdd cnawd yn gynt. Maent yn ei gyffwrdd o neu hi. Ac mae o neu hi yn fy nghyffwrdd innau. Ydi o neu hi yn clywed y curiad hefyd? Ydi o neu hi yn teimlo'r cariad?

Mae yna ddiwedd i'r byd. Dwi wedi ei ddarganfod. Dwi'n pwyso fy nghefn yn ei erbyn ac yn cicio fy nghoesau. Weithiau, drwy wneud hyn, dwi'n ei gicio fo neu hi. Ond mae o neu hi yn fy nghicio innau hefyd. Ydi o neu hi wedi darganfod y ffin hefyd?

Drwy hyn i gyd, y curo mawr. Y cariad mawr.

Synau eraill. Synau dwi ddim yn eu deall. Synau o'r tu allan i'r byd. Synau o ochr arall y ffin. Synau llawn cariad.

Mae rhywbeth yn sugno'r byd. Mae'r byd yn mynd yn llai. Dydw i ddim yn deall amser ond mae rhywbeth yn newid. Mae yna orffennol a phresennol. Mae'n rhaid fod yna drydedd ran i hyn. Amser sydd heb gyrraedd.

Ydi o neu hi'n teimlo'r byd yn mynd yn llai hefyd? Ydi o neu hi'n gwybod bod yna orffennol a phresennol? Ydi o neu hi'n meddwl bod yna amser sydd eto i ddod?

Mae o neu hi'n agosach rŵan. Teimlaf y cnawd yn erbyn fy un i. Teimlaf y bysedd. Ydi o neu hi'n agos am fod ofn arno fo neu hi? Ydi o neu hi angen cysur? Ydi o neu hi'n meddwl bod yr amser sydd eto i ddod yn mynd i fod yn beth llawn perygl?

Rŵan dwi'n gorfod plygu fy mhen oherwydd mae'r ffin yn cau amdanaf. Yn pwyso. Ond eto dwi'n teimlo'n saff. Mae'r curo'n dal yno. Mae o wastad yno. Y curo. Y cariad. Fo neu hi.

Y tri ohonom.

Trwy'r beipen mae'r nerth yn fy nghyrraedd ac mae'r bysedd yn medru cau'n ddwrn a'r breichiau'n medru codi ac mae fy nghoesau'n medru gwthio yn erbyn y ffin ac yn ei erbyn o neu hi. Mae o neu hi'n gryf ac yn llawn nerth hefyd. Medraf deimlo hyn. Mae o neu hi'n gwthio yn fy erbyn innau hefyd. Mae o neu hi'n cau'r bysedd ac yn creu dwrn ac yn cicio ac yn gwthio. Oes ganddo fo neu hi beipen nerthol hefyd? Pa mor gryf fydd rhaid i mi fod? Pa mor gryf fydd rhaid iddo fo neu hi fod?

Dydw i ddim yn medru gweld ond cyn bo hir mi fydda i yn gweld. Gweld ein byd. Ei weld o neu hi. Gweld ein gilydd.

Y curo. Y cariad.

Mewn cwlwm. Breichiau a choesau a dwylo. Weithiau, fy mhen yn taro ei ben o neu hi. Rŵan dwi'n dechrau deall y corff sy'n fy nghwmpasu er nad ydw i'n medru ei weld. Byd saff a chlyd. Ond byd sy'n mynd yn llai bob dydd. Dyna pam mae o neu hi a finnau mewn cwlwm. Dim lle.

Esgyrn sydd heb ffurfio'n llawn ond esgyrn fydd, cyn bo hir, yn fframio fy holl fodolaeth. Medraf eu teimlo rŵan fel brigau bach tu mewn i mi. Mae fy nghorff fel peiriant. Mae ei gorff o neu hi fel peiriant hefyd. Mae ein cyrff yn curo. Yn curo fel y curiad mawr o'n cwmpas.

Curo. Cariad.

Mae rhywbeth o'i le arno fo neu hi. Dydw i ddim yn gwybod beth. Dydw i ddim yn deall. Ond tra bo'r curo tu mewn i fy mrest i mor gyson a chryf ag erioed mae'r curo tu mewn i'w frest o neu ei brest hi yn dawel ac yn wan. Dydi'r byd ddim yn gwneud unrhyw fath o synnwyr. Ond mae rhywbeth o'i le ynddo. Dydi'r byd ddim mor saff ag yr oedd.

Nid iddo fo.

Na hi.

Mae muriau'r byd yn ein gwthio. Tu allan, uwchben y curo, mae yna synau eraill. Synau erchyll. Clywaf sgrechian a chrio. Dydw i ddim yn deall beth yw sgrechian a chrio ond synhwyraf fod rhywbeth mawr ar gychwyn. Bysedd a breichiau yn fy wyneb. Mae o neu hi'n synhwyro hyn hefyd.

Twnnel tyn yn gwasgu o bob cyfeiriad. A chyda phob modfedd mae'r sgrechian yn uwch. Mae'r crio'n uwch. Ac mae'r curo'n pellhau.

Dydw i ddim yn deall golau ond gwn fod y golau'n dda. Synhwyraf fod y golau'n saff, yn fy arwain oddi wrth unrhyw fath o boen. Tu ôl i mi dwi'n ei deimlo fo neu hi. Fy nhraed yn erbyn ei ben neu ei phen.

Ymlaen at y golau.

Dydw i ddim yn deall bywyd. Ond gallaf synhwyro ei fod yn bwysig. Yr unig beth sydd gen i. Mae o'n newydd. Fel anrheg anhygoel, gwyrthiol.

Maen nhw'n disgwyl amdana i. Dwi'n synhwyro hynny. Amdana i. A fo.

Neu hi.

Yr oerni ar fy mhen. Dwi angen y cynhesrwydd eto. Y byd clyd, saff. Dydw i ddim yn deall amser ond synhwyraf fod y cyfnod yna wedi pasio. Rŵan mae'r golau fel arf. Mae'r byd coch a phiws wedi troi i fod yn fyd melyn a gwyn ac mae'r lliwiau'n llosgi. A dwi'n mygu. Mae rhywbeth o'i le. Dydw i ddim yn deall aer ond gwn fy mod ei angen.

Mae'r curo'n cynyddu yn fy mron. Mor gyflym nes ei fod yn un sŵn cyson. Fel bwrlwm.

Lleisiau o 'nghwmpas. Siapiau. Siapiau anferth, dychrynllyd. Tu ôl iddynt mae'r golau llachar. Y golau sy'n brifo.

Mae rhywbeth yn digwydd i fy wyneb. Mae o'n tynhau. Dwi angen sgrechian. Dydw i ddim yn deall sgrechian ond dwi'n ymwybodol rywsut fod sgrechian yn mynd i leihau'r boen o fod yma. Yma yn y byd llachar newydd.

Ciciaf fy nghoesau. Fy mhrotest yn erbyn y byd newydd. Does dim byd yn eu herbyn. Ond wedyn dwi'n taro rhywbeth ac yn synhwyro 'mod i wedi protestio'n rhy galed.

Mae yna wyneb mawr. Dydw i ddim yn deall wyneb ond dwi'n ymwybodol ei fod o'n dynodi cariad. Llaw gynnes a thyner ar fy mhen a theimlaf yn saff. Yr aer tu mewn i mi. Y curiad bach yn fy mron yn arafu. Y curiad mawr tu mewn i'r gwely cynnes o gnawd. Y curiad sy'n golygu cariad. Cusan ar fy mhen.

Dydw i ddim yn deall cusan ond synhwyraf ei fod yn rhywbeth saff, llawn cariad. Y curo trwm yn cynyddu dan fy nghorff. Ond mi ydw i ar fy mhen fy hun.

Mae o wedi diflannu.

Neu hi.

DAU

'Lowri Evans,' meddai'r cerdyn. Hi sy'n ateb y ffôn ac yn trefnu apwyntiadau. Ond mae hi newydd bicio allan am bum munud i Greggs (meddai hi) a rŵan fi ydi'r unig un yn y dderbynfa.

Derbynfa? Stafell aros? Dwi ddim yn rhy siŵr beth i'w galw. Mae yna res o gadeiriau ond does neb yn eistedd arnynt. Mae yna fwrdd bach sgwâr gyda chasgliad o gylchgronau wedi eu trefnu'n ofalus, ond does neb wedi eu darllen. Mae'n ddigon hawdd gweld hynny. Mae'r cloriau'n rhy berffaith, y tudalennau'n rhy lân. A phwy ar y ddaear fyddai eisiau darllen *Psychology Today* neu *Trends in Popular Psychiatry*?

Codaf un. Rhifyn cyfredol. Mae yna oglau newydd ar y tudalennau. Poraf drwyddyn nhw ond y cwbl dwi'n ei weld ydi jymbl o jargon a llwyth o draethodau annealladwy. Rhoddaf y cylchgrawn yn ôl ar y bwrdd a mynd draw at y ffenest. Mae'r feddygfa reit ar dop yr hen adeilad a medraf edrych i lawr ar y traffig er 'mod i ddim yn ei glywed oherwydd y gwydr trwchus. Mae yna fws yn sibrwd heibio.

Dwi'n tsiecio fy wats. Bron yn ddeg munud i dri. Roedd yr apwyntiad wedi ei drefnu ar gyfer hanner awr wedi dau. Roeddwn i ddeg munud yn gynnar ac mi oedd y ferch yn y gôt wen wedi fy arwain i yma, i'r stafell â'r cadeiriau gwag a'r cylchgronau does neb wedi eu darllen. Ond ers hynny dwi heb glywed dim. Dim hyd yn oed ffôn yn canu.

Yn sydyn mae yna ŵr mewn siwt las smart yn camu i mewn. Mae ganddo locsyn a sbectol ddu gyda ffrâm las trendi.

"Mr Fôn?"

"Ia."

Mae o'n gwenu ac yn ysgwyd fy llaw.

"Maddeuwch i mi. Mi oedd gen i gyfarfod ac mi aeth pethau 'mlaen yn lot hirach nag oeddwn i wedi'i ragweld."

"Dim problem."

"Awn ni mewn?"

"Pam lai?"

Ar ôl trefn y dderbynfa, mae stafell ymgynghori Dr Jerry Stone yn dipyn o sioc. Mae yna soffa fawr biws fyddai'n ddigon cysurus mewn marchnad ail-law ac mae rhyw fath o glustogau blêr, blewog wedi'u taflu arni.

"Steddwch, Mr Fôn. Plis."

Eisteddaf yn barchus reit ar ymyl y soffa. Mae yna oglau od yno hefyd. Y math o oglau dwi'n ei gysylltu ag anifeiliaid. Cathod efallai. Y geifr allan yn Helmand. Wedyn gwelaf y parot yn ei gaets.

"*Loser* bach arall, dwi'n gweld…"

Wrth ei glywed mae Dr Stone yn codi ei ben ac yn rhoi'r gorau i ddadlwytho papurau a ffeils o'i fag. O'r hyn ddeallais i gan Dr Clough mae'r ddau'n nabod ei gilydd ers dyddiau coleg, ond mae Dr Stone i'w weld yn rhy ifanc. Mae'n denau ac yn heini. Digon hawdd ei ddychmygu'n cyflawni un o'r cyrsiau yna yn y fyddin. Mae ei wallt yn drwchus ac yn frown, wedi ei gribo'n dwt, ac mae ganddo flewiach ar ei wyneb, yn fwriadol siŵr o fod. Teimlaf fy ngên. Anghofiais siafio eto. Mae yna wahaniaeth rhwng steil a blerwch naturiol.

"O ia," meddai Dr Stone. "Wnes i anghofio eich cyflwyno i Myfyr y parot. Fy nhad oedd bia fo." Mae'n ystyried rhywbeth am ychydig eiliadau cyn gostwng ei lais a phwyso 'mlaen. "Rhyngoch chi a fi, Mr Fôn, dwi ddim yn hollol siŵr ein bod ni'n dau wedi datblygu be fasach chi'n medru ei alw'n…" mae o'n creu dyfynodau yn yr awyr â'i fysedd "…*berthynas*. Ond dyna fo. Be fedrwch chi neud? Mae o'n rhan o'r teulu rywsut. Er ei fod o'n drewi. Sori am hynny."

"Bob dim yn iawn."

Mae Dr Stone yn edrych i fyny ac yn codi ei lais er mwyn siarad â'r parot.

"Ti'n iawn, Myfyr? T'isio cneuan?"

"'Sa well gen i suddo fy mhig i mewn i dy lygaid…"

Edrychaf i weld sut y bydd Dr Stone yn ymateb i hyn, ond

mae o jyst yn anwybyddu'r sylw ac yn gosod cneuen yn ofalus ym mhig y parot dieflig. Mae'n siŵr ei fod wedi hen arfer.

"Ydach chi wedi bod at seiciatrydd o'r blaen?"

"Naddo, Doctor."

"Jerry, plis. Dwi ddim yn credu mewn ffurfioldeb."

"*Jerry*. Sori. Naddo."

"Da iawn. Wel, y peth cynta felly ydi i mi dawelu eich meddwl o'r cychwyn a deud eich bod chi ddim yn nyts." Mae o'n gwenu. "Dwi'n gwybod. 'Dach chi'n meddwl bod ganddoch chi broblem, neu nifer o broblemau nad ydyn nhw erioed wedi cael eu profi gan bobol eraill, bod eich problemau chi'n unigryw. Wel, tydyn nhw ddim. Rŵan, falla fod hynna'n eich siomi chi, Meirion – ydi hi'n iawn i mi eich galw chi'n 'Meirion' gyda llaw? Fel roeddwn i'n sôn, tydw i ddim yn credu mewn bod yn rhy ffurfiol yn y sesiynau yma."

"Yndi, 'thgwrs. Meirion yn iawn."

"Da iawn. Ia, fel ro'n i'n sôn, mae rhai pobol wrth eu bodd yn meddwl bod eu symptomau'n hollol newydd ac yn gwbl anghyfarwydd i ni fel seiciatryddion ond dwi wedi bod yn y busnes am dros chwarter canrif, Meirion – mi wnes i gychwyn fel partner i fy nhad ac wedyn, ar ôl iddo fo farw, mi fues i'n rhedeg y clinig ar fy mhen fy hun. Ac yn yr holl amser yna, dwi erioed wedi cyfarfod rhywun sy'n – be fasach chi'n ei alw'n 'nyts', neu'n rhyw fath o… dwn i ddim… 'seico'!"

Mae'n troi ata i ac yn chwerthin. Chwarddaf yn ôl. Ond teimlaf fod y straen yn dangos.

"Mi wyt ti'n seico, yn dwyt, Meirion? Ac yn llofrudd hefyd!"

"Sssh, Myfyr! Ca' dy big!"

Mae Dr Jeremy Stone yn troi ata i mewn cryn embaras. Mae o'n cydio mewn llyfr bach ac yn ei agor.

"Rŵan," mae o'n tsiecio'i wats, ei hysgwyd, ei chodi at ei glust ac yn rowlio ei lygaid wrth sylweddoli ei bod hi wedi stopio. "Damia, mae'n rhaid i mi drwsio'r blydi *thing* yma." Mae o'n troi rownd i edrych ar y cloc mawr, hen ffasiwn sy'n tician yn swnllyd ar y silff ben tân – nid fod yno dân chwaith. "Tri o'r gloch." Mae o'n troi yn ôl i fy wynebu unwaith eto. "Beth am i ni ddechrau? Pam wnaethoch chi ofyn i Dr Clough am enw seiciatrydd, Meirion?"

"Am ei fod o'n llofrudd. Am ei fod o'n ffycin seico…"

"Anwybyddwch o, Meirion. Ddewch chi i arfer efo Myfyr mewn dim, coeliwch chi fi. Rŵan, be ydi'r broblem?"

"Wel," meddaf, gan glirio fy ngwddw'n nerfus. "Anodd gwybod lle i ddechrau."

"Dechreuwch efo'r fyddin. 'Bennett' oedd eich enw adeg hynny yn ôl eich mam. Dwi wedi gneud fy ngwaith ymchwil, Meirion. Ac mae'n anodd cadw cyfrinachau yn y byd meddygol. Dr Clough ddwedodd wrtha i. Mae'r fedal ym meddiant eich mam draw ym Mhant Melyn. Oeddach chi'n dipyn o arwr felly?"

"Arwr tin! Arwr tin! Sbïwch bawb ar yr arwr tin!"

Mae Myfyr yn cau ei big ac yn helpu ei hun i gneuen. Troaf at Dr Stone. Mam a'i cheg fawr.

"Tydw i ddim yn arwr."

"Sawl aelod o'r Taliban wnaethoch chi ladd? Tri? Pedwar?"

"Doedd hynny'n ddim byd i neud â fi. Dyna 'di'r broblem."

Seibiant.

"Ewch yn eich blaen."

"Dwi wedi cyfarfod â rhywun."

"Merch?"

Nodiaf.

"Mae cariad gin Meirion! Mae cariad gin Meirion!"

"Llongyfarchiadau. Ond… ydi hynny'n… broblem?"

"Wel, yndi oherwydd… wel… y peth ydi… dwn i ddim sut cweit i egluro'r peth ond… y broblem ydi… dwi'n *beryg*."

Teimlaf fod Dr Stone newydd sylweddoli rhywbeth efallai – dwi ddim yn un o'r naw deg naw y cant o achosion yr oedd o'n eu trin fel arfer.

"Ym mha ffordd?"

Am y tro cyntaf mae yna elfen o ansicrwydd yn ei lais.

"Dwi ddim yn trio bod yn beryglus. Mi faswn i wrth fy modd taswn i ddim."

Mae Dr Jerry Stone yn codi'r ffôn.

"Helô, Lowri? Gwranda, fedri di ddŵad â dwy baned o goffi i ni? O, a Lowri? Cansla'r apwyntiad arall sgen i am bedwar, ocê? Diolch."

"Meirion yn hogyn pwysig! Falla'i fod o'n seico! Falla'i fod o'n seico!"

"Rŵan," meddai Dr Stone, gan eistedd i lawr ac estyn beiro. "Beth am i ni gychwyn…"

"Doedd yna ddim cynlluniau yr haf hwnnw. Wel, faint o grwpiau o hogia yn eu harddegau cynnar sy'n cynllunio? Yr unig blan oedd cael hwyl. Wrth gwrs, roeddan ni 'di dechrau sylwi ar genod ond, a deud y gwir, doedd neb yn y gang yn barod am gariad eto. Falla ein bod ni bron yn bymtheg, ond yn anffodus roeddan ni'n agosach i ddeg o ran ein hoedran meddyliol."

"*Ni?* Pwy oedd y 'ni' yma?"

"Hari, Mij a Fflap. Dwn i ddim pam roeddan ni'n ei alw fo'n 'Fflap'. 'Fflap' oedd o wedi bod erioed, ers yr ysgol fach. Roedd 'Mij' yn 'Mij' am ei fod o'n fach ac am ei fod o'r fenga mewn teulu mawr o blant. Ond 'Fflap'. Dwi ddim yn gwybod. Ta waeth, dyna oedd y gang yr haf hwnnw. Bob dydd roeddan ni'n mynd o gwmpas y pentre ar ein beics yn gneud dim, heblaw am osgoi Dylan Carter wrth gwrs. Ar ôl tua pythefnos roeddan ni wedi blino braidd ar jyst ista o gwmpas yn sipian Coke ac yn gneud *wheelies* i ddangos ein hunain i'r genod. Dyna pryd gafodd Hari'r syniad o fynd i ganol Coed Gwyndŷ i weld y Draenog."

"Cyn i ni fynd at hynny dwedwch fwy wrtha i am Dylan Carter."

Gwenaf.

"Hyd yn oed rŵan – ar ôl Helmand a phob man arall – dwi'n dal i deimlo rhyw ias yn mynd i lawr fy nghefn wrth feddwl amdano. Dwi heb ddeud ei enw yn uchel ers blynyddoedd, tan rŵan. *Dylan Carter.*" Siglaf fy mhen. "Oedd o'n broblem. Dwn i ddim sut i'w ddisgrifio. Roedd pobol ofn Dylan Carter. Hyd yn oed rhai o'r oedolion. Roedd yna rywbeth amdano. Rhyw fflach o'r diafol. Mi laddodd o gath unwaith. Dwi'n gwybod falla nad ydi hynna'n swnio'n ofnadwy o ddychrynllyd ond eto, wrth feddwl am y peth, faint o hogia oeddach chi'n eu nabod pan oeddach chi'n blentyn oedd wedi lladd cath efo cyllell – agor ei gwddw nes iddi waedu fel tap – ac wedyn ei chicio dros y wal fel hen glwt?"

Mae Dr Jerry Stone yn nodi rhywbeth yn ei lyfr bach ond does dim emosiwn. Dim ymateb.

"Y broblem oedd fod Dylan Carter wedi fy newis i fel yr un i bigo arno. Mi drodd Dylan Carter fy mywyd yn uffern. Lle bynnag roeddwn i yr haf hwnnw roedd Dylan Carter wrth fy nghynffon. Fysa Hari, Mij, Fflap a fi'n cicio hen bêl o gwmpas y parc, neu'n sglefrian ar hyd y sgwâr wrth ymyl y siop ar ein beics, falla, ond roeddan ni'n gwybod, ymhen ychydig, y basa Dylan Carter yn ymddangos i sboilio bob dim. Ac, wrth gwrs, pan oedd o'n troi i fyny mi oedd o'n dŵad yn syth ata i ac yn dechrau fy ngwthio o gwmpas a'm hitio. Roedd hi fel gêm fach sadistig, gweld pa mor bell roedd o'n medru mynd cyn i mi daro'n ôl."

"A wnaethoch chi daro yn ôl erioed?"

"Sut fedrwn i? Roedd o'n hŷn na fi ac yn gryfach. Roedd ei freichiau mor galed â choed ac mi oedd ei gyhyrau fel rhaffau. Unwaith, mi na'th o fy nhaflu i i'r llawr a chlymu ei fraich rownd fy ngwddw nes 'mod i'n siŵr ei fod am fy nghrogi yn y fan a'r lle. Dwi'n cofio gweld y cymylau a'r adar yn cylchdroi, a meddwl tybed ai dyna'r olygfa ola faswn i'n ei gweld. Hynny a'r genod a'r plant bach oedd wedi dod draw i weld beth oedd yn digwydd. Pob un ohonyn nhw'n falch bod Dylan Carter wastad yn pigo arna i ac nid arnyn nhw!"

"Beth am y gang? Be oedd Hari, Mij a... be oedd enw'r un arall?"

"Fflap."

"Fflap, ia." Mae o'n sgwennu'r enw yn ei lyfr bach cyn codi ei ben. "Be amdanyn nhw? Oeddan nhw ddim yn eich helpu?"

Gwenaf yn drist wrth gofio.

"Dwi'n siŵr nad oeddan nhw'n licio gweld eu ffrind yn cael ei hitio a'i gicio a'i grogi lle bynnag roedd o'n mynd. Ond be fedren nhw neud? Y cyfan roedd Hari, Mij a Fflap yn medru neud, os ydan ni'n onest, oedd sefyll yn llonydd ac yn dawel a *disgwyl* – disgwyl tan oedd Dylan Carter wedi gorffen."

"Pam oedd o'n pigo arnoch chi?"

"Am fy mod i'n llofrudd."

Mae Dr Jerry Stone yn edrych arna i dros ei sbectol.

"Mae'n ddrwg gen i, tydw i ddim yn deall."

Mae'r cloc yn tician. Mae Myfyr yn cracio cneuen yn ei gaets. Ochneidiaf.

"Doeddwn i ddim yn unig blentyn. Mi oedd gen i efaill. Yn anffodus, mi wnaeth o farw o fewn eiliadau i gael ei eni ac mi oedd yna si 'mod i wedi ei ladd. Mi wnes i ei gicio'n ddamweiniol yn ei fron ac mi oedd hynny'n ddigon i stopio'i galon. Wrth gwrs, mewn amser, mi ddaeth pobol i ddeall bod ganddo galon wan ac mi oedd hi'n bur annhebyg y basa fo wedi byw am fwy nag ychydig funudau beth bynnag, ond tydi hynny erioed wedi fy nghysuro. Dwi 'di credu erioed mai'r gic ddamweiniol honno laddodd o. A dyna'r stori roedd Dylan Carter yn licio ei choelio hefyd. A'r stori roedd o'n hoff iawn o'i lledaenu."

"Oedd presenoldeb eich brawd – y brawd coll – efo chi yn blentyn?"

"Drwy'r amser. Mae gan Mam lun ohona i mewn ffrâm, a nesa ata i mae yna le gwag. Mae o'n dal ganddi. Ond mae hi wastad yn deud mai nid fy mai i oedd beth ddigwyddodd. Nid fi ddewisodd roi calon wan iddo. Duw oedd wedi gneud hynny. Mi oeddwn i'n coelio yn Nuw yn blentyn. Ond fues i erioed yn barod i'w dderbyn fel bod hollwybodus a hollbwerus. Na, roedd y ffaith iddo roi calon wan ym mron fy mrawd yn ddigon i neud i mi sylweddoli bod Duw yn greadur digon creulon. Rydan ni ar ein pen ein hunain yn y byd. 'Nes i ddysgu hynny o'r cychwyn."

"Beth am eich rhieni? Eich tad?"

"Bu farw Dad yn ifanc, ac mi gafodd hynny gryn effaith ar fy mam. Fedrwch chi ddychmygu, reit siŵr. Y botel am sbel, tan iddi stopio. Doedd hynny ddim yn hawdd, dybiwn i. Roedd hynny'n cymeryd dewrder go iawn. Driodd hi guddio'r peth. Ond er 'mod i mond yn dair ar ddeg, o'n i'n gwybod. Wedyn mi 'na'th hi droi mewn arni ei hun. Gwrthod y byd. Stopio ateb y drws a'r ffôn. Fy ngorfodi i wneud esgusodion ei bod hi'n wael neu'n cysgu. Gwylio'r teledu am oriau. Dyna be roedd hi'n neud. Weithiau, efo'r sŵn wedi ei ddiffodd. Wedyn, paentio. Mae'n siŵr eich bod chi wedi gweld y peth sawl tro. Ro'n i ar fy mhen fy hun. Ac mi oedd raid i mi dyfu i fyny'n sydyn. Hari, Mij a Fflap oedd fy nheulu am sbelan. Fi oedd yn gorfod edrych ar ôl Mam, yn hytrach na'r ffordd arall rownd. Er, mi na'th hynny newid ar ôl be ddigwyddodd yng nghoed Gwyndŷ."

"Be ddigwyddodd yn y coed?"

"Fel o'n i'n sôn, syniad Hari oedd o. Fo na'th ddweud bod y Draenog yn ôl. Roedd o wedi ei weld yn cuddiad yng nghoed Gwyndŷ. O'n i 'di clywed ei hanes ond, fel y rhan fwya o blant y pentre, do'n i erioed wedi ei weld."

"Mae'n ddrwg gen i, Meirion, ond… y Draenog?"

"Mi oedd yna stori. Stori hurt reit siŵr, ond mi oedd hi'n stori roedd pob plentyn yn y pentre yn gyfarwydd â hi. Roedd fy nhaid wedi fy nychryn efo hi sawl tro."

"Ydi'ch taid yn dal yn fyw?"

"Na."

"Iawn. Cariwch 'mlaen."

"Un da oedd o am ddeud storis ac, yn naturiol, mi oedd o'n deud mai *fo* oedd yr unig fachgen o'r pentre oedd erioed 'di llwyddo i weld y Draenog a'i hel i ffwrdd o'r goedwig. Be bynnag, yn ôl y stori roedd y Draenog yn dod draw bob nawr ac yn y man i hela plant a'u bwyta. Mi oedd yna storis bod ganddo bot mawr tu allan i'w gwt yng nghanol y goedwig a bod y pot yma'n llawn o gawl yr oedd y Draenog wedi ei neud o esgyrn plant. Ia, stori ddwl. Roedd pawb yn gwybod mai lol oedd yr holl beth ond be arall oedd yna i'w neud yr haf hwnnw? Ac roedd rhywbeth yn well na chael fy nghicio o gwmpas gan Dylan Carter! Felly, un pnawn, dyma ni'n pedwar yn reidio allan o'r pentre ar ein beics ac yn mynd draw i ganol coed Gwyndŷ lle roedd yna sôn bod y Draenog yn ôl."

"A be welsoch chi?"

"Coed. Coed a drain. Roedd Mij yn siŵr ei fod o wedi clywed sôn am ryw fath o lwybr oedd yn arwain i ganol y goedwig ond doedd 'na ddim golwg o unrhyw lwybr. Roedd y drain a'r llwyni fel byddin styfnig oedd yn benderfynol o'n cadw ni draw – fel tasa gan goed Gwyndŷ gyfrinach hynafol yr oedd y lle'n awyddus i'w chelu. Dwn i ddim pwy oedd y cynta i awgrymu falla fasa hi'n syniad i ni droi yn ôl – Hari falla. Efo pob cam mi oedd ein byd yn mynd yn dywyllach ac mi oedd y siapiau o'n cwmpas yn dechrau mynd yn llai eglur. Yn sydyn mi oedd bonyn hen goeden yn edrych fel milwr ac mi oedd pob un o'r llwyni'n edrych fel gwrachod. Uwchben mi oedd yr adar wedi stopio canu a phob dim yn dawel. Yr unig sŵn oedd sŵn y brigau'n clecian dan ein sgidiau. A sŵn ein hanadlu, er, erbyn hyn ro'n i'n trio peidio ag anadlu hefyd rhag ofn i mi ddeffro rhyw fwystfil neu ysbryd erchyll. Wedyn, yng nghanol hyn i gyd mi glywais sŵn arall."

"Sŵn be?"

"Tu ôl i ni. Sŵn traed. I ddechrau ro'n i'n meddwl mai jyst fi oedd yn dychmygu pethau ond wedyn, ar ôl i Hari, Mij a Fflap eu clywed hefyd roedd rhaid cydnabod bod yna bâr o draed eraill yn y goedwig – a bod y pâr hwnnw'n ein dilyn ni!"

"'Dach chi angen dŵr, Meirion?"

"Na, dwi'n iawn. Wel, y peth cynta wnaethon ni oedd cynhyrfu. Panig llwyr. Hari oedd y cynta i redeg, ac wrth i ni weld cefn ei siaced ddenim yn diflannu i mewn i'r dail a'r tywyllwch feddylion ni ei fod o wedi gweld rhywbeth tu ôl i ni a dyma ni i gyd yn ceisio rhedeg ar ei ôl."

"Ond aethoch chi'n bellach ac yn ddyfnach i mewn i'r goedwig?"

"Do, tra bo Hari… pwy a ŵyr…? Roedd hi'n dywyll bitsh erbyn hyn. Roedd Mij a Fflap yn gweiddi ar Hari, ond doedd dim sôn am ei siaced. Roedd y peth yn arswydus. Roedd hi fel petai rheolau natur wedi cael eu troi ben i waered rywsut. Dyna ni, ar ganol prynhawn heulog yn yr haf ond eto, dan do trwchus o goed a dail, roedd hi fel petai'r byd wedi ei orchuddio gan dywyllwch tragwyddol. Roedd hi'n amhosib coelio bod yna blant yn chwarae'n ddiniwed dim ond hanner milltir i ffwrdd, a bod bywyd bob dydd yn cario 'mlaen fel arfer a ninnau wedi ein taflu i berfedd hunlle. Erbyn hyn roedd y sŵn traed yn agosáu. Ac wedyn, mi oedd yna law ar fy ysgwydd. Stopiais i'n syth. Roedd y llaw fel crafanc rhyw dderyn ffiaidd. Ac wedyn, mi glywais i'r llais a'i adnabod yn syth. 'Iawn hogia? Be 'dach chi'n neud yn rhedeg rownd coed Gwyndŷ yn sgrechian fel ffyliaid?'"

"Dylan Carter?"

"Mae'n rhaid 'i fod o wedi'n dilyn ni."

"Pam 'dach chi'n credu bod Dylan Carter yn eich dilyn, Meirion? Mae o bron fel rhyw fath o obsesiwn."

"Chi ydi'r arbenigwr. Ta waeth, dyma Mij yn egluro'n bod ni'n chwilio am y Draenog. Wrth gwrs, roeddan ni i gyd yn disgwyl clywed Dylan Carter yn chwerthin am ein pennau am neud rhywbeth mor dwp ond, er syndod i ni i gyd, dyma fo'n camu 'mlaen a deud ei fod o'n gwybod lle roedd o'n byw. 'Dilynwch fi,' meddai."

"Ymhellach i fewn i'r goedwig?"

"Ia. Ymhen ychydig mi agorodd y llwybr ychydig ac mi oedd yna lai o ddrain a llwyni i'n rhwystro. Mi gyrhaeddon ni ryw fath o lannerch ac yna, yn y canol, roedd yna hen gwt. A'r tu allan i'r cwt mi oedd yna botyn. Roedd rhywun wedi bod yn coginio. Roedd yna ogla cig. Ond cig be? Wel, roedd hyn yn ormod i Mij a Fflap. Mewn dim roeddan nhw wedi troi a charlamu i ffwrdd i lawr y llwybr fel sgwarnogod gwyllt, yn union fel Hari – yn ôl at ddiogelwch y pentre a'r byd mawr tu allan."

"A doeddach chi ddim isio rhedeg?"

"Wrth gwrs 'mod i! Ond roedd Dylan Carter yn fy stopio. 'Na,' meddai, 'ti'n mynd i aros efo fi, Meirion. Ti'n mynd i ddeud "helô" wrth y Draenog.' Dyma fo'n fy ngwthio tuag at y cwt ac wrth i mi basio'r potyn dyma fi'n llyncu poer a sbio i mewn iddo'n ofnus. Doedd o ddim yn edrych yn ddigon mawr i ddal plant. Ond be tasa'r Draenog yn eu torri i fyny â chyllell fel roedd Taid wedi sôn ers talwm? Am y tro cynta dyma fi'n dechrau amau tybed a oedd yr holl stwff yna'n wir. Oedd yna'r fath beth â Draenog? Trempyn blewog oedd yn teithio'r byd ac yn bwyta plant? Gŵr oedd wastad yn ymweld â choed Gwyndŷ o bellteroedd y byd? Yr unig sŵn rŵan oedd ein traed yn torri ambell frigyn sych dan ein sgidiau. Dim adar. Dim trafnidiaeth. Dim arwydd o gwbl fod yna fyd normal, saff, cyfforddus ychydig filltiroedd i ffwrdd. Roedd fy stafell wely a 'nghartre'n teimlo mor bell i ffwrdd â Siberia. Wel, dyma Dylan Carter yn stopio ac yn galw, 'Hei, Draenog! Ti yna?' Roedd hi'n amhosib gweld tu mewn i'r cwt, roedd pob dim mor ddu. Ond wrth i mi blygu 'mlaen dechreuais feddwl bod yno ryw fath o siâp yn y tywyllwch, siâp dyn."

"Sut un oedd o? Fedrwch chi gofio?"

"Sut fedra i anghofio? Roedd o'n eitha hen. Ac mi oedd lliw ei groen yn od. Ddim yn wyn, nac yn ddu, nac yn frown chwaith. Ond yn dywyll. Roedd hi'n amlwg nad o Gymru roedd o. Nac o Ewrop. Roedd o fel Apache neu Comanche o ffilm cowbois. Ac mi oedd hi'n amlwg hefyd ei fod o wedi treulio lot o amser allan yn yr awyr agored oherwydd edrychai ei groen fel lledr. Er ei fod yn amlwg yn eitha hen roedd ei wallt yn hollol ddu ac wedi ei glymu yn ôl fel gwallt merch. Mi ges i'r argraff, tasa fo'n ei ddatglymu, y basa'r gwallt yn dod i lawr at ei stumog. Indian oedd hwn. Indian go iawn. Ond beth oedd o'n neud yma?

"Yn sydyn dyma Dylan Carter yn tynnu cyllell o'i boced – yr un gyllell yr oedd o wedi ei defnyddio i ladd y gath. Rŵan roedd o'n estyn y gyllell yn fygythiol ac yn ei hanelu i gyfeiriad y Draenog fel tasa fo'n deigr neu lew. 'Cadwch draw,' roedd o'n deud, 'mae gen i gyllell!'"

"Ddwedodd y Draenog rywbeth yn ôl?"

"Do. Ond do'n i ddim yn ei ddeall. Roedd o'n siarad mewn iaith od. Iaith doeddwn i heb ei chlywed o'r blaen. Doedd o ddim yn edrych yn ofnus, er bod Dylan Carter yn sefyll o'i flaen ac yn ei fygwth. Roedd o jyst yn sefyll yno, bron fel tasa fo'n annog Dylan Carter i ymosod. Ond yn lle ymosod dyma Dylan Carter yn stwffio'r gyllell i fy llaw i a deud wrtha i am ladd y Draenog. 'Mi fyddi di'n arwr,' meddai o, 'am unwaith yn dy fywyd mi fyddi di wedi gneud y peth iawn. Ac mi fydd hwn yn gyfle i ti neud bob dim yn iawn ar ôl i ti ladd dy frawd. Meddylia am y peth, mi fyddi di'n cael gwared o rywun sy'n mynd rownd y byd yn lladd plant. Fydd o drosodd mewn fflach. Fydd neb yn gwybod. Dim ond chdi a fi, Meirion. Ein cyfrinach ni.'

"Roedd y gyllell fach ysgafn yn pwyso tunnell yn fy llaw. Y gwir oedd fy mod i ofn Dylan Carter llawer mwy na'r Draenog – os mai'r Draenog *oedd* o. Oherwydd erbyn hyn ro'n i'n amau. Beth petai'n hen drempyn trist heb neb ar ôl yn y byd? Doeddwn i ddim yn llofrudd. Falla fod Dylan Carter yn meddwl 'mod i, oherwydd beth ddigwyddodd i fy mrawd, ond do'n i ddim. O'n i'n berffaith saff o hynny. Felly dyma fi'n estyn y gyllell yn ôl iddo."

"Dewr."

"Yn sydyn mi oedd ei wyneb o'n biws bron a dyma fo'n cydio yn fy llaw a'r gyllell a fy ngwthio tuag at y Draenog. Roedd Dylan Carter mor gryf. Dyma fi'n gweiddi ac yn sgrechian. Cododd yr hen ŵr ei law a chamu tuag ata i ond, wrth iddo neud mi faglodd a syrthio fel sach i mewn i'r gyllell. Cofiaf y llafn yn torri trwy ei gôt, ei groen ac wedyn ei stumog. Roedd ei waed yn rhedeg yn gynnes dros fy llaw. Do'n i erioed wedi gweld cymaint o waed. Dwi'n meddwl i Dylan Carter gael cymaint o sioc â fi. Baciodd yn ôl wrth wylio'r Draenog yn syrthio i'r ddaear gan gydio yn ei fol. 'Ti 'di neud o rŵan, Meirion,' meddai. 'Ti 'di lladd y Draenog! Ti 'di lladd dau! Dwi am ddeud wrth bawb. Dwi am ddeud wrth yr heddlu. Yn y jêl fyddi di, Meirion! Yn y jêl am weddill dy fywyd!' Gyda hynny mi ddiflannodd. Roedd o'n chwerthin. Dwi'n cofio hynny. Roedd o'n wirioneddol hapus. Ac yn nyts. Sori. Ydw i'n cael deud 'nyts'?"

"Bob dim yn iawn."

"Wnes i erioed gwrs cymorth cynta o unrhyw fath yn yr ysgol, felly doedd gen i ddim syniad beth i'w neud. Ond o rywle daeth rhyw fflach y dylwn i rowlio'r hen foi ar ei ochr, felly dyna be wnes i. Mi estynnais ychydig o ddail – y math o ddail sy'n iro'r dolur ar ôl i chi gael eich pigo gan ddanadl poethion —"

"Dail tafol?"

"Ia. Doedd gen i ddim syniad a fasan nhw'n helpu ond doedd gen i ddim lot o ddewis. Wrth i mi eu rhwbio'n ofalus dros y briw mi fedrwn i weld bod y Draenog yn gwerthfawrogi'r ffaith 'mod i o leia yn trio ei helpu. 'Mae'n ddrwg gen i,' dywedais, gan sylweddoli erbyn hyn fod y dagrau'n disgyn o fy ngên ac yn cymysgu â'r gwaed, 'do'n i ddim wedi bwriadu eich brifo. Damwain oedd hyn.'"

"Ddwedodd o rywbeth yn ôl?"

"Na. Wel, do. Ond do'n i ddim yn deall. Dwi'n meddwl iddo sylweddoli mai bai Dylan Carter oedd hyn, nid fy mai i, ond doedd hynny ddim yn bwysig bellach, dim pan oedd y gŵr yn mynd i farw reit o 'mlaen i. Beth oedd yr ots bai pwy oedd hyn, neu a oedd Dylan Carter yn mynd i ddeud wrth yr heddlu 'mod i'n llofrudd? Y peth pwysig oedd trio cadw'r hen foi yn fyw. Ar ôl ychydig mi agorodd ei geg a phwyntio ati'n boenus â'i law. Yn amlwg roedd hyn yn straen arno. Sylwais fod y gwaed ar ei law wedi dechrau caledu fel glud. Dŵr. Roedd o angen dŵr. Ro'n i'n cofio 'mod i wedi gorfod camu dros ryw afon fach ar y ffordd – doedd hi ddim yn bell. Es i mewn i gwt y Draenog i drio ffeindio cwpan. Doedd fawr ddim yno, ac roedd hi braidd yn dywyll, ond yn y diwedd mi ges i hyd i hen bowlen. Doedd dim gwely na bag cysgu, dim ond beth oedd yn debyg i hen gyrten ar y llawr. Roedd yna fag lledr hefyd a lluniau o geffylau arno, neu roeddan nhw'n debyg i geffylau beth bynnag; roedd hi'n anodd gweld.

"Wrth i mi ruthro at yr afon ces yr argraff fod yr adar uwchben yn fwy cynhyrfus rywsut. Roeddan nhw'n sgrechian ac yn cylchdroi ac yn dod yn is. Pan ddes i'n ôl o'r afon, efo'r bowlen orlawn yn byrlymu â dŵr rhwng fy mysedd, mi welais fod y tir o gwmpas y Draenog yn llawn mwyar duon! Cannoedd ohonynt! Miloedd! A, wel, falla wnewch chi'm coelio hyn ond…"

"Trïwch fi."

"Wel… mi oedd yr adar yn dod i lawr o dopiau'r coed a mwyar duon yn eu pigau ac yn eu gollwng o fewn gafael y Draenog. Ac mi oedd o'n siarad efo nhw fel tasa fo'n dallt eu canu pryderus ac yn ceisio eu cysuro. Drwy hyn i gyd roedd y mwyar duon yn disgyn o'r coed fel cenllysg."

"Od!"

"Ar ôl iddo yfed ychydig o'r dŵr dyma'r Draenog yn ymbil arna i i fynd i nôl rhywbeth o'r cwt. 'Wrth gwrs,' meddyliais, 'y blanced. Mae'n rhaid trio'i gadw'n gynnes.' Ond pan ddes i 'nôl efo'r blanced ysgydwodd y Draenog ei ben. Do'n i ddim yn deall y geiriau ac mi oedd o yn amlwg mewn lot o boen – a thrwy hyn i gyd roedd yr adar yn dal i sgrechian – ond yn y diwedd dyma fi'n deall mai beth roedd yr hen ŵr angen i mi ei nôl oedd y bag bach lledr.

"Es i'r cwt i'w nôl, a'i gynnig iddo ond ysgydwodd ei ben a deud rhywbeth. Roedd yna ryw fath o linyn ar y top a'r tu mewn, mi fedrwn i deimlo pethau'n symud o gwmpas, ond doedd gen i ddim syniad be oeddan nhw. Dyma fo'n deud rhywbeth. Roedd ei lais yn dawel erbyn hyn, fawr mwy na sibrydiad. Wrth i mi sylweddoli ei fod o'n agos iawn at farw ceisiais ei godi – roedd rhaid trio cael rhyw fath o help, ambiwlans neu rywbeth – ond er bod llais yr hen ddyn yn wan mi oedd ei afael ar fy llaw mor gryf â dur. Llusgodd fi i lawr wrth ei ochr. Roedd fy mhengliniau'n biws efo sudd mwyar duon, ac yn goch efo gwaed y Draenog.

"Tu mewn i'r bag mi fedrwn i deimlo esgyrn bach. Edrychais i fyny ar y Draenog i ofyn am ryw fath o gyfarwyddyd. Beth oedd hyn? Doeddwn i ddim yn deall! Ond cyn gynted ag yr oedd y bag bach lledr yn fy meddiant gwenodd yr hen ddyn, cau ei lygaid yn araf ac yn fodlon, bron fel tasa fo'n teimlo rhyw fath o ryddhad. A syrthiodd yn ôl yn farw! Dyna pryd ddaeth y glaw. Fel monsŵn. Yn wyllt ac yn ddirybudd. O fewn eiliadau roedd y dŵr yn llifo o gwmpas fy nhraed, yn drobwll ewynnog o wyn, coch a phiws. O fewn mater o eiliadau ro'n i mor lân â rhywun oedd wedi ei aileni. Ac wedyn ro'n i'n ymwybodol o gannoedd ar gannoedd o leisiau o 'nghwmpas. Agorais fy llygaid a chlywed yr adar yn siarad â fi."

"A beth… beth oedd yr… adar yn ddeud?"

"Un gair. Drosodd a throsodd. Llofrudd. Llofrudd. *Llofrudd…*"

Mae'r stryd tu allan ychydig yn dywyllach. Maen nhw wedi dechrau chwarae cerddoriaeth yn y dafarn dros y ffordd. Mae fy wats wedi stopio. Does dim cloc.

"Be sy'n bod, Meirion? Wedi siarad gormod? Newydd sylweddoli ei bod hi'n hwyr?"

"Faint o'r gloch ydi hi?"

"Damia," meddai Dr Stone, gan dapio'i wats â'i fys. "Mae hon wedi stopio. Tua chwarter i bump faswn i'n deud."

"Well i fi fynd."

"Wrth gwrs. Wel…" Mae o'n estyn ei law a dwi'n ei hysgwyd. "Gobeithio i hyn fod o fudd i chi."

"Mae Meirion yn llofrudd! Mae Meirion yn llofrudd!"

"Do, diolch."

"Faswn i'n licio trefnu sesiwn arall – os ydach chi isio wrth gwrs…"

"Iawn."

"Wythnos nesa?"

"Grêt."

Troaf i gyfeiriad y drws ond wedyn dwi'n stopio.

"Un peth."

"Ia, Meirion?"

"'Dach chi'n meddwl bod yna wirionedd i'r peth?"

"Sori?"

"Mae Meirion isio torri ei wallt! Uffar o olwg arno fo!"

"Y bag."

Mae Dr Stone yn ystyried y peth yn ofalus.

"Mae'n siŵr eich bod chi'n ymwybodol, Meirion, fod y gwirionedd yn ein perthynas bob dydd â'r byd yn rhywbeth digon anodd i'w ddiffinio. Fel seiciatrydd mae'n ddyletswydd arna i, bron, i gynnig y ddamcaniaeth bod realiti yn beth goddrychol, gwyddonol. Rhywbeth hawdd i'w gategoreiddio."

"Malu cachu go iawn! Malu cachu! Malu cachu!"

"*Ydi'r* bag rhyfeddol yma a fu ym meddiant y Draenog yn

eich galluogi i ddeall yr anifeiliaid a'r adar o'ch cwmpas ac, i ryw raddau, i annog natur i'ch helpu? Mae'n dibynnu ar eich dehongliad chi o realiti. Dyna be ydan ni yma i drio ei ddatrys. Ond..." dechreuodd â gwên ddireidus, "os ydy hyn o gymorth o unrhyw fath, yn yr achos yma dwi'n falch o ddeud bod gen i brawf gwrthrychol ac empeiraidd yma yn y swyddfa."

"Dwi ddim yn dilyn..."

"Myfyr. Ers y diwrnod i 'Nhad ei brynu, tydi o erioed wedi siarad yr un gair. Un o siomedigaethau mawr bywyd fy nhad oedd ei fethiant i ddysgu'r aderyn i adrodd ambell frawddeg, fel pob parot arall. Ond na, yr unig beth mae Myfyr wedi'i neud erioed ydi crawcian a sgrechian fel gwrach. Ydach chi'n ei ddeall *o*, Meirion?"

"Meirion yn llofrudd! Meirion yn llofrudd! Llofrudd! Llofrudd! Llofrudd..."

TRI DEG DAU

"Traed oer, Doc?"

Mae o wrth fy ochr yn y car ac mae'r car yn drewi o sigaréts. Mae'r blwch llwch yn orlawn. Anodd dychmygu sut olwg sydd ar ysgyfaint John Kent.

"Na, Mr Kent. Dwi'n iawn."

Erfyniaf arno'n feddyliol i droi ei ben ond mae'n gwrthod gwneud. Mae o'n dal i syllu arna i. Wedyn mae'n gwenu. Ei ddannedd yn felyn oherwydd yr holl nicotin.

"Dwi wedi gweld hyn sawl tro o'r blaen, Doc."

"Gweld be, Mr Kent?"

Mae o'n troi ei ben, agor y ffenest a saethu pelen o fflem allan i'r nos.

"Pobol sy'n licio siarad, yn actio bod yn galed ac yn benderfynol. Ond wedyn, pan ddaw hi i'r pen, maen nhw'n chwysu, ac yn poeni, ac yn dyfaru'u bod nhw wedi cychwyn arni yn y lle cynta."

Mae o'n meddwl 'mod i'n wan. Jyst oherwydd 'mod i ddim yn mynychu ei fyd cyntefig o.

"Sgynna i'm traed oer, Mr Kent. Mi fedra i'ch sicrhau chi o hynny."

Mae o'n syllu arna i. Dydw i ddim yn cydnabod y peth ond mi fedra i deimlo ei wên annifyr yn llosgi ochr fy moch fel leitar.

Wrth edrych i'r chwith caf gipolwg ar fy wyneb yn y drych a'r hyn dwi'n ei weld ydi dyn sydd ar goll. Dyn oedd yn llawn addewid ac yn benderfynol o newid y byd â'i ddoniau a'i ddeallusrwydd, ond dyn sydd wedi ysgwyd llaw â'r diafol erbyn hyn. Beth mae Dr Jerry Stone yn ei wneud rŵan? Fo a'i fywyd perffaith. Fo a'i swydd newydd yn America.

"Mae o yma."

Edrychaf o 'mlaen a gweld Meirion Fôn yn cerdded ar frys i Le Creuset gyda thusw o flodau rhad yn ei law.

"Grêt," meddai John Kent.

Mae'n fy mhwnio ac yn chwerthin. Mae yna deimlad od yn fy stumog.

"Lle ti 'di bod?"

"Sori, Mam," meddaf, gan blannu cusan fach chwithig ar ei boch ac eistedd i lawr, "mi oedd gen i gyfarfod ac mi aeth o 'mlaen yn hirach nag oeddwn i wedi disgwyl."

Dwi'n rhoi'r blodau iddi ond mae'n hollol amlwg ei bod hi'n dal yn flin. A bod y blodau'n rhai rhad. Yn naturiol, mae hi'n sylweddoli y bu'n rhaid i mi eu prynu ar frys yn y garej ar y ffordd. Mae merched yn deall blodau. Edrychaf ar Lena ond mae'n sipian ei gwin ac yn edrych i ffwrdd yn fwriadol, cystal â dweud, 'Dy fai di ydi bod yn hwyr, a phrynu blodau rhad, felly mi gei di ddelio â hi.'

"Fedra i ofyn i un o'r bobol tu ôl i'r bar eu rhoi nhw mewn dŵr os 'dach chi isio."

"Maen nhw wedi bod draw ddwywaith i ofyn ydan ni'n barod i ordro. Yn do, Lena?"

Mae Mam yn edrych ar y blodau ac yn eu snwffian yn llugoer. Wrth iddi wneud dwi'n sbio ar Lena ac yn codi fy aeliau yn arwydd fy mod i'n sori ond mae hi'n crychu ei thalcen. Doedd hi ddim wedi ystyried y byddai'n rhaid iddi warchod Mam cyhyd. Sylwaf fod yna botel o win *rosé* o'i blaen. Potel hanner llawn.

"Mam?"

"Paid â dechrau, ocê? Mae'n ben-blwydd arna i. Mae pawb yn cael gwin ar eu pen-blwydd."

"Ia ond 'dach chi'n gwybod be sy'n digwydd pan 'dach chi'n yfed. Efo'r feddyginiaeth a phob dim. Mae Dr Clough wedi deud."

Mae hi'n edrych dros fy ysgwydd ac yn clician ei bysedd fel duges er mwyn dal sylw un o'r gweinyddion.

"Potel arall o *rosé* os gwelwch yn dda."

Mae hi'n edrych arna i'n heriol.

"Wrth gwrs, madam."

"Pen-blwydd hapus i Mrs Fôn," mae Lena'n codi ei gwin a chynnig llwncdestun. Yn amlwg, mae hi wedi sylwi bod yna densiwn ac mae'n awyddus i gadw'r ddysgl yn wastad.

Petawn i'n berson hollol wahanol, erbyn hyn fyddwn i wedi camu allan o'r car, cerdded rownd, agor drws John Kent a'i lusgo allan, yna ei daflu ar y tarmac a'i gicio'n ddi-stop o gwmpas ei ben a'i stumog nes iddo wichian fel mochyn a gweddïo am drugaredd. Ond dydw i ddim yn berson gwahanol. Mi ges i fy ngeni'n wan ac, wrth i mi fynd yn hŷn, mae'r gwendidau hyn wedi dod yn fwy amlwg. A'r peth sy'n profi hyn ydi 'mod i'n eistedd yn y car wrth ymyl John Kent ar ôl gofyn iddo gyflawni'r weithred o ladd ar fy rhan.

Lladd.

Mae'r gair fel rhew yn fy ngwythiennau. Wnes i ofyn iddo *ladd* rhywun i mi? O *ddifri*? Mae fy wyneb poenus yn syllu yn ôl arna i o'r drych unwaith eto. Dwi'n hen. Dwi lot hŷn nag oeddwn i ddoe. Blynyddoedd yn hŷn. Canrifoedd. Pam dwi yma yn y car? Am fod John Kent wedi mynnu, dyna pam. Doedd o ddim am i mi wadu i mi fod yn rhan o'r peth petai rhywbeth yn mynd o'i le. Rhywbeth yn mynd o'i le. Rhywbeth yn mynd o'i le. Mae'r syniad yn troi yn fy mhen.

"Helô. Be 'di hyn?" Mae John Kent yn taflu ei sigarét allan drwy'r ffenest. "Doeddwn i ddim yn disgwl eu gweld nhw'n gadael mor sydyn."

Wrth weld Meirion a Nyrs Chrowstowski'n helpu Mrs Fôn allan o Le Creuset, toddaf yn ôl yn fy sedd fel menyn mewn padell ffrio.

"Be maen nhw'n neud?" gofynnaf, fy llais ychydig uwch na sibrydiad. "Ydan nhw wedi ein gweld ni?"

Ond mae Kent yn chwerthin fel hen fôr-leidr.

"Mae hi wedi'i dal hi," meddai o. "Yn feddw gachu!"

Yn ofalus ac yn araf – a chyda choler fy nghôt i fyny – sythaf yn fy set ac edrych draw i ben draw'r maes parcio.

"Mae hi ar benzodrophines."

"Y?"

"Benzodroph— o, dim ots. Ylwch, y peth ydi, ddyla hi ddim bod yn yfed alcohol o gwbl."

Agoraf ddrws y car.

"Lle 'dach chi'n mynd, Doc?"

"Rhaid i mi helpu."

Ond mae llaw Kent fel anaconda o gwmpas fy arddwrn.

"Croeso i chi helpu os 'dach chi isio, Doc," meddai Kent yn gilwenus. "Ond anodd gweld y pwynt pan fydd y bitsh wirion ar slab yn A&E mewn hanner awr."

Mae'n syllu arna i. Yn fy herio i wenu. Ond fedra i ddim. Mae fy nghydwybod wedi ei falu fel plisgyn wy a phob cysyniad o 'dda' a 'drwg' yn deilchion.

Yn y drych gwelaf Mam yn rowlio fel casgen yn erbyn Lena. Erbyn hyn mae'r glaw yn taro'r ffenestri fel miloedd o binnau bach a'r weipars gwichlyd yn symud mor gyflym â golau.

"Ydi hi'n mynd i fod yn sâl?"

"Na, dwi ddim yn medd—"

"Wrth gwrs 'mod i ddim yn mynd i fod yn... *sâl*..."

Ond dydi hi ddim yn swnio'n rhy siŵr. Ac o be fedra i weld yn y drych mae'r lliw yn prysur gael ei sugno o'i hwyneb gan chwistrell anweledig.

"Oes yna fag Tesco neu rywbeth yn y cefn?"

"Dwi ddim yn mynd i fod yn… sâl… *ocê*?"

Dwi'n trio edrych yn y drych ond y cyfan dwi'n ei weld ydi golau llachar pâr o brif lampau yn rhy agos tu ôl i ni. Un o'r *boy racers* yna, reit siŵr. Ffyliaid o'r stad newydd o dai.

"Dewch, Mrs Fôn," meddai Lena, "eisteddwch i fyny."

Er ei bod yn gymharol fach a thenau, mae Lena'n llwyddo i lusgo Mam i fyny a'i sadio yn y set cyn tynhau'r gwregys. Mae cryfder annisgwyl nyrsys wastad yn creu argraff arna i. Roeddwn i wedi eu gweld sawl gwaith draw yn Afghanistan, yn cario dynion oedd yn pwyso dwywaith cymaint â nhw fel petaen nhw'n ddim byd ond bag o datws. Rŵan, wrth edrych ar wyneb Lena yn y drych, gwelaf yr un cryfder. Nid jyst cryfder corfforol, ond cryfder meddyliol. Mae'r ferch hon, merch sydd – ar yr olwg gyntaf – fawr mwy na myfyrwraig neu hogan chweched dosbarth, mor wydn â darn o weiar.

Ond yn sydyn mae rhywbeth yn ei hysgwyd ac mae'r ofn ar ei hwyneb yn glir.

"Meirion? Beth oedd hynna?"

Yn y drych gwelaf brif lampau'r *boy racers* yn swerfio'n wyllt i osgoi car sy'n gyrru atynt o'r cyfeiriad arall. Maen nhw'n setlo. Yn chwyddo.

Maen nhw'n agosáu.

"Ffyliaid."

"'Dan ni'n rhy agos."

"Ymlaciwch, Doc. Dwi'n gwbod be dwi'n neud."

Mae'r lampau melyn yn gwibio heibio ac yn edrych i lawr fel cyfres o jiráffs swreal mewn darlun gan Dali. Mae'r glaw yn rhy drwm i'r weipars ac mae'r ddau olau coch ar gar Meirion yn mynd a dod – weithiau maen nhw'n glir am eiliad, yna maen nhw'n diflannu eto.

"Plis! Arafwch!"

"'Dach chi isio dreifio, Doc?"

Mae o'n fy mhwnio gyda'i law rydd.

"Nadw."

"Wel caewch hi, 'ta! Dwi 'di cael llond bol o'ch —"

"*Gwyliwch!*"

Mae pâr o brif lampau bygythiol yn rhuthro'n syth atom allan o'r glaw, a jyst mewn pryd, mae John Kent yn troi'r olwyn ac yn llwyddo i'w hosgoi. Yn fy mhoced mae gen i dabledi pwysau gwaed. Neu o leiaf mi *oedd* gen i dabledi. Dwi'n patio fy nghôt ond tydw i ddim yn teimlo siâp potel. Mae fy nghalon yn pwmpio fel petai'n benderfynol o wagio pob diferyn o waed o 'nghorff a chyda phob curiad mae fy mhen yn ysgafnhau.

"Rŵan amdani, Doc!" meddai John Kent. "Fel ddwedodd Elvis wrtha i mewn tafarn yn Llannerch-y-medd unwaith… *it's now or never!*"

Dwi'n suddo i'm sedd wrth i ni daro car Meirion Fôn.

"'Dach chi'n mynd i'w lladd nhw i gyd! 'Dach chi ddim yn gall! Mae hyn yn wallgo! Stopiwch! Stopiwch!"

Mae John Kent yn dechrau chwerthin.

Mae'r car oedd tu ôl i ni wedi tynnu allan a rŵan mae'n trio fy ngwthio i mewn i'r coed ar ochr y ffordd. Yn y cefn mae Lena'n sgrechian.

"Be maen nhw'n neud? *Pwy ydan nhw*?!"

Mae'r car yn fy nharo am y trydydd tro, fel tanc, ac mae'r drws yn plygu fel cardfwrdd.

"Daliwch yn sownd!"

Yn y fyddin, wrth gael fy hyfforddi sut i yrru SPVs, ces fy nysgu sut i ddefnyddio pŵer y cerbyd i ddatrys unrhyw broblem – p'un oedd honno'n broblem gyda'r tir neu'r gelyn. Ond mae yna fyd o wahaniaeth rhwng cerbyd wedi ei lapio mewn dur ac yn pwyso tair tunnell a char rhydlyd fel fy un i. Dydi'r hen driciau ddim yn gweithio. Fedra i'm defnyddio pŵer yr injan i wthio'r car arall o'r neilltu oherwydd does dim pŵer yn agos iddi. Dyna pam mae'r car yn ysgwyd ac yn crynu a pham mae gwreichion yn codi o'r ochr cyn cael eu boddi gan y glaw.

Trwy hyn i gyd rydw i'n gofyn yn union yr un cwestiwn i mi fy hun. *Pwy ydyn nhw?*

Yn sydyn gwelaf siâp aneglur yng nghanol y ffordd ond mae'n amhosib i mi stopio i'w osgoi. Dwi'n ei daro ac mae'r olwynion yn codi ac yn esgyn ddwywaith yn ddrwgargoelus. Pipia Lena drwy'r ffenest gefn. Dwi'n gweld dim yn y drych.

Mae car bygythiol y dieithriaid yn fy ngwthio o'r ffordd ac yn syth i mewn i goeden tua phum deg llath i ffwrdd o'r garej. Mae'r bagiau aer yn ffrwydro o 'nghwmpas fel parti pen-blwydd o uffern. Eiliad yn gynharach roedd y ffenest flaen yn gynfas gwlyb i gelf haniaethol y weipars ond rŵan mae honno wedi chwalu ac mae yna giwbiau bach o wydr ym mhobman fel gemwaith rhad, di-chwaeth.

Mae'r car ymosodol yn diflannu ar wib heibio'r garej ac yn toddi i'r glaw a'r tywyllwch.

"Pawb yn iawn?"

"Pwy oeddan nhw?"

"Dwi'm yn gwybod. Idiots."

Teimlaf fy nhalcen a fy nghoesau. Does dim gwlybaniaeth heblaw am y glaw. Mae'r injan yn dal i redeg ond mae'n troi yn araf ac yn gwichian. Mae Lena'n nodio ei phen ond yn amlwg, mae'n dal mewn sioc. A phwy fedr ei beio hi? Nid pawb sydd wedi bod yn Helmand gyda'r Taliban, neu'r Antarctig gyda'r oerni, neu yn Affrica gyda'r gorilas. Nid pawb sy'n perthyn mor agos i Farwolaeth â mi.

Mae yna gar wedi stopio tu ôl i ni ac mae'r gyrrwr yn dod allan. Mae ei wyneb yn ffrâm y ffenest.

"Ydach chi'n iawn? Welais i be ddigwyddodd. Ffyliaid. O'r stad newydd yna, reit siŵr! Dwi wedi ffonio ambiwlans."

"Diolch."

Agoraf y drws a chamu allan i'r glaw. O fy mlaen ar y ffordd dwi'n trio canolbwyntio ar y siâp anffortunus yng nghanol y lôn. Fesul un mae'r ceir yn ei basio heb stopio, y teiars yn sleisio drwy'r dŵr gan greu tonnau bach cynhyrfus ar hyd y tarmac.

Wedyn, y gwaed. Pwy fyddai'n meddwl y byddai peth mor fychan yn dal cymaint o waed? Dim ots sawl ton sy'n llifo drosodd, mae'r cochni anghynnes yn parhau.

Gwelaf y corff a'i adnabod ar unwaith.

"Meirion? Wyt ti'n ocê?"

Mae Lena wedi fy nilyn. Mae'n plygu wrth fy ochr ac o weld y corff a'r gwaed a'r esgyrn diwerth mae'n troi ei phen am eiliad.

"Mr Craf," meddaf. Codaf y corff gwaedlyd a'i ddal yn dynn at fy mrest. "Dwi 'di lladd Mr Craf!"

Mae'r dagrau'n llifo wrth i'r ceir rasio heibio.

"Meirion." Mae ei llaw ar fy ysgwydd. "Meirion, gwranda. Draenog ydi o. Ti'n dallt fi, Meirion? *Draenog!*"

"Dwi'n gwybod."

Y glaw. Y gwaed.

Nodwyddau bach siarp Mr Craf yn pigo fy nwylo.

UN DEG CHWECH

Ches i erioed sgwrs gyda gorila o'r blaen ac, a bod yn onest, doedd pethau ddim yn argoeli'n dda. Ac yntau'n wyth troedfedd o daldra, dros dri deg stôn a chanddo freichiau cyn gryfed â JCB, gwyddai Jacob yn iawn fod ganddo fantais amlwg.

"Wrth gwrs," meddai, ei lais melfedaidd yn cuddio'r ffaith ei fod o'n greadur seicopathig oedd wedi lladd pedwar dyn yn y mis diwethaf (eu cyrff wedi eu rhwygo'n ddarnau a'u dosbarthu ar hyd milltir o jyngl fel rhybudd gwaedlyd i eraill), "mi allwch chi drio dianc. Mae'r ysfa i redeg yn rhywbeth hollol naturiol. Rhedeg faswn i'n ei neud hefyd. Rhedeg mor gyflym ag sy'n bosib. Dyna be wnaeth y lleill. Roedd un neu ddau yn eitha chwim, chwarae teg. Dwi ddim yn greadur angharedig. Dwi'n fodlon cydnabod dawn mewn eraill."

Rhoddodd y banana i lawr a phwyso 'mlaen. Roedd o mor fawr â King Kong.

"Ond y ffaith ddiamod ydi hyn, Mr Stelling – gyda llaw, 'dach chi'n ddyn sydd wedi gweld tipyn o'r byd a dwi jyst yn fwnci, ond tydi hynny ddim yn golygu 'mod i'n dwp, felly beth am roi'r gorau i'r ffwlbri gwirion yma, iawn? Mae Mr Troubellen yn gwybod nad *Stelling* ydi'ch enw chi a *dwi'n* gwybod nad *Stelling* ydi'ch enw – mae hyd yn oed y gorila mwya twp yn y grŵp 'ma'n gwybod nad *Stelling* ydi'ch enw chi, felly beth am fod yn onest? Beth ydi'ch enw iawn?"

"Meirion."

"*Meirion*. Diddorol. Enw Gwyddelig?"

"Cymraeg."

"Dwi ddim wedi datgymalu Cymro o'r blaen. Ddylai hyn fod yn ddiddorol. Fydda i'n hoff iawn o gael profiadau newydd. Rŵan, lle oeddwn i?"

Cliriais fy ngwddw'n nerfus.

"Roedd gynnoch chi ffaith ddiamod i mi."

"O, ia." Estynnodd Jacob ei drydydd banana mewn llai na

phum munud. "Gadewch i mi ddeud wrthach chi… *Meirion*. Y ffaith ddiamod ydi hyn. Dim ots pa mor chwim 'dach chi'n meddwl ydach chi, dim ots pa mor dda 'dach chi'n nabod y tirlun, mi fydda i wastad yn gyflymach na chi, ac yn fwy chwim, ac yn nabod y tirlun yn well. Dyna pam bo' Mr Troubellen yn ein cadw ni yma ar y bryn o gwmpas ei dŷ, fel tîm diogelwch answyddogol. 'Dach chi'n dallt?"

"Yndw."

"A bod yn gwbl blaen a diflewyn ar dafod, *Meirion*, y ffaith ddiamod felly ydi eich bod chi'n hollol ffycd. Ond dwi a'r hogia'n licio meddwl ein bod ni, fel gorilas, yn eitha teg, felly sut mae hyn yn eich siwtio chi? Be taswn i'n cyfri i ugain – na, beth am ei alw fo'n *hanner munud* jyst i'w neud o'n fwy o hwyl – be taswn i'n cyfri i hanner munud cyn dod ar eich ôl? Ydi hynny'n swnio'n deg… *Meirion*?"

"Teg iawn."

"Gwych. *Un, dau, tri* – 'dach chi'n dal yma?"

"Yndw, ond…"

"Wel mi faswn i'n dechrau rhedeg taswn i'n chi. *Pedwar, pump, chwech…*"

Codais a rhedeg i lawr y bryn ac i ganol y jyngl. Uwch fy mhen roedd adar diarth yn chwerthin. Doedd gen i dim syniad i le ro'n i'n rhedeg. Edrychai un gornel wyllt yn union yr un fath ag un arall. Roedd dail mawr gwyrdd fel dwylo anferth yn ceisio nadu fy nghwrs ond gwthiais ymlaen.

I'r chwith, roedd mwncïod powld yn taflu cnau ata i ac yn fy annog i redeg yn gynt neu, efallai, i geisio dringo coeden. Doedd hynny ddim yn swnio fel syniad drwg. Ond roedd y coed yn enfawr. A doedd dim brigau isel i fy helpu. Ac ro'n i'n weddol bendant bod gorila fel Jacob yn well dringwr na mi hefyd. Ac mi fyddai o a'r gorilas eraill yn medru jyst eistedd o dan y goeden honno, yn bwyta bananas nes i mi lwgu, neu farw o syched. Mi oedd Jacob yn iawn.

Mi o'n i'n ffycd.

Pam o'n i yno yn y lle cyntaf? Nelson wrth gwrs. Amlen frown arall wedi ei stwffio drwy'r blwch dros nos. Ffotograff a manylion Mr Troubellen, dim esboniad, ticed awyren i Lagos a dyna fo. Ar ôl i mi gyrraedd, jîp drwy'r jyngl am bedwar diwrnod. Roedd y gyrrwr, dyn o'r enw Ngambo, yn gwneud ei orau i gadw'r cerbyd ar y trac. Weithiau doedd yna ddim lôn o gwbl, dim ond mwd wedi caledu'n dwmpathau oedd yn achosi i'r jîp siglo'n beryglus o un ochr i'r llall. Roeddwn i wedi arfer â jîps yn Helmand ychydig flynyddoedd yn gynharach ond, os rhywbeth, mi oedd y tir yma'n fwy didrugaredd byth. O leiaf roedd rhannau o Helmand yn fflat. A doedd yna ddim mwncïod uwchben yn glawio cnau a cherrig ar ein pennau.

Mi wenodd Ngambo. "Mi ddewch chi i arfer â'r bastads ar ôl ychydig," dywedodd. Ond y gwir oedd 'mod i heb arfer a phob tro roedd un o'r diawliaid yn sgorio *direct hit* ar fy mhen, ac yn giglan fel geneth ysgol, mi o'n i'n ysu i estyn AK47 Ngambo o'r cefn, ei anelu at dopiau'r coed a thanio. Byddwn, mi fyddwn i wedi bod wrth fy modd yn gweld cyrff y mwncïod yn syrthio o'r nefoedd. Ond roeddwn i'n ymwybodol bod hynny'n ymateb afresymol. Peryg hefyd. Fel soniodd Ngambo wrth i ni adael y brifddinas. Roedden ni wedi gadael sicrwydd a moethusrwydd yr unfed ganrif ar hugain a chamu i oes gyntefig. Y peth diwethaf y dylid ei wneud mewn amgylchiadau o'r fath oedd tynnu sylw atoch chi eich hun. "Mae'n bwysig ymdoddi i'r cefndir." Dyna ddywedodd Ngambo, ei lais yn dawel ond yn llawn cysur rywsut.

Bu'n braf cael ei gwmni nes cyrraedd stad Mr Troubellen. Ond roedd Ngambo'n gwrthod mynd ymhellach. Dyna oedd y tro cyntaf i mi weld ofn ar ei wyneb. Doedd o ddim ofn unrhyw lew na llewpard na neidr.

Ond mi oedd arno ofn Mr Troubellen.

Heb wên na gair, sglefriodd y jîp wrth newid cyfeiriad a

diflannu mewn cwmwl o lwch. O fewn munud llyncwyd sŵn yr injan gan y jyngl ac mi oeddwn ar fy mhen fy hun.

Heblaw am y mwncïod.

Roedd Nelson eisiau job sydyn y tro hwn. Mewn ac allan. Dim lol. Doedd dim amser, meddai o, i wneud y gwaith arferol – dod i'w nabod, magu rhyw fath o berthynas, neu ddealltwriaeth o leiaf. Llun Mr Troubellen oedd yn yr amlen. Llun a map a thocyn awyren i'r wlad ddieflig yma. Ond fyddai cael gwared o Mr Troubellen ddim yn hawdd. Y si oedd ei fod o'n byw mewn rhyw fath o gaer anorchfygol. Roedd y waliau'n ugain medr o daldra ac wedi eu hadeiladu o goncrit. Roedd yna weiren bigog ar ei hyd a chamerâu bob deg llath. I wneud pethau'n waeth, mi oedd yna sôn hefyd fod Mr Troubellen wedi sicrhau elfen ddiogelwch annisgwyl (ond hynod effeithiol), sef criw o gorilas yr oedd o ei hun wedi eu magu o'r crud – gorilas oedd bellach yn fyddin ffyddlon iddo. A'r gorila mwyaf ffyddlon ohonynt i gyd oedd Jacob.

Roedd rhywun yn tynnu coes fy nhrowsus. Wrth edrych i lawr gwelais un o'r mwncïod.

"Hei, mistar, wnest ti fistêc."

"O?"

"Wnest ti gymryd yn ganiataol bod Troubellen yn hen dwpsyn."

"A be sy'n dy neud di mor wybodus?"

"Mae mwncïod fel fi'n gweld pethau. 'Dan ni ddim yn deud lot, ond 'dan ni'n gweld bob dim o dopiau'r coed. Ac mi oeddan ni i gyd yn gweld ffŵl pan gyrhaeddest ti. Mae sawl un wedi trio dal Troubellen ac mae pob un wedi methu. Coelia fi, mêt, ti ddim yn aros yn fyw yn y wlad yma trwy goelio bob idiot â stori din sy'n digwydd pasio heibio. Mae'r byd yma'n jyngl. Yn llythrennol."

Cododd gneuen o'r llawr a'i chnoi. Tra'i fod o'n poeri'r plisgyn ceisiais weld a oedd yna ddihangfa.

"Felly be sy'n mynd i ddigwydd rŵan?"

"Rŵan?" gofynnodd y mwnci, gan chwerthin. Trodd at ei ffrindiau ac fe chwarddon nhw hefyd. Teimlwn fel yr unig ddyn mewn parti oedd heb ddeall y jôc.

"*Rŵan*," meddai'r mwnci, yn fwy difrifol y tro hwn, "*rŵan* mae Jacob a'i fêts yn mynd i dy rwygo di'n ddarnau. Dwi wedi'i weld o'n digwydd o'r blaen. 'Di o ddim yn ddel. Cymaint o waed. A gyts. A —"

"Ocê, iawn. Felly be ti'n awgrymu?"

"*Rheda*. Rheda mor sydyn ag y medri di, oherwydd mae Jacob newydd orffen cyfri ac mae o ar ei ffordd."

Troais a dechrau rhedeg.

"Pob lwc!" meddai'r mwnci, gan chwerthin eto. "Mi fyddi di ei angen o!"

Trwy'r llwyni, heibio'r dail a'r blodau. Rhyfedd gweld y fath brydferthwch o 'nghwmpas a finnau ar fin cael fy nhynnu'n ddarnau gan griw o gorilas gwyllt! Ond roedd y blodau anferth mor syfrdanol â gemwaith naturiol wedi eu datblygu dan do'r jyngl dros filoedd ar filoedd o flynyddoedd heb i ddim eu sbwylio. O leiaf mi fyddai fy nghorff – neu ddarnau o fy nghorff – yn gorffwys mewn man llawn hyfrydwch. Uwchben roedd yr adar yn canu fel angylion, lot rhy uchel i mi ddeall eu geiriau, ac roedd pelydrau'r haul yn saethu trwy dopiau'r coed. Mi fyddai dyn yn medru ffeindio man lot gwaeth i farw.

Ond, er hyn i gyd, doeddwn i ddim yn barod i farw eto, felly daliais ati i redeg. Tu ôl i mi roedd Jacob a'r gorilas yn rowlio drwy'r jyngl fel meini mawrion, yn malu pob dim yn eu ffordd ac yn chwalu'r mwncïod bach i bob cyfeiriad.

Rŵan roedd y tir dan fy nhraed yn disgyn. Ro'n i'n mynd i lawr rhyw fath o ddibyn. I'r dde ac i'r chwith y cyfan ro'n i'n ei weld oedd coed bananas. Doeddwn i ddim yn arddwr nac yn fotanegydd ond mi o'n i'n gwybod nad oedd Affrica'n lle delfrydol i dyfu bananas. Ond roedd Mr Troubellen yn gwybod

178

bod Jacob yn caru'r ffrwyth hwn, felly dyna pam yr oedd wedi plannu cymaint o goed bananas yn y jyngl o gwmpas ei dŷ. Rhaid oedd cadw Jacob yn hapus. Oherwydd Jacob oedd yr unig beth yn y byd roedd Mr Troubellen yn ei garu. Heblaw am arian. A chyffuriau. A gynnau.

Roedd hi'n anodd cadw fy nghydbwysedd gan fod yr allt mor serth. Roedd fy nhraed yn llithro a'r unig beth fedrwn i ei wneud oedd ceisio cydio yn rhai o frigau'r coed. Ond yn sydyn mi ymddangosodd Jacob a gweddill y gorilas fel cowbois drwg mewn hen ffilm a doedd nunlle ar ôl i ddengid.

"O diar," meddai Jacob yn sarcastig, "mae'n edrych fel tasa'n gwestai ni wedi cyrraedd diwedd y daith."

Estynnodd fanana a thaflu'r croen ar lawr. Glaniodd y croen ychydig droedfeddi o 'mlaen i.

"Dwi'n siŵr y medran ni ddod i ryw fath o... *ddealltwriaeth*?" dywedais.

Ond roedd fy llais yn denau ac yn ddiobaith.

"Ti'n gwybod pwy dwi'n feio am hyn i gyd?" gofynnodd Jacob, gan lyncu ei fanana mewn un, estyn un arall, ei blicio a thaflu'r croen unwaith eto ar lawr o 'mlaen. "David Attenborough. Ti'n gweld, Meirion, mae o wedi rhoi'r argraff i bawb fod yna rywbeth..." creodd ddyfynodau yn yr awyr â'i fysedd, "... *cyfriniol* neu..." creodd rai eraill a rowlio ei lygaid yn flinderus, "... *wyrthiol* mewn eistedd yng nghwmni gorila. Ond y gwirionedd ydi bod gorilas yn fastads sadistig. Anodd credu wrth edrych arnan ni, dwi'n gwybod. Ond mae'n wir, yn anffodus. Dyna sut wnaeth natur ein creu ni a dyna sut rydan ni wedi datblygu dros y canrifoedd. Tasa Syr David Attenborough wedi dŵad i fan hyn i sibrwd ac i falu cachu am pa mor..." dyfynodau eto, "... *urddasol* ydan ni, mi faswn i wedi troi ei wddw fel corcyn potel, ei dynnu'n rhydd a'i wthio i fyny ei din. Ond dyna fo. Rhyw greadur fel'na ydw i. Falla mai fi sy'n anghywir. Falla mai Syr David Attenborough sy'n iawn. Mae o'n iawn am bob dim, meddan nhw, yn dydi? Felly, pwy a ŵyr, mae yna siawns falla fod duw y gorilas – pwy bynnag ydi hwnnw – wedi creu un bach drwg pan greodd o Jacob. Ia, un drwg fues i erioed, mae arna i ofn. Does 'na ddim lot o *urddas* na *chyfriniaeth* yn perthyn i mi, Meirion. Dim ond ffyrnigrwydd ac atgasedd." Ystyriodd y geiriau. "Ia, 'ffyrnigrwydd' ac 'atgasedd'. Geiriau da i ddisgrifio be sy yn fy nghalon a 'mhen y rhan fwya o'r amser."

Estynnodd ei drydydd banana a thaflu'r croen ata i.

"Rŵan, 'ta," meddai, gan glapio'i ddwylo fel symbalau i gofnodi'r ffaith bod ein trafodaeth ar ben, "mae wedi bod yn braf sgwrsio â thi, Meirion, do wir. Dim yn aml 'dan ni gorilas yn cyfarfod dyn sy'n dallt ein hiaith. A bod yn onest tydi o erioed wedi digwydd o'r blaen, felly roedd o'n brofiad newydd, diddorol. Dwi'n gobeithio na fydd yna ddim drwgdeimlad ynglŷn â be dwi am neud nesa, oherwydd dwi isio i ti ddallt mai busnes ydi o, dim byd personol. Ar achlysur arall, o dan amgylchiadau gwahanol, falla basan ni wedi cario 'mlaen â'n sgwrs a mwynhau bobo gan o gwrw iasoer wrth edrych ar yr haul yn machlud dros Lyn Tagawiki. Ond, na. Mi wnest ti gamgymeriad. A ti'n gwybod yn iawn be oedd hwnnw, yn dwyt?"

"Dod yma i ladd Mr Troubellen?"

"Naci, Meirion. Cael dy *ddal*. Dyna lle est ti'n rong."

Camodd Jacob ymlaen a cheisiais lyncu poer ond roedd fy ngwddw'n hollol sych. Dychmygais ei ddwylo mawr yn rhwygo fy mhen oddi ar fy ysgwyddau a'i gicio fel pêl rygbi i dopiau'r coed. Dyna ni felly. Dyma sut roedd bywyd dyn yn gorffen. Ar ôl yr holl drafferth, yr ymgyrchu, y dysgu a'r ymdrech. Ar ôl yr holl garu a chasáu. Ar ôl yr holl fwynhad a'r siomedigaethau… dyma sut roedd pethau'n dod i ben. Mewn darn di-nod o jyngl rywle ym mhen ôl Affrica.

Dyna aeth drwy fy meddwl yn ystod yr eiliadau pan oedd Jacob yn camu tuag ata i i'm lladd.

Ond wrth i mi agor fy llygaid i wynebu fy ffawd, safodd

Jacob ar un o'r crwyn banana a llithro. Syrthiodd ar lawr, colli ei gydbwysedd a rowlio i lawr y dibyn fel olwyn ddu, flewog, gan geisio – a methu – cydio yn y brigau mân i stopio'i hun. Ceisiodd y gorilas eraill ei achub ond, wrth iddynt godi i redeg ar ei ôl, fe wnaethon nhwythau faglu hefyd, a llithro, ac mewn dim, roedd yna res o gerrig du yn rhuthro heibio i mi i lawr y dibyn tuag at y lôn, gan greu llwybrau dros dro yn y glaswellt. Roedd yna sŵn trawiad enfawr ar y lôn ac mi ddilynwyd y sŵn hwn gan nifer o drawiadau eraill.

Wedyn, tawelwch. Peth prin iawn yn y jyngl. Roedd hi fel petai'r lle i gyd – yr anifeiliaid, yr adar a'r coed – yn awyddus i gadw'n berffaith lonydd rhag ofn i rywbeth gwirioneddol uffernol ddigwydd.

Yn raddol, wrth i'r anifeiliaid, yr adar a'r coed sylweddoli bod pob dim drosodd a phopeth yn iawn, dyma'r synau'n ailfywiogi.

Y mwncïod yn y coed.

Yr adar yn atseinio uwchben.

Y pryfaid fel driliau gweithgar yn y prysgwydd.

Craciodd y priciau o dan fy nhraed wrth i mi geisio goresgyn y tir serth oedd yn arwain i lawr at y lôn. Unwaith fy mod i yno gwelais fod Jacob a'r gorilas eraill wedi taro yn erbyn Land Rover gwyrdd. Gorweddai ar ei ochr yn y ffos, un o'r olwynion yn dal i droi. Roedd y pryfaid yn gyffro i gyd ac yn gwneud eu gorau i fy nghadw i draw, gan ymosod arna i fel sgwadron o Spitfires, ond chwifiais nhw i ffwrdd.

Bu pwy bynnag oedd yn gyrru'r Land Rover yn anlwcus. Pa mor aml oedd siwrnai'n cael ei chwtogi gan griw o gorilas yn rowlio i lawr yr allt reit o'ch blaen? Oedd, mi oedd damweiniau'n digwydd. Ond mi oedd hon yn ddamwain i guro pob damwain.

Wrth i mi agosáu sylwais fod corff pob un o'r gorilas yn berffaith lonydd heblaw am y ffaith bod yr awel yn cribo'n chwareus drwy eu ffwr. Roedd y pryfaid fel cymylau bach du dros y cyrff.

Syllai Jacob arna i â'i lygaid dall. Roedd y gwaed yn dal i sgleinio ar ei wyneb ond, cyn bo hir, mi fyddai wedi sychu. Roedd y dwylo a fu'n ddychrynllyd o fygythiol ychydig funudau'n gynharach bellach mor ddiniwed â dau blât. Roedd y croen banana a achosodd hyn i gyd yn sownd i waelod ei draed o hyd.

Symudais rownd i ochr draw'r Land Rover. Cafodd y drws ei luchio'n agored a'r gyrrwr anffodus ei daflu i'r ffos. Roedd y pryfaid wedi ffurfio mwgwd crynedig ar hyd ei wyneb, felly, ar y cychwyn, do'n i ddim yn ei adnabod. Ond wrth i mi agosáu'n ofalus ffrwydrodd y mwgwd byw yn wyllt a gwelais wyneb Mr Troubellen wedi ei rewi mewn sioc. Doedd dim marc arno ac, am un eiliad ddychrynllyd, dychmygais ei fod am godi, ysgwyd y llwch a'r pryfaid i ffwrdd, cydio yn ei ddryll a orweddai wrth ei ochr yn y ffos, a'm saethu yn gwbl ddiseremoni. Ond doedd o ddim yn symud. Roedd hi'n hollol glir bod Mr Troubellen – un o'r dynion mwyaf peryglus a phwerus yn Affrica, yn ôl pob sôn – yn ddim byd mwy na gwledd i'r pryfaid barus.

O fewn ychydig mi fyddai arogl ei gnawd pydredig wedi cyrraedd yr hienaod a'r llewod. Ar ôl iddyn nhw orffen mi fyddai'r moch gwyllt, y fwlturiaid a'r morgrug yn dod draw i hawlio'u siâr. Petawn i'n dod yn ôl mewn pedair awr ar hugain y cyfan fyddwn i'n ei weld o Mr Troubellen fyddai casgliad pitw o esgyrn wedi eu pigo'n lân a'u gadael yn un domen ddiurddas. Mae'n bur debyg y byddai'n amhosib gwahanu ei olion oddi wrth olion Jacob a gweddill y gorilas.

Wrth i'r mwgwd du setlo ar wyneb Troubellen unwaith eto roedd yna rywun yn tynnu ar fy nhrowsus. Edrychais i lawr a gweld y mwnci bach.

"Wel, wel," meddai, gan wenu a wincio. "Fuest ti'n lwcus yn fanna, yn do, mêt?"

TRI DEG TRI

Hen siswrn a'i goesau ar led fel dawnsiwr gorffwyll. Bocs o fatris AA wedi hen lwydo. Sony Walkman coch o'r wythdegau gyda chasét Thompson Twins ynddo. *Thompson Twins*? Be goblyn oeddwn i'n wneud yn gwrando ar dapiau *Thompson Twins*?

Siglaf fy mhen yn araf a chario 'mlaen i bori drwy'r drôr anniben.

Llyfr siec wedi ei addurno â chadwyni o gyfrifiadau a fu unwaith yn bwysig, yn dyngedfennol hyd yn oed, ond a oedd yn gwbl ddiystyr rŵan. Beiros. Bob man mae fy nwylo'n mynd maent yn taro ar feiros. Beiros coch, du a glas. Yr inc wedi ffrwydro tu mewn i rai ohonynt, plastig rhai ohonynt wedi hollti – ond eraill yn berffaith. Estynnaf un a chreu cyfres o gylchoedd anarchaidd ar gornel tudalennau rhifyn o'r *Daily Express*, 1991. Am eiliad mae'n croesi fy meddwl falla y bydd y beiro yma'n handi, a phenderfynaf ei gadw. Ond wedyn cofiaf fod oes y beiro ar ben. Pwy sy'n sgwennu pethau ar bapur rŵan? Dwi'n ei ollwng yn ôl i annibendod y drôr ac yn cario 'mlaen i chwilio.

Mae o yma yn rhywle. Dwi'n saff o'r peth.

Wrth godi hen ddarn o bapur wal gwelaf yr hen fag lledr roddodd y Draenog i mi flynyddoedd yn ôl.

Oes yna bwerau'n perthyn iddo? Ynteu ai ofergoel ydi'r cyfan?

Yn ofalus, dwi'n ei godi a theimlo'r cynnwys arferol gyda fy mysedd. Pig aderyn? Esgyrn cywrain? Does gen i ddim syniad beth sydd tu mewn ac, mewn gwirionedd, mae arna i ofn ffeindio allan. Mae'r llinyn o gwmpas ceg y bag bron iawn wedi pydru erbyn hyn. Pa mor hen ydi o? A oedd cyndeidiau'r Draenog wedi ei basio i lawr o un genhedlaeth i'r llall, i un aelod arbennig o'r llwyth bob tro, person a fyddai'n cael ei anrhydeddu â phwerau anhygoel?

Ond pam fi? Doeddwn i ddim yn perthyn i'r llwyth. A dydw i ddim yn arbennig. Dydw i ddim yn Indian. Y cyfan wnes i oedd lladd yr hen foi trwy ddamwain, ac wedyn ceisio ei helpu.

Mae yna gnoc ysgafn ar y drws. Stwffiaf y bag i fy mhoced a throi, gan ddisgwyl gweld Lena, ond nid hi sydd yno. Mae'r gŵr wedi ei hanner cuddio gan y cysgodion – cysgodion sydd mor drwchus â phaent du Rembrandt. Yn reddfol, cydiaf yn y dawnsiwr gorffwyll a'i estyn yn fygythiol.

"Pwy sy 'na?"

Mae'r gŵr yn datglymu ei hun o'r tywyllwch ac yn pwyso yn erbyn ffrâm y drws gyda gwên.

"Ti'm yn fy nghofio i, Bennett?" meddai, ei Saesneg mor llyfn ac eto mor galed â charreg o'r môr.

"Bear? Chi sydd yna?"

Mae fy Saesneg fel darn o lechen garw o'i chymharu.

"Does 'na neb wedi fy ngalw i'n 'Bear' ers Helmand, Bennett."

"A dyna oedd y lle dwytha i mi gael fy ngalw'n Bennett hefyd."

Mae'n gwenu eto. Gwenaf yn ôl a rhoi'r dawnsiwr gorffwyll i lawr yn ofalus gan gau ei goesau'n weddus.

"Wrth gwrs," meddai Bear gan gamu i mewn a chodi un o'r hen feiros yr oeddwn i wedi eu rhoi o'r neilltu, "o'n i'n gwybod bod yna rywbeth od am yr enw. Doeddet ti ddim yn edrych fel 'Bennett' rywsut."

"A sut rai ydi'r 'Bennetts' chwedlonol yma, 'ta?"

Mae o'n gollwng y beiro ac yn estyn ei law yn gyfeillgar.

"Rupert," meddai. "Rupert Fitzwilliam-Martin."

"Meirion," meddaf. "Meirion Fôn."

Ysgydwa fy llaw yn frwdfrydig – bron iawn yn rhy frwdfrydig.

"Ches i'm cyfle i ddiolch i ti'n iawn ar y pryd, Meirion. Heblaw amdanat ti, a beth wnest ti yn Helmand y diwrnod hwnnw… wel… faswn i ddim yma."

"Doedd o'n ddim byd i neud â fi."

"Dyna'r gwahaniaeth rhwng dynion fel fi a dynion fel chdi.

Ti'n gweld, mi oedd fy nhad yn y fyddin, a'i dad o hefyd. Roedd yna Fitzwilliam-Martins efo Wellington yn Sbaen a hefyd yn Waterloo. Cafodd y traddodiad milwrol teuluol ei rwbio i fy nghroen fel eli ers pan oeddwn yn fachgen bach yn ei glytiau. Mae'n siŵr mai'r gobaith oedd y byddai hyn, rywsut, yn cael ei amsugno i fy ngwaed ac yn fy nhrawsnewid o fod yn fachgen bach tila, ac ofnus braidd, i fod yn gawr dewr, hollorchfygol – y math o arwr fyddai'n ennill clod a theitl un diwrnod, fel wnaeth un o fy nghyndeidiau yng nghwmni Wellesley yn Almaraz. Ond, wrth gwrs, ches i mo fy nghreu'n arwr."

Mae'n cydio yn y dawnsiwr gorffwyll ac yn torri siâp dyn o'r hen *Daily Express*. Mae'n ei godi i'w ddangos i mi.

"Dyma'r cyfan oeddwn i, Meirion. *Siâp* dyn, ia. Ond dyn gwan a hawdd i'w blygu. Dyn di-asgwrn-cefn. Dyn heb nerth. Nid y math o ddyn oedd yn debygol o fod yn arwr. Dyn papur." Mae o'n crychu'i 'hun' yn bêl a'i thaflu i ben draw'r stafell. "Nid fel ti, Meirion. Na, roedd rhywun wedi dy greu di mewn siâp arwr o'r cychwyn."

Mae Rupert Fitzwilliam-Martin yn pwyso yn erbyn hen ddesg, yn rhedeg ei fys ar hyd y llwch gan greu llinell denau, ansicr, ac yna mae'n edrych arna i.

"Wyt ti'n meddwl bod 'grym duwiol' yn bod, Meirion? Rhyw fath o bŵer, neu Dduw, neu... dwn i ddim... rhyw fath o *ysbryd* neu *ffawd* anweledig, ond hollwybodus, sy'n ein gwthio o gwmpas fel darnau gwyddbwyll? Falla fod gan y 'grym duwiol' hwn gynllun, neu strategaeth, ac eto, i ni greaduriaid anffodus i lawr fan hyn, mae'r peth yn ddirgelwch pur."

Tu allan mae sŵn car yn mynd heibio ar y lôn. Wrth ei glywed, mae Rupert Fitzwilliam-Martin yn edrych arna i fel petai newydd ddeffro o freuddwyd.

"Roedd y drws ffrynt ar agor," meddai. "Gobeithio bo' ti ddim yn meindio 'mod i 'di dod mewn?"

"Na. Wrth gwrs. Dwi'n falch o'ch gweld chi."

"*Ti*. Plis. 'Dan ni ddim yn Helmand rŵan."

"*Ti*," meddaf.

Ond dydi'r gair ddim yn teimlo'n iawn rywsut. Fu Bear â mi erioed ar yr un lefel. Ar un adeg roedd o'n llawer uwch na fi ac yn awr, wrth ei astudio'n fwy gofalus, mae hi'n debyg bod y byrddau cymdeithasol ac economaidd wedi troi. Fuodd o wastad yn ŵr smart, pob blewyn yn ei le a phob plygiad o'i wisg yn siarp. Mae ei grys yn llawn rhychau a chylchoedd chwyslyd, tywyll o dan ei freichiau. Dydi o heb siafio ac mae'r stwbwl yn llwydo ei fochau a'i ên. Er bod Bear yn trio'n galed i wenu a rhoi'r argraff bod pethau'n iawn, bod dim byd wedi digwydd ers Helmand, mae ei lygaid yn ei fradychu. Mae 'grym duwiol' wedi pigo ar Bear, wedi ei ddilyn i lawr rhyw lwybr tawel ac wedyn mae'r llabwst wedi ei gicio i'r mwd a'i adael yno'n hanner marw.

"Sut mae'r teulu, Rupert? Be oedd enw eich – sori – dy ferch eto? Sally?"

"Sophie."

Mae Bear yn trio gwenu.

"Newydd ddechrau yn Badminton. Ysgol fonedd ym Mryste. Dyna lle aeth ei mam hefyd."

"O. Reit. A sut mae…"

"Connie?" Mae Bear yn sythu fel dyn sy'n paratoi i dderbyn trawiad i'w stumog. "Ysgariad."

"Ddrwg gen i."

"Diolch," meddai. "Oedd pethau braidd yn anodd ar y cychwyn. Dwi'n siŵr fod pethau'n anodd i bawb ar ôl dychwelyd o'r uffern yna. Ga i ofyn rhywbeth i ti, Meirion?"

"Wrth gwrs."

"Fyddi di'n dal i gael hunllefau?"

"Weithiau."

Mae Bear yn nodio. Mae yna gar arall yn sibrwd heibio. Mae tua phump i chwe eiliad nes y gallwn glywed yr adar eto.

"Storm ar y ffordd, Meirion. Glaw a gwynt. Glaw, glaw, glaw…"

"Dim ei bai hi oedd o. Fedri di ddim beio rhywun am fethu deall. I ddeall, fasa raid iddi fod wedi bod yno. Yn naturiol mi wnaeth y fyddin drio helpu. Ges i driniaeth seicolegol a seiciatryddol ond... wel... â phob parch i'r doctoriaid a'r arbenigwyr, nes bod rhywun wedi gosod dy ben ar ddarn o bren yn barod i'w hollti oddi wrth weddill dy gorff, dwi ddim yn meddwl y medri di ddeall."

"Wnest ti'm ymaelodi â'r SAS, 'ta?" gofynnaf.

Mae Bear yn gwenu'n eironig.

"Ar ôl beth ddigwyddodd, Meirion, mi wnes i ddechrau adnabod fy hun. Ar ôl profiad fel'na, mae dyn yn gofyn pob math o gwestiynau iddo'i hun. A doedd gen i'm atebion. Ac mae'n rhaid bod gan foi sydd isio bod yn aelod o'r SAS, rhaid bod gynno fo'r allwedd i bob sefyllfa... Am be wyt ti'n chwilio?"

"Rhywbeth i gladdu hwn," meddaf, gan gyfeirio at y bocs sgidiau ar y ddesg wrth fy ymyl. Y bocs sgidiau oedd yn arch i Mr Craf. "Mae gen i drywel bach yn fan hyn yn rhywle ond..."

"Un fel hwn?"

Mae Bear yn codi'r trywel gyda gwên. Gwenaf yn ôl a'i gymryd.

"Be ti'n neud rŵan 'ta, Rupert?"

"Dipyn o bob dim. Ambell ddarlith mewn ysgolion ar fywyd yn y fyddin – y fersiwn hawdd ei drafod wrth gwrs – y fersiwn sy'n trafod brawdoliaeth, ffyddlondeb, gwladgarwch a chariad at Liz yn Buck House... A dwi'n ymgynghorydd diogelwch i lond llaw o fusnesau."

"Pethau'n o lew, felly?"

"Dwi'n gneud yn ocê. Cofia di, mae'n rhaid i mi. Ti 'di gweld ffioedd Badminton?"

Gwên arall. Gwenaf yn ôl.

Mae golwg newydd ar wyneb Rupert Fitzwilliam-Martin. Golwg ddifrifol. Mae fel petai 'di newid gêr.

"Ac, o dro i dro, mi fydda i'n gweithio i rywun rwyt ti'n nabod."

"O? Pwy?"

Dydi o ddim yn ateb yn syth. Ond wedyn, ar ôl ychydig eiliadau, mae o'n estyn rhywbeth o'i siaced ac yn rhoi amlen frown i lawr ar ben arch Mr Craf.

"Ti'n gweithio i *Nelson*?" gofynnaf yn syn.

"Fel dwi'n deud, Meirion. Mae ffioedd Badminton yn uffernol."

"Ond... sut?"

"Galwad ffôn un noson. Allan o nunlle. Llais ar y ffôn yn gofyn oeddwn i angen ychydig o arian ychwanegol – arian poced wnaeth o alw fo. Wel, dan yr amgylchiadau sut fedrwn i wrthod? A doedd dim rhaid i mi neud dim bron. Paratoi lluniau o bwy bynnag yr oedd angen eu..."

"*Lladd*?"

"Pan fo pob perswâd, pob trafodaeth wedi methu, mae'n rhaid ystyried dulliau dipyn bach yn fwy llym, reit siŵr. Busnes. Dyna ydi o, Meirion. Y cyfan dwi'n neud ydi derbyn yr amlen a threfnu *courier* saff. Does gen i ddim syniad be 'di'r manylion, a does gen i ddim diddordeb. Negesydd ydw i, Meirion, dim byd mwy ac, a bod yn berffaith onest, dwi'n eitha mwynhau byw bywyd efo cyn lleied o gyfrifoldeb. Ac mae'n siwtio Nelson hefyd, oherwydd mae gŵr sy ddim yn gofyn cwestiynau chwilfrydig yn hynod o ddefnyddiol."

"Pwy ydi o?"

"Nelson? Pwy a ŵyr? Fel dwi'n deud, yr unig gyfathrebu rhyngddo fo a fi ydi'r e-byst mae o'n eu hanfon. Er, dwi wedi siarad ag o ar y ffôn. Ond mi oedd y lein yn un wael."

"Dwi'n siŵr ei fod o yno yn Helmand."

Mae Bear yn chwerthin.

"Ia, reit."

"Na, o ddifri. Yno yn y cysgodion. Dwi'n sicr mai fo oedd o.

Roedd o angen rhywun i wneud ei waith drosto. Rhywun fyddai'n hapus i aros yn y tywyllwch, ond rhywun cwbl ddidostur."

"Wel, ia. Mi fedra i weld sut fasat ti'n gweddu i'r dim, Meirion. Ar ôl beth ddigwyddodd efo'r Taliban. A hefyd, efo dy ddawn ieithyddol wrth gwrs. O ble ddaeth honno gyda llaw? Mae'n ddawn hynod."

"Dwn i ddim," meddaf innau, fy mysedd yn cau dros y cwdyn bach lledr yn fy mhoced. "Dwi jyst yn lwcus."

Trwy'r drws sy'n arwain i'r ardd gefn mae'r adar anweledig yn dal i drydar.

"Cymylau ar y gorwel. Chwiliwch am lety. Glaw. Glaw. Glaw ar y ffordd…"

Edrychaf ar yr amlen. Wedyn dwi'n ei gwthio yn ôl i gyfeiriad Rupert Fitzwilliam-Martin.

"Na," meddaf. "Dim mwy."

"Ia, wel, mi na'th Nelson grybwyll falla mai dyna fyddai dy ateb. Dyna pam ddwedodd o wrtha i am ddod yma'n bersonol y tro hwn. A hefyd am ddeud wrthat ti mai hon fydd yr amlen ola."

"Dwi wedi clywed hynna o'r blaen."

Cydiaf yn arch Mr Craf a cherdded tuag at y drws sy'n arwain i'r ardd cyn iddi ddechrau bwrw, ond mae Bear yn fy rhwystro. Mae o'n stwffio'r amlen i'm llaw.

"Y meistr. Dyna be mae o'n dy alw di. A hon ydi'r un ola."

"Be wyt ti'n wybod am Nelson? Gŵr nad wyt ti – na fi – erioed wedi ei gwrdd. Gŵr sy wastad yn y cysgodion. Gŵr sy wrth ei fodd yn rheoli ein bywydau o bell efo e-bost fan hyn neu alwad ffôn fan draw."

Tu ôl iddo clywaf y diferion glaw cyntaf yn taro yn erbyn y dail fel cerrig ar bapur.

"Dwi'n licio fy mywyd, Meirion. Falla'i fod o'n deilchion o 'nghwmpas, falla 'mod i'n colli nabod ar fy merch a falla fod fy nghyn-wraig yn fy nhrin fel taswn i'n rhyw fath o wallgofddyn, ond o leia dwi dal yn fyw. Felly gwna ffafr â mi, Meirion. Fel hen ffrind. Hwda'r amlen. Mae hi i fyny i ti wyt ti'n derbyn y job neu beidio. Ond o leia dwi wedi gneud fy ngwaith."

Ac ar hynny mae'n gadael. Mae arch Mr Craf yn un llaw. A'r amlen yn y llall.

"Storm. Glaw. Glaw… dewch i guddio. Dewch cyn ei bod hi'n rhy hwyr…"

Draw at y ffenest, fy nhrwyn yn erbyn y gwydr oer. Fy anadl yn troi'n gylch niwlog, gwlyb.

Mae hi yno.

Yn ei stafell, yn paentio reit siŵr. Fydd hi yma am byth. Mae'r gwyddonydd oer yndda i'n gwybod y bydd yn rhaid iddi ein gadael un dydd ond weithiau mae yna demtasiwn i feddwl bod Mrs Fôn yn anfarwol. Mae Mrs Fôn fel un o'r planedau yna. Mae pob math o asteroids a cherrig yn ei tharo, a'i chreithio, ond ar ddiwedd pob ymosodiad, mae hi yno o hyd. Yn dal i droi yn dangnefeddus.

Beth ydw i wedi ei wneud?

Dwi wedi cael fy llusgo i lawr i uffern anfoesol John Kent. A lle mae o? Wedi diflannu wrth gwrs. Unwaith iddo gael ei arian – ac yntau heb orffen y gwaith.

Codaf y ffôn ond, yn lle deialu rhif Kent am y canfed tro, gwasgaf rif Dr Stone.

"Helô, swyddfa Dr Stone. Sut fedra i helpu?"

"O, ia. Helô." Cliriaf fy ngwddw a thrio swnio'n fwy awdurdodol. "Dr Clough sy yma, hen ffrind coleg i Dr Stone. Ro'n i'n awyddus i…"

I beth? Yn awyddus i beth yn union? Beth ydw i'n ei wneud?

"O'n i'n awyddus i'w… longyfarch. Ia, i'w longyfarch ar ei anrhydedd. A hefyd ar ei —"

"Wrth gwrs. Daliwch am eiliad os gwelwch yn dda."

Miwsig hudolus am ychydig eiliadau. Mozart? Vivaldi?

"Eifion? Ti sy 'na?"

"Meddwl faswn i'n dy longyfarch. Ar dy swydd. Yn Princeton," chwarddaf yn llugoer. Go brin fy mod yn argyhoeddi, er gwaethaf fy ymdrech orau. Ond, wrth gwrs, dwi'n gwybod na fydd Dr Jerry Stone yn sylwi.

"Diolch," meddai.

Mae'n giglan. Cofiaf y gigl yna o'r coleg. Roeddwn i'n ei gasáu ar y pryd ac mae'n gyrru ias i lawr fy nghefn rŵan hefyd. Mae fy llaw'n tynhau o amgylch y ffôn.

"Ti'n haeddu popeth, Jeremy. Ti wedi gweithio'n galed."

"Diolch, Eifion. Gwranda, fasa hi'n braf medru cyfarfod yn iawn cyn i mi adael."

"Syniad gwych."

"Wythnos nesa falla?"

"Pam lai?"

"Nos… gad i mi weld… nos Fercher? Wyth o'r gloch? Yn yr Hebog?"

"Gwych."

"Grêt."

Seibiant.

Y gwynt. Y glaw.

"Braf clywed dy lais di eto, Eifion."

"A thithau, Jeremy."

Mae o'n giglan a dwi'n ei ladd drwy ddiffodd y ffôn.

Draw at y ffenest eto. Mae'r cymylau'n mygu'r coed a'r caeau ac yn agosáu fel byddin i ddifa pob siâp, pob arwydd o fywyd. Edrychaf i lawr ar y maes parcio. Does yna ddim ceir diarth. Dim heddlu.

Beth ydw i wedi ei wneud?

Mae'r ffôn yn canu. Mae fy nghalon yn sboncio.

"Helô?" Mae fy llais yn dawel ac yn ansicr.

"'Dach chi 'di gneud camgymeriad."

Llais diarth.

"Pwy ydach chi?"

Sŵn chwerthin tawel.

"Pwy ydach chi? Dwedwch neu mi wna i alw'r heddlu!"

"Ia, mi fasa hynny'n syniad da, yn bysa, Doctor? Ar ôl beth ddigwyddodd neithiwr."

Mae fy ngheg mor sych â'r lleuad.

"Ddylsach chi 'di dod ata i, Doctor. Yn hytrach na gwastraffu'ch amser a'ch arian. Dwi ddim yn ffŵl, Doctor. Dwi'n gwybod be ddigwyddodd. Rhaid i ni gyfarfod."

"Am be 'dach chi'n sôn, ddyn? Cyfarfod i be?"

"Dwi tu allan i Bant Melyn. Mewn car du. Dewch allan rŵan ac mi fedran ni drefnu pethau'n iawn."

"Trefnu be?"

"Mrs Fôn."

"Pwy oedd o?"

"Neb."

"A be 'di hon?"

Mae Lena'n cydio yn yr amlen frown.

"Na." Cipiaf yr amlen yn ôl o'i llaw yn fyrbwyll. Rhy fyrbwyll. Mae Lena'n sbio arna i gyda'i llygaid llydan. "Sori," meddaf innau, gan ochneidio. "Hen ffrind. O ddyddiau Helmand. Ty'd, well i ni neud hyn cyn i'r storm gyrraedd."

Cydiaf yn y bocs sgidiau a'r trywel.

Mae'r glaswellt yn socian dan ein traed ac mae'r pridd wedi troi'n slwtsh. Fesul un mae'r adar yn stopio trydar wrth i ni agosáu.

"Gwell bod yn llonydd…"

Dwi'n dewis man wrth waelod y goeden afalau ac yn plygu ar fy ngliniau i dyllu.

"Meirion, ga i ofyn rhywbeth i ti? Oeddet ti wir yn ei ddeall o? Mr Craf?"

"Stori hir."

"Dwi'n licio storis."

Mae'r awel wedi chwythu darn o'i gwallt melyn dros ei llygaid. Mae'n cydio ynddo a'i roi tu ôl i'w chlust. Gwenaf arni. Mae'n gwenu yn ôl.

"Ddylen ni ddeud rhywbeth?"

Mae hi'n cyfeirio at y bedd.

"Cysga'n dawel, Mr Craf."

Dwi'n cau'r bedd ac rydan ni'n dau'n cerdded yn ôl i'r tŷ.

"Maen nhw'n gadael. Mae'r perygl drosodd am y tro…"

"Coffi?"

Mae Lena'n nodio ac af i'r gegin i lenwi'r tegell. Cydiaf yn yr amlen frown a'i hagor. Mae yna lun yn disgyn ohoni.

Llun o wyneb Mam.

Mae'r car du'n berffaith. Beth ydi o? Bentley? BMW? Dydw i ddim yn gwybod. Mae'r ffenest yn llithro i lawr. Tu mewn i'r car mae'n dywyll, a'r cyfan y gallaf ei weld ydi pâr o ddwylo'n dal llun o Mrs Fôn. Ffotocopi gwael ond mae'r wyneb yn ddigon amlwg.

"Hon sy'n creu problemau?"

"Wel… *ia*. Ond —"

Mae'r ffenest yn cau a'r olwynion yn crensian dros y cerrig.

"Arhoswch!"

Ond, wrth gwrs, dydi'r car ddim yn disgwyl. A wnes i ei bradychu â'r 'ia' bach yna? Mae fy stumog yn troi fel clwt. Roedd yr 'ia' bach diniwed yna'n ddedfryd marwolaeth.

Rhaid rhybuddio Mrs Fôn.

"Mae hyn yn hollol dwp!"

"Jyst cerddwch, Mam."

"Ond dwi wedi bod yn cerdded ers oes! Lle 'dan ni'n mynd? Sbia ar fy sgert i!"

Prin y gwelodd y llwybr drwy ganol coed Gwyndŷ ôl traed neb mwy na chwningen neu lwynog ers blynyddoedd ac, o dan gyfundrefn anarchaidd natur, cafodd y drain a'r mieri ryddid i dyfu'n wyllt i bob cyfeiriad.

"Be wyt ti'n feddwl o hyn, Lena?"

"Dwi ddim yn hollol siŵr. Ond dwi'n credu bod Meirion yn iawn."

Uwchben, yn y rhwydwaith cywrain o frigau a dail sy'n malu'r golau fel caleidosgop, dydi'r adar ddim yn canu. Gwn eu bod nhw yno oherwydd weithiau gallaf glywed eu hadenydd yn clapio'n ofalus wrth iddyn nhw symud o goeden i goeden er mwyn cadw golwg arnom. Mae'r dail yn sibrwd. Mae'r goedwig yn llawn cyfrinachau. Cyfrinachau sy'n dyddio'n ôl canrifoedd. Miloedd o flynyddoedd. A dyna pryd y clywaf sŵn dail a brigau main yn cael eu rhwygo fel papur tu ôl i ni. Anadl trwm.

"Be sy?" meddai Lena. "Oes 'na broblem?"

"Dwi ddim yn siŵr."

"Mae rhywun yn ein dilyn ni, Meirion!"

Mae'n gwasgu fy llaw ond daliaf fy nhir fel cerflun. Mae siâp yn ymddangos o'r cysgodion. Siâp adnabyddus.

"Dr Clough!"

Pe na bai'r sefyllfa mor ddifrifol dwi'n ffyddiog y byddwn i wedi chwerthin wrth weld y doctor yn sefyll o 'mlaen, y drain a'r dail a'r brigau yn sownd i'w gôt a'i wyneb. Mae ei wallt fel clwt dros ei lygaid ac mae o allan o wynt.

"'Dach chi mewn trwbl," meddai, gan geisio chwifio'r pryfaid i ffwrdd.

"Chithau hefyd yn ôl pob golwg, Doctor."

"Fy mai i ydi'r cyfan, Meirion. Fy mai i." Mae Dr Clough yn troi ei gefn, yn cerdded at Mam a chydio yn ei dwylo. "Maddeuwch i mi, Mrs Fôn. Dwi wedi bod yn gaethwas i genfigen."

Mellten fel chwip ar y gorwel. Lena yn fy nghlust.

"Meirion… tydi coedwig ddim yn lle diogel mewn storm!"

"Dewch, dwi'n gwybod y ffordd."

Does bron dim byd wedi newid. Wrth i mi gamu i ganol y llannerch mae'r cwt bach i'w weld o 'mlaen. Mae'r pren wedi pydru a darnau o haearn ar y to wedi troi'n oren gan rwd ond mae o bron yn union fel y darlun yn fy nghof.

Plygaf a rhwygo ychydig o ddrain o'r ffordd. Mae'r drewdod yn arwydd y bu llwynogod yn cysgodi yma. Mae'r ffermwyr a'r helwyr ymhell i ffwrdd. Yma, byddai teulu bach o lwynogod yn medru byw yn rhydd heb unrhyw fygythiad.

Codaf a mynd yn ôl at Mam. Mae hi a Dr Clough yn edrych o'u cwmpas fel ymwelwyr o gyfandir pell.

"Wel Mam, be 'dach chi'n feddwl?"

"Be ti'n feddwl 'be dwi'n feddwl'? Be 'dan ni'n da yma? Ydi hyn yn rhyw fath o dric?"

"Dim tric, Mam. Am ychydig, mae'n rhaid i ni aros yma."

Cydiaf yn ei braich er mwyn ei thywys tuag at y cwt, ond mae hi'n ei thynnu'n rhydd yn bendant.

"Yng nghanol y goedwig? Ond mae'r pe—"

"Jyst am ychydig."

Uwchben, mae rhybuddion yr adar yn toddi i'w gilydd fel sonata arbrofol.

"Mellt ar y gorwel… tân yn torri'r cymylau… rhaid aros yn y coed… rhaid aros yma nes i'r tân ddiffodd…"

"Mae'r lle yma'n anhygoel," meddai Dr Clough gan edrych o'i gwmpas. "Mae yna rywbeth… *elfennol* yn perthyn i'r lle rywsut. Rhywbeth hynafol. Edrychwch ar y goeden yma!"

"Yr Hen Ddyn," meddaf, gan groesi ato. "Hon oedd y goeden gynta yn y goedwig yn ôl yr hanes. Mae cannoedd – miloedd falla – o flynyddoedd wedi pasio ac mae hi'n dal yma. Ac mi fydd hi'n dal yma ymhen canrif arall."

"Os na wneith y diafol ymddangos," meddai Mam.

"Dwi ddim yn eich dilyn, Mrs Fôn…"

"Storïau hen wragedd, reit siŵr," mae'n chwerthin yn dawel ac yn edrych ar y boncyff tew. "Dwi'n cofio i Nain sôn wrtha i pan o'n i'n hogan fach; storis am yr hen goeden yng nghanol coed Gwyndŷ. Hon oedd y goeden a blannodd yr hen offeiriaid ers talwm i warchod y pentre rhag y diafol. Y sôn oedd y bysa'r goeden yn syrthio pan fysa'r diafol yn dychwelyd o le bynnag y bu'n teithio. Tydi o heb ddod yn ôl, mae'n amlwg. Ond dyna fo. Hen lol oedd y cyfan, reit siŵr."

Fflach uwch ein pennau a chlec fel dur ar ddur. Cynnwrf yn yr uchelfannau. Adenydd yn cymeradwyo.

"Mae hi yma… wedi cyrraedd… y storm… y storm…"

Mae'r glaw yn rheibio'r nefoedd ac yn ein taro fel bwledi perlaidd a chyn iddi gael cyfle i brotestio mae Lena a fi'n gwthio Mam i mewn i'r cwt. Mae Dr Clough yn dilyn ac, am ychydig, rydan ni'n pedwar yn eistedd ar y llawr pridd yn edrych ar y gwair yn cael ei chwipio ac ar yr afonydd a'r llynnoedd cynhyrfus sy'n cael eu creu o ddim byd.

"Meirion, deffra. Glywais i rywbeth."

Ganol nos. Mae llais Lena'n llawn gofid. Ei llygaid yn fawr. Ei llaw mor dynn â maneg am fy mysedd.

"Y storm. Dyna'r cyfan."

"Mae rhywun allan yna, Meirion. Dwi'n siŵr."

Mellten fel neidr wen yn brathu'r ddaear. Wedyn taran fel byd yn ffrwydro.

"Iawn," ochneidiaf a chodi fy siaced dros fy mhen. "Os ti'n *siŵr*. Aros fan hyn. Mi af i sbio."

Croesaf y llannerch ac anelu at yr Hen Ddyn. Ond wedyn clywaf innau rywbeth hefyd. Rhywbeth yn wahanol i'r glaw yn taro'r ddaear, a'r gwynt yn ysgwyd y coed fel gormeswr. Sŵn crafu yn y llwyni. Bron fel ewinedd hen wrach.

Mae corff tew yr Hen Ddyn yn cwyno, y ceinciau'n crafu yn erbyn ei gilydd a'r gewynnau'n tynnu ac yn ymestyn. A dyna lle mae'r sŵn arall i'w glywed, rywle yng nghanol y gwreiddiau trwchus. Plygaf i lawr er mwyn trio gweld ond mae'r noson yn dywyll. Yr unig adeg dwi'n gallu gweld ydi pan mae'r taranau'n fy rhybuddio bod yna fellten newydd ar y ffordd. O'r diwedd mae'r fflach yn dangos llwynog bach crynedig yn cuddio yn y dail, ei gôt yn drwm o ddŵr ac yn ddu bron. Edrychaf i'w lygaid, ond wedyn mae'r tywyllwch yn ein gorchuddio unwaith eto a phan mae'r fellten nesaf yn taro mae'r llwynog bach wedi diflannu. Synhwyraf bresenoldeb arall dros fy ysgwydd. Mae Lena yno, ei dillad yn wlyb ac yn dynn yn erbyn ei chorff.

"Llwynog," meddaf, gan godi fy llais er mwyn iddi fy nghlywed dros sŵn y storm. "Dyna i gyd."

Fflach arall yn lladd y cysgodion.

Ac mae'r wyneb o 'mlaen i. Wyneb dieflig o'r gorffennol.

"Dylan? Dylan… *Carter*?"

"Helô, Meirion. Ers tro."

Er ein bod ni'n dau i fod yn ddynion bellach, teimlaf i'r blynyddoedd gael eu hatal rhag mynd yn eu blaenau rywsut ac i amser aros yn llonydd. Dwi'n fachgen bach eto. Ac mae Dylan Carter fel cawr.

"Pwy ydi hon? Dy gariad?"

Mae o'n cerdded o gwmpas Lena fel ffermwr sy'n ystyried prynu buwch.

"Neis iawn," meddai, ac mae'r mellt yn dangos y wên anllad ar ei wyneb. "Dipyn o bishyn."

Mae'n chwerthin eto ac yn wincio ar Lena cyn troi ata i.

"Be ti isio?"

"Hei! Sdim isio bod fel'na, nag oes, Meirion bach? A ni'n dau heb weld ein gilydd ers oes. Dau hen ffrind fel hyn."

"Doeddan ni erioed yn ffrindiau. Ti'n gwybod hynny."

Er fy mod i wedi cwffio yn erbyn y Taliban, ac wedi sefyll o flaen boi oedd yn barod i dorri fy mhen i ffwrdd gyda chyllell, mae arna i fwy o ofn rŵan, wrth sefyll o flaen Dylan Carter yng nghanol coed Gwyndŷ, o flaen yr Hen Ddyn a'r cwt lle bu farw y Draenog.

Daw Dylan Carter yn agosach. Mor agos nes bod ei drwyn bron yn cyffwrdd fy nhalcen. Does gen i ddim dewis ond edrych i fyny arno. A phan dwi'n gwneud mae o'n gwenu eto. Cliriaf fy ngwddw a cheisio sefyll mor gadarn ag sy'n bosib. Y peth diwethaf dwi eisiau ei wneud ydi dangos bod arna i ofn.

"Sut oeddet ti'n gwybod 'mod i am ddod yma?"

"Dwi'n gwybod bob dim, Meirion. Dwi'n gwybod lle ti'n byw, lle ti'n mynd, pa wledydd ti wedi eu gweld." Mae o'n oedi am eiliad a chodi ei aeliau. "Y dynion ti wedi eu lladd."

Yn sydyn mae Mam yn torri ar draws.

"Am be ti'n rwdlan, Dylan Carter? Ti wastad yn chwilio am drwbl. Hen ddiawl bach annifyr fuest ti erioed – doeddat ti byth yn hapus os nad oedd yna ryw greadur bach yn dedde! Mae pawb yn gwybod be wnest ti efo'r gath druan yna."

"O ia," meddai Dylan Carter, gan syllu i'r pellter, bron fel petai'n medru gweld y gorffennol ar sgrin o'i flaen, "anghofies i am y gath."

"Wel *dwi* ddim wedi anghofio, Dylan." Mae ei llais yn crynu gan ffyrnigrwydd. "A tydi'r pentre heb anghofio be wnest ti i'r hen drempyn bach anffodus yna chwaith. Ddyla dy fod ti yn y jêl, Dylan Carter. Mewn cell dywyll ar ben dy hun am byth. Ddim yn cerdded y ddaear fel hyn mor rhydd â'r gwynt a'r glaw!"

"Ond Meirion ydi'r llofrudd. Fo wnaeth ladd y Draenog. Fo wnaeth wthio'r gyllell i mewn i'w fol. Yntê, Meirion?"

Y wên ffiaidd yna eto.

Ond mae Mam yn ei wynebu.

"A tithau wnaeth ei wthio! Oedd, mi oedd y pentre'n coelio dy stori gelwyddog i gychwyn a dyna pam roedd raid i mi wneud yn siŵr fod Meirion yn saff. Cyfnod hir yn y borstal ac wedyn y cadéts ac wedyn y fyddin. Dyna oedd yr unig ddewis gafodd o! O leia gafodd o ddianc o'r lle yma trwy ymuno â'r fyddin yn y diwedd, a dianc o dy grafangau dithau!"

"Ia," meddai Dylan Carter yn slei. "Ond wnaeth o'm dianc. Dyna 'di'r jôc. Ac mi oedd Meirion yn llofrudd gwych, Mrs Fôn. Mi oedd o'n llofrudd o'r groth. Ddylach chi wybod hynny."

Cyn i Mam rwygo llygaid Dylan Carter allan o'i ben, mae Lena'n cydio ynddi a'i llusgo yn ôl.

"Llosgi yn uffern fydd dy hanes di, Dylan Carter!" Mae pob gair yn boer asidig o atgasedd pur.

"Falla, Mrs Fôn. Falla wir." Mae o'n tynnu gwn o'i gôt – Glock G26. "Ond falla y byddwch chi i gyd yno yn bell o 'mlaen i."

Mae Dr Clough yn camu ymlaen.

"Dos yn ôl i dy gwt, Doctor."

Wrth weld y Glock yn cael ei anelu ato mae Dr Clough yn codi ei ddwylo i'r awyr ac yn edrych arna i a Lena yn ymddiheurol, bron.

"Sori am hwn," meddai Dylan Carter, gan gyfeirio at y Glock. "Mi faswn i wedi licio bod yn fwy gwreiddiol a bod yn onest. Mae unrhyw ffŵl yn medru tanio gwn, yn dydi? Tydi'r weithred ddim yn un sy'n gofyn am lot o ddawn na dychymyg." Mae o'n camu yn nes ata i. "Ond dyna fo. Nid pawb sy'n medru bod yn llofrudd mor fedrus â Meirion."

"Dwi am ffonio'r heddlu." Mae llais Dr Clough yn crynu wrth iddo estyn ei ffôn.

"Syniad gwych, Doctor," meddai Dylan Carter yn sarcastig. "Ffoniwch nhw – os gewch chi signal, yndê? Wedyn, ar ôl iddyn nhw gyrraedd fedran ni ddeud sut wnaethoch chi dalu ffortiwn fach i John Kent ladd Mrs Fôn neithiwr a thrio gneud i'r peth edrych fel damwain. Dim ond am eich bod yn genfigennus o'ch hen gyfaill Dr Jerry Stone, ac yn awyddus i greu bloc newydd yn eich cartre trist i hen bobol. O yndw. Dwi'n gwybod y cyfan."

Ffrwydrad dirgrynol uwchben yn y cymylau – cymylau sydd siŵr o fod mor fawr ac mor drwm â morfilod. Mellten yn lladd y cysgodion am ychydig dros eiliad.

Mae Dr Clough yn slipio'r ffôn yn ôl i'w got.

"Mae'n anodd i chi gredu hyn, reit siŵr, Mrs Fôn," meddai Dylan Carter, cyn iddo droi at Lena, "a…"

"Lena," meddaf.

"Lena. Enw hardd. Ta waeth, mae'n wir i ddeud, dybiwn i, mai Meirion Fôn ydi un o'r creaduriaid mwya anhygoel i mi ei weld erioed. Mae ei ddawn yn aruthrol. Does yna neb arall cystal. A choeliwch chi fi, dwi wedi gweithio efo pawb o'r KGB i'r CIA." Mae o'n troi ata i gyda gwên. "Wyt ti isio egluro, Meirion? 'Ta wyt ti'n hapus i mi gario 'mlaen?"

"Sut wyt ti'n gwybod?"

"Be? Am dy waith?" Mae Dylan Carter yn chwerthin yn oeraidd. "O, Meirion bach. Paid â bod mor wylaidd. Mae dawn fel dy ddawn dithau yn bownd o gael ei hadnabod a'i chymeradwyo rywsut. Beth am yr un diweddara? Y gŵr yna o Japan? Sakamoto. O be wnes i glywed mi wnest dy waith yn gampus. Un funud roedd o ar fin dy adael am yr arfordir a'r peth nesa roedd o wedi boddi! A'r busnes yna efo'r gŵr o Affrica ychydig flynyddoedd yn ôl. Be oedd ei enw fo? Troubellen? Crwyn bananas. Pwy fyddai 'di meddwl? Ond fy ffefryn i oedd yr un yn yr Antarctig. Gwaywffon o rew pur trwy'r galon. Roedd y peth yn gelfyddyd."

"Ti ydi… *Nelson*?"

Bron fel petai natur yn ymwybodol o'r foment ddychrynllyd, mae yna daran yn rhwygo'r cymylau fel rhwygo papur.

"Y feri un."

"Ond… *pam*?"

"Wel, ar ôl be ddigwyddodd fan hyn efo'r Draenog mi o'n i'n fachgen drwg, yn doeddwn? Y math o fachgen oedd ddim yn perthyn i fyd parchus, clên efo pobol barchus, glên fatha ti, Meirion. Ar ôl dwy flynedd yn borstal, tu allan i Fanceinion, mi wnes i ymuno â'r fyddin hefyd. Pa opsiwn arall oedd gen i? A bod yn onest ro'n i'n hoff o'r ddisgyblaeth. Roedd ordors a strwythur yn bethau ro'n i'n dallt ac yn medru ymateb iddyn nhw. Fuest ti yno o 'mlaen i, ond doedd dy galon di ddim yn oer, Meirion. Cafodd fy nawn arbennig ei hadnabod yn weddol syth. Special Projects. Dyna be oeddan nhw'n eu galw. Tîm bach. Ar ôl dipyn, dim ond dau. Chdi, a fi."

Taran arall fel bloedd fygythiol gan gawr. Mellten yn taro'r Hen Ddyn ac yn gyrru llwch o ddail meirw dros ein pennau. Mae boncyff tew yr Hen Ddyn yn gwichian ac yn siglo.

"Mi oedd o'n dipyn o sioc, dwi'n hapus i gyfadde. Meirion Fôn… yn *filwr*! Pwy fasa 'di dychmygu'r peth? A phwy fasa wedi dychmygu y bysat ti'n datblygu i fod yn filwr mor dda? Arwr a deud y gwir! Milwr sy wedi achub bywydau ac wedi lladd sawl aelod o'r Taliban ar ei ben ei hun! O'n i yna pan gest ti dy fedal, Meirion. Yn y cysgodion wrth gwrs. Oherwydd, erbyn hynny, ro'n i'n aelod o'r Gwasanaethau Cudd. A dyna sut wnes i dy recriwtio di, Meirion. Heb i ti wybod wrth gwrs."

Mae Lena'n camu 'mlaen wrth fy ochr. Mae ei chroen yn wlyb ac yn oer wrth i'w bysedd gau yn dyner dros fy llaw.

"Mi oedd yna wastad ryw greadur oedd yn rhwystr rywle yn y byd, Meirion," meddai Dylan Carter gan glicio'r Glock. "Ein gwaith ni oedd gwaredu'r rhwystrau yna."

"A dyma ti'n cynnig fy enw i?"

"Pam lai? Roeddat ti'n ymgeisydd gwych. Ond mae'n rhaid i mi gyfadde, Meirion, mi oedd yna elfen o ddireidi yn hyn i gyd. Ti'n gweld, y disgwyl oedd i ti gwblhau un perwyl, falla dau, tasat ti'n lwcus, ond wedyn – fel oedd yn digwydd i'r rhan fwya o'n hasiantau arbennig – mi fasa dy lwc yn dod i ben. Mi oeddwn i'n selog iawn yn y fynwent."

Mae'r storm uwch ein pennau bron iawn yn un Beiblaidd. Fyddai'r byd yn sych eto?

"Ond mi wnest ti fy synnu i, Meirion." Mae Dylan Carter yn sychu'r Glock â hances boced. "Mi oedd gen ti ddawn anhygoel. Dim ots pa mor amhosib y gofyn, mi oeddat ti'n cwblhau'r gwaith bob tro."

"A tithau yna wrth gwrs, yn y cysgodion."

"Yn dy wthio di o gwmpas, Meirion. Yn dy ordro di o un lle i'r llall. Yn union fel yr hen ddyddiau."

"Fel bwli?"

Mae Dylan Carter yn ystyried y peth. Wedyn yn edrych arna i ac yn gwenu.

"Mewn ffordd, ia. Ond, wrth gwrs, mae gan bob arwr ei wendid, er ei fod yn amhosib ei drechu yn ei feddwl ei hun. Arian, merched, pŵer. Rhain ydi'r gwendidau traddodiadol yn fy mhrofiad i. Ond mi oeddat ti'n wahanol, Meirion. Dy wendid di oedd dy gariad at dy fam. Un diwrnod, fydden i wedi blino ar bob dim – wedi blino dy fwlio – ac mi oeddwn i'n gwybod yn iawn sut i orffen pethau. I ti mi oedd y byd i gyd, a phob dim ynddo, yn perthyn i angau. Ond mi oedd dy fam yn sanctaidd." Mae Dylan Carter yn gwenu. "Galwa fo'n 'athrylithdod' os mynni di, ond mi oeddwn i'n gwybod na fasat ti byth yn derbyn dy fam fel targed. A dyna pryd fasa ein gêm fach ni'n gorffen. Wna i'm smalio na fuodd o'n hwyl, Meirion, a dwi'n hollol bendant na fydda i'n cyfarfod neb yn y busnes fyth eto efo dy ddawn di i achub sefyllfaoedd sy'n ymddangos yn gwbl anobeithiol. A dwi'n siŵr hefyd na fydd yna neb arall yn y dyfodol fydd cystal â thi am sicrhau bod yna ddim trêl, dim arwydd – dim awgrym hyd yn oed – fod yna rywbeth amheus wedi digwydd. Na, mi fydd dy ddiwedd yn golled i'r gwasanaeth, Meirion, mi fedra i ddeud hynny wrthat ti'n saff."

Mae'n codi'r Glock.

"Tydi hyn ddim yn deg," meddaf.

"Nacdi, wrth gwrs." Mae Dylan Carter yn chwerthin fel petai'r gosodiad yn hollol hurt. "Pwy ddwedodd fod bywyd yn deg? Ddylat ti, Meirion, o bawb wybod bod yna'm cynllun, dim *plan*. Y cyfan sy 'na 'di cyfres o ddamweiniau a chyd-ddigwyddiadau." Mae o'n agosáu, gan ddal y Glock o'i flaen yn syth, y baril bach creulon yn anelu at fy nhalcen. "Does dim Duw i fyny yn fan'na, Meirion. Dim byd ond gofod. Gofod tywyll, distaw yn ymestyn am filoedd a miloedd o filltiroedd, i lawr ac i fyny ac ar draws. Gei di sgrechian mor uchel ag y medri di, ond wneith neb dy glywed. Does 'na neb yno."

"Gad iddyn nhw fynd."

Mae llaw Lena'n cydio yndda i'n dynn. Tu ôl i mi mae Mam yn dawel ond mae Dr Clough wedi dechrau crio fel plentyn.

"Wyddost ti be, Meirion? Ymhen ychydig fydd y dail yn disgyn dros eich olion. Fydd y pridd yn codi dros eich sgerbydau. Blwyddyn neu ddwy ac mi fydd y coed a'r drain wedi gweu siwt o ddolennau cadwynog o'ch cwmpas. Falla – jyst falla – o fewn canrif neu ddwy, y daw rhywun ar eich traws yn ddamweiniol, wrth iddyn nhw chwilio am blentyn coll, efalla, neu wrth i rywun glirio'r goedwig i adeiladu tai. Ond tan hynny mi gewch chi lonydd perffaith."

Mae fy mysedd yn rhwbio'r lledr yn fy mhoced. Yr esgyrn bach yn malu dan y straen. Uwchben mae'r taranau'n fwy pwerus ac yn fwy bygythiol nag erioed. Rhaid i Mam weiddi er mwyn i ni glywed ei llais.

"Ti'n gwybod pwy wyt ti, Dylan Carter? Ti yw'r diafol! Dyna pwy wyt ti! *Y diafol ei hun!*"

Ar hyn mae mellten yn taro'r Hen Ddyn ac mae'r pren hynafol yn hollti. Mae'r goeden yn ein taro fel diwedd y byd ac mae pob dim, a phob man yn troi'n ddu, yn dawel ac yn gwbl ddiobaith.

Yr awel yn gyntaf. Yn gweu trwy'r dail fel sibrydion hen wragedd yn adrodd stori gyfrinachol, lawn dirgelwch.

Wedyn yr adar.

"Neb ar ôl... ddwedes i, yn do? Dim un ar ôl. Dim un ar ôl..."

Yn olaf, llais Lena.

"Wyt ti'n iawn, Meirion?"

Mae ei llais yn wan ac mae hithau hefyd, siŵr o fod, yn diodde'r boen. Mae'r boncyff fel tunnell o ddur ond, drwy ryw wyrth, mae yna rwydwaith o frigau mân wedi ein diogelu rhag cael ein gwasgu fel chwilod dan esgid cawr.

"Dau ar ôl... maen nhw'n dal yma! Dau ar ôl! Dau..."

"Yndw," meddaf, er bod fy nhroed yn dal yn sownd i un o'r brigau. Dwi'n ei rhyddhau. "Wyt ti?"

"Beth ddigwyddodd?"

"Mellten. Wnaeth hi daro'r Hen Ddyn."

"Lle mae dy fam?"

Codaf fy hun i fyny'n lletchwith. Mae'r Hen Ddyn mor anferthol â Bendigeidfran. Mae fy nghalon yn suddo oherwydd doedd gan neb obaith dan y fath bwysau. Fues i a Lena'n lwcus. Ond pris ein lwc ni oedd anlwc rhywun arall. Pwy oedd wedi delio'r fath fargen ddieflig? Oedd yr hen storïau'n wir? A fu'r diafol yn cadw llygad ar y goedwig ac ar yr Hen Ddyn go iawn?

"Mam? *Mam?* Lle ydach chi?"

Mae sŵn mwmian tawel yn dod o ochr arall y boncyff.

"Mae o'n poeni rŵan! Poeni am rywbeth... poeni... poeni..."

Dr Clough sydd piau'r llais.

"'Dach chi'n iawn, Doctor?"

"Helpa fi, mae dy fam fan hyn. Dan y dail. Weli di hi?"

"Ydi hi'n iawn?"

"Anodd deud. Helpa fi allan ac mi fedran ni drio symud y blydi goeden yma."

Gyda help Lena llwyddaf i lusgo'r doctor, ac wedyn rydan ni'n tri'n tynnu Mam o grafangau barus yr Hen Ddyn.

"Fuoch chi'n lwcus yn fan'na... fyddwch chi ddim mor lwcus tro nesa... dim tro nesa... dim tro nesa..."

"Be wnawn ni ag o?" gofynna Lena, gan gyfeirio at Dylan Carter. Mae'r Hen Ddyn wedi ei ddal a'i wasgu yn erbyn y ddaear. Ond eto, er i'r gwaed ar ei wyneb sychu a throi bron iawn mor ddu â'r pridd, mae rhyw lonyddwch yn perthyn i'w gorff.

"Gadewch i'r bastad bach bydru."

"Fedran ni ddim gneud hynny, Mam."

"Oedd o'n hollol fodlon ein gadael *ni*!"

"Ond dyna beth sy'n ein gneud ni'n wahanol iddo fo, Mrs Fôn," meddai Dr Clough.

Mae'n ein harwain oddi yno, ond wrth fynd mae llygaid Mam wedi eu hoelio ar gorff Dylan Carter, fel petai hi'n berffaith siŵr ei fod yn smalio, a'i fod ar fin codi ar ei draed.

Mae Lena'n tynnu fy mraich yn dyner, arwydd i ni ddilyn.

"Mewn eiliad," meddaf.

Cerddaf at ffin y llannerch, estyn y bag bach lledr o 'mhoced, ei deimlo'n ofalus gyda fy mysedd am eiliad ac wedyn, gyda fy holl nerth, dwi'n ei daflu i ganol y gwair gwyllt a'r drain. Fel fflach o waed mae yna lwynog ifanc, chwim yn cydio ynddo ac yn diflannu i grombil y goedwig. Mae Lena, Mam a fi'n troi ac yn dilyn y llwybr o'r coed. Mae'r adar yn trydar uwch ein pennau.

Eu caneuon, o'r diwedd, yn gwbl annealladwy.

Am restr gyflawn o lyfrau'r Lolfa, mynnwch
gopi am ddim o'n catalog
neu hwyliwch i mewn i'n gwefan

www.ylolfa.com

lle gallwch archebu llyfrau ar-lein.

TALYBONT CEREDIGION CYMRU SY24 5HE
ebost ylolfa@ylolfa.com
gwefan www.ylolfa.com
ffôn 01970 832 304
ffacs 832 782